中華書局

江湖再聚

武俠世界六十年

沈西城 著

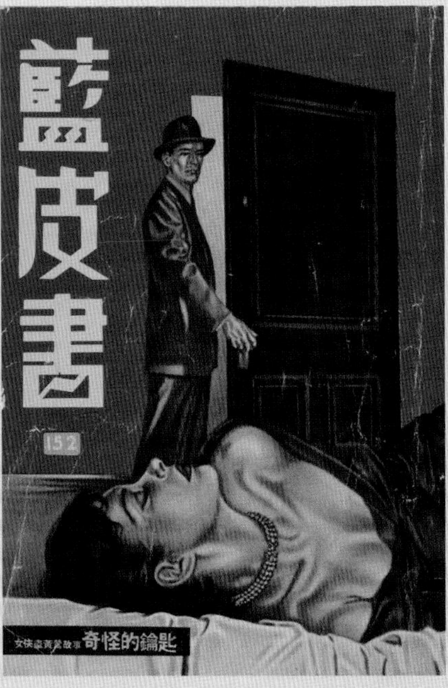

環球出版社出版的《藍皮書》雜誌，是五十年代受歡迎的綜合性刊物。第 152 期刊載了小平的「女俠盜黃鶯」故事《奇怪的鑰匙》

小平的「女俠盜黃鶯」故事系列《從地獄裡來的客人》，由環球出版社出版

《環球電影》創刊於 1958 年，創刊號封面人物是林黛。當時羅斌的電影公司還未成立

環球系的刊物《新電視》，圖為 1975 年 4 月第 63 期，封面人物是《保鑣》女主角張玲

環球出版社出版的小說單行本，分別是：上官庸《一代奸人》、馮嘉「奇俠司馬洛」系列之《血蝶恩仇》、馬雲《超人》和《外星球歷險記》

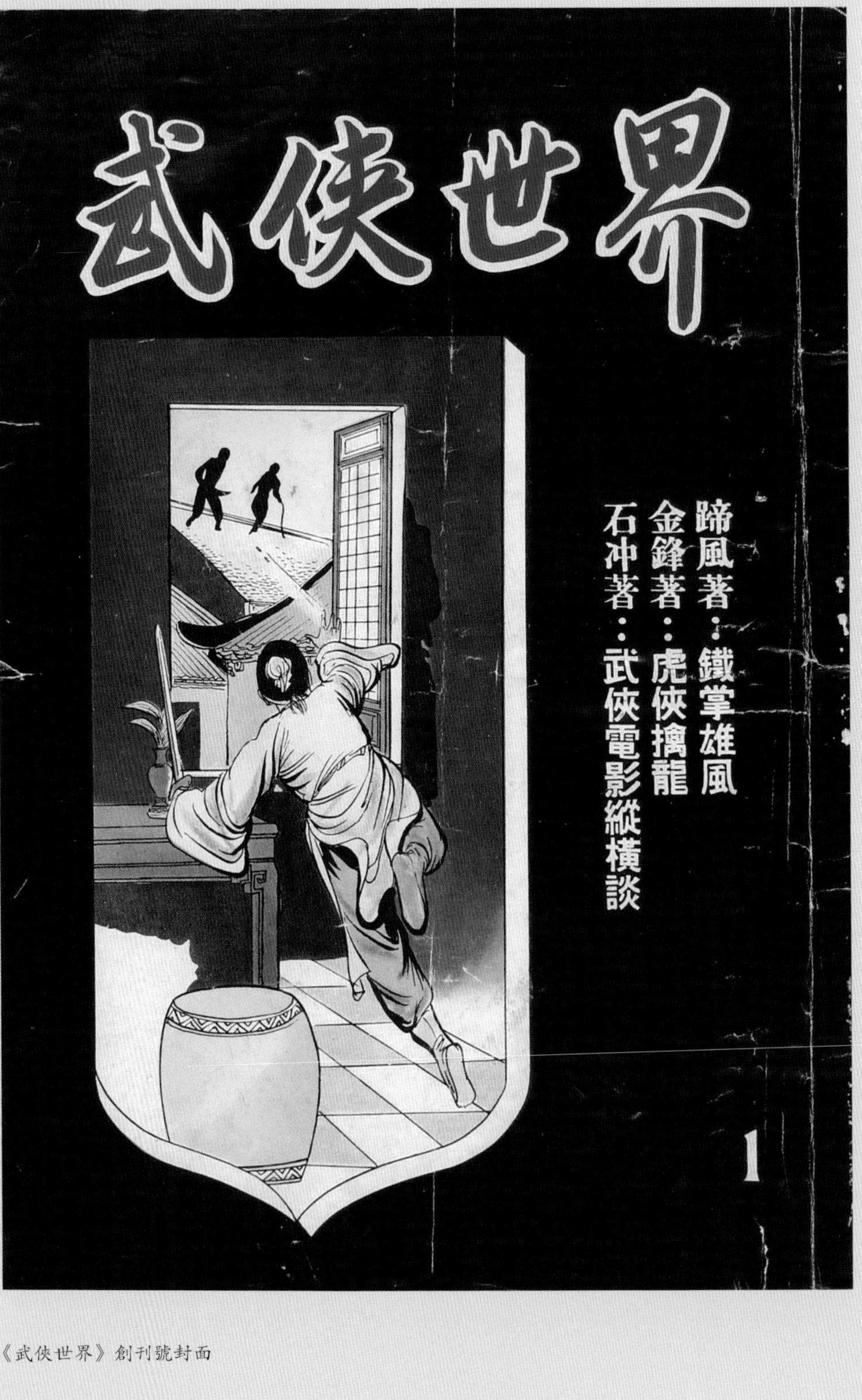
武俠世界
蹄風著：鐵掌雄風
金鋒著：虎俠擒龍
石冲著：武俠電影縱橫談
1

《武俠世界》創刊號封面

《武俠世界》第 100 期紀念特大號封面

《武俠世界》第 300 期特大號封面，封面圖片出自董培新

《武俠世界》第 100 期封底刊登由羅斌創辦的仙鶴港聯電影《仙鶴神針》的廣告

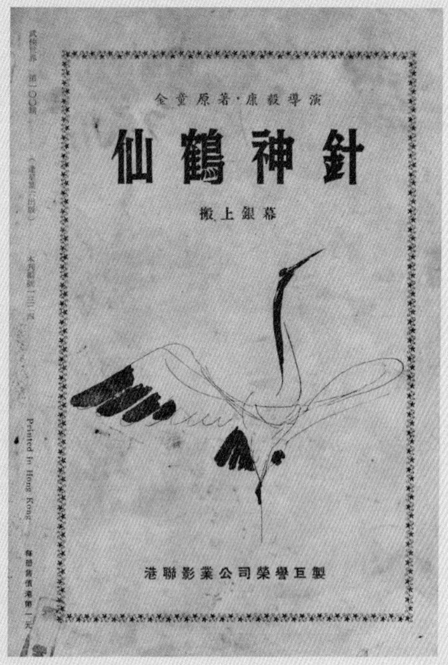

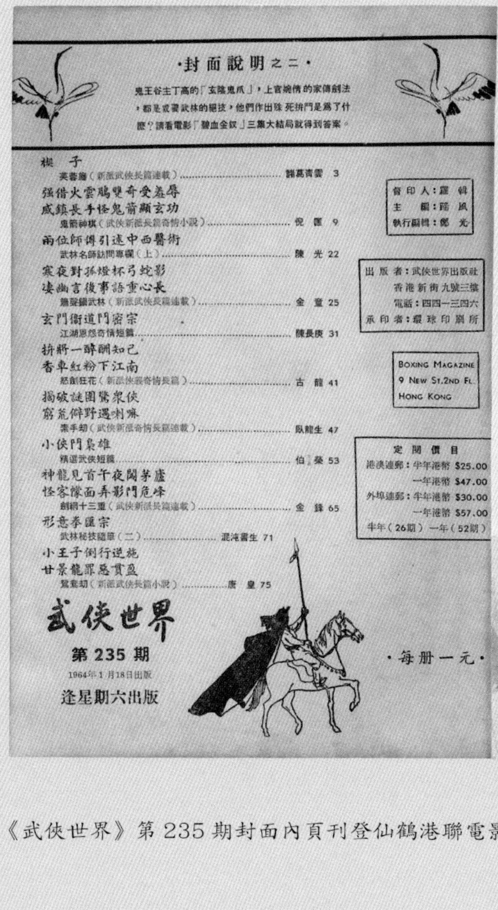

·封面說明之二·

鬼王谷主丁高的「玄陰鬼爪」，上官婉倩的家傳劍法，都是威震武林的絕技，他們作出殊死拚鬥是爲了什麽？請看電影「碧血金釵」三集大結局就得到答案。

[illegible]子
芙蓉瘴（新派武俠長篇連載）……諸葛青雲 3
强借火雲鵰雙奇受羞辱
威鎮長手怪鬼箭顯玄功
鬼箭神旗（武俠新派長篇奇情小說）……倪匡 9
兩位師傅引述中西醫術
武林名師訪問專欄（上）……陳光 22
寒夜對孤燈杯弓蛇影
凄幽言後事語重心長
熱髮鎮武林（新派武俠長篇連載）……金童 25
玄門衛道門密宗
江湖恩怨奇情短篇……陳長庚 31
拚將一醉酬知己
香車紅粉下江南
怒劍狂花（新派俠義奇情長篇）……古龍 41
揭破謎團驚衆俠
窮荒僻野遇喇嘛
素手劫（武俠新派奇情長篇連載）……臥龍生 47
小俠鬥梟雄
精選武俠短篇……伯榮 53
神龍見首午夜闖茅盧
怪客朦面弄影鬥危峰
劍網十三重（武俠新派長篇連載）……金鋒 65
形意拳匯宗
武林秘技隨筆（二）……混沌書生 71
小王子倒行逆施
甘景龍罪惡貫盈
鴛鴦劫（新派武俠長篇小說）……唐皇 75

督印人：羅斌
主編：陸風
執行編輯：鄭光

出版者：武俠世界出版社
香港新街九號三樓
電話：四四一三四六
承印者：環球印刷所

BOXING MAGAZINE
9 NEW ST.2ND FL.
HONG KONG

定閱價目

港澳連郵：	半年港幣	$25.00
	一年港幣	$47.00
外埠連郵：	半年港幣	$30.00
	一年港幣	$57.00

半年（26期）一年（52期）

武俠世界
第 235 期
1964年1月18日出版
逢星期六出版

·每冊一元·

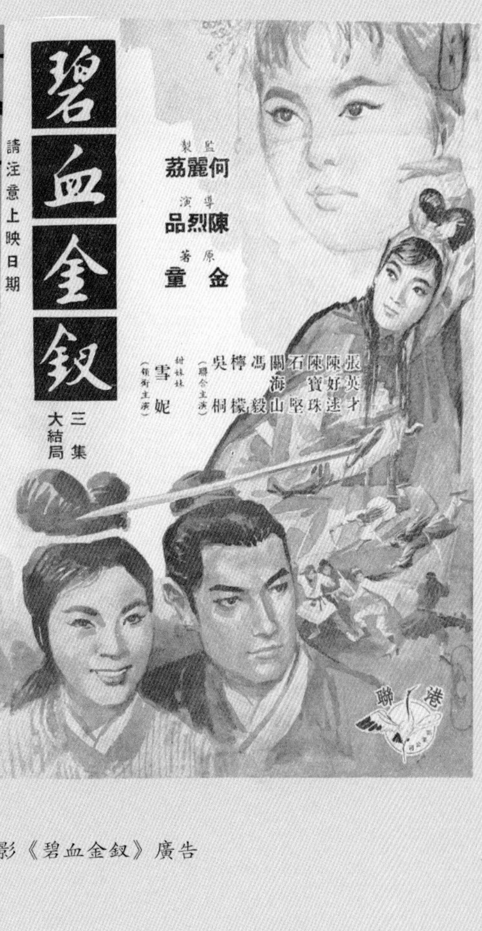

《武俠世界》第 235 期封面內頁刊登仙鶴港聯電影《碧血金釵》廣告

《武俠世界》第 2 至 5 期封面

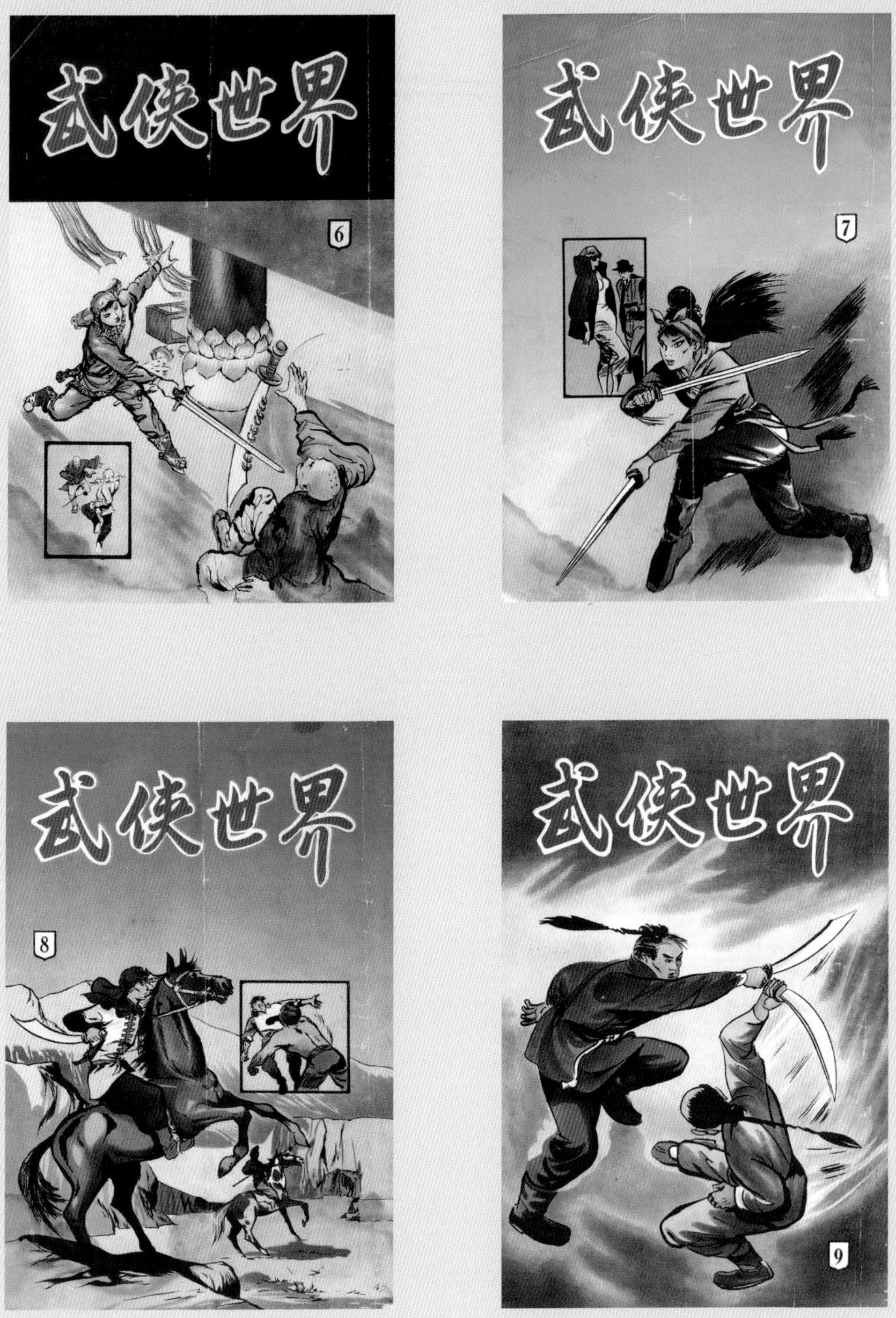

《武俠世界》第 6 至 9 期封面

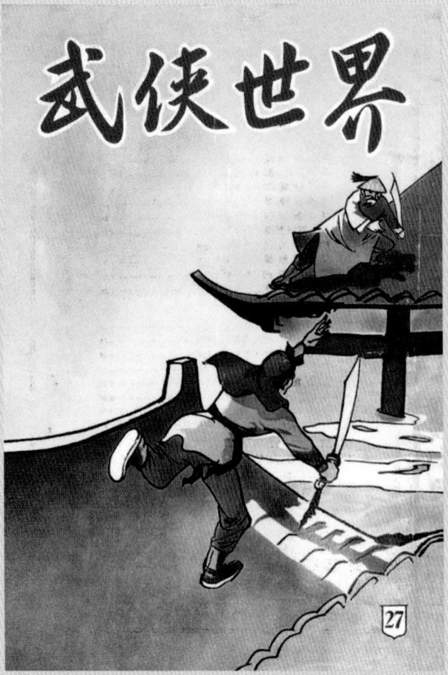

《武俠世界》第 27、35（開始改為週刊）、36、37 期封面

《武俠世界》第 162、188、241、298 期封面

《武俠世界》第 356、386、394、608 期封面

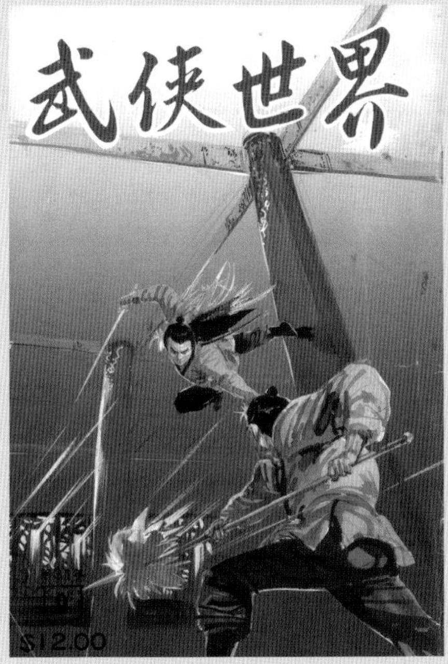

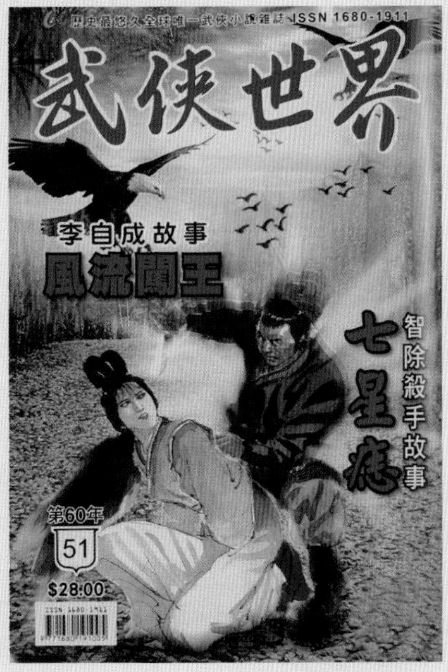

《武俠世界》第 31 年第 9 期、第 32 年第 36 期、第 40 年第 9 期、第 60 年第 51 期封面

《武俠與歷史》由金庸於 1960 年創辦，以刊登金庸的武俠小說為主（吳貴龍提供）

譽滿東南亞武俠雜誌之王

招牌最老
創刊於1959年3月

武俠世界

作家最多
網羅東南亞港台名家

週末最佳精神食糧！

插圖生動，印刷精美，內容豐富，質量優厚！

以下為本社部份名作家及其名作品
（排名不分先後）

秦紅先生
撰著：過關刀

高庸先生
撰著：禍水雙侶

諸葛青雲先生
撰著：十二神龍十二釵

臥龍生先生
撰著：鏢旗

蕭逸先生
撰著：鏢客行

曹若冰先生
撰著：魔中俠

東方英先生
撰著：風塵怒俠

慕容美先生
撰著：天殺星

孫玉鑫先生
撰著：無毒丈夫

東方玉先生
撰著：勝字旗

喬奇先生
撰著：國際警探網

柳殘陽先生
撰著：神手無相

《武俠世界》第610期，刊登了多位難得一見的武俠小說家廬山真面目

《武俠世界》第一任主編蹄風在環球系出版的四種武俠小說

蹄風的小說《猿女孟麗絲》第 1 及 2 集的封面（蒲鋒提供）

蹄風在扇面上的題字（周永新教授提供）

魏力（倪匡）小說「女黑俠木蘭花故事」之《巧奪死光錶》和《血戰黑龍黨》

仙鶴港聯製作的《女黑俠血戰黑龍黨》電影戲橋

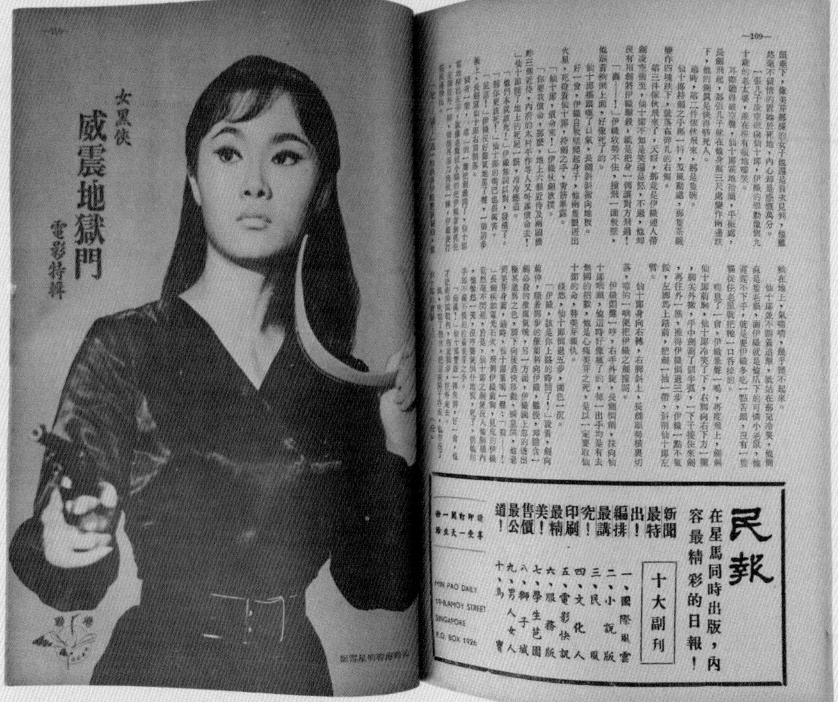

《武俠世界》第 400 期刊登的《女黑俠威震地獄門》電影特輯

古龍小說《絕代雙驕》、《陸小鳳》及《楚留香傳奇》（吳貴龍提供）

金童（臥龍生）小說《碧血金釵》

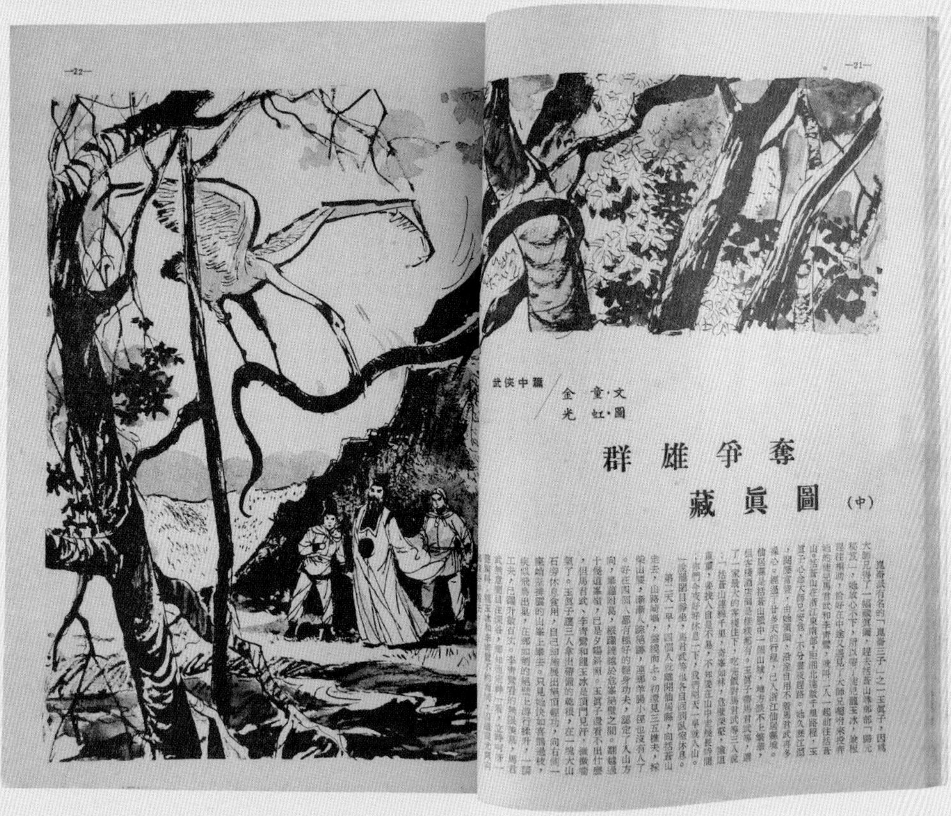

《武俠世界》第 36 期刊登了金童（臥龍生）小說《群雄爭奪藏真圖》中篇

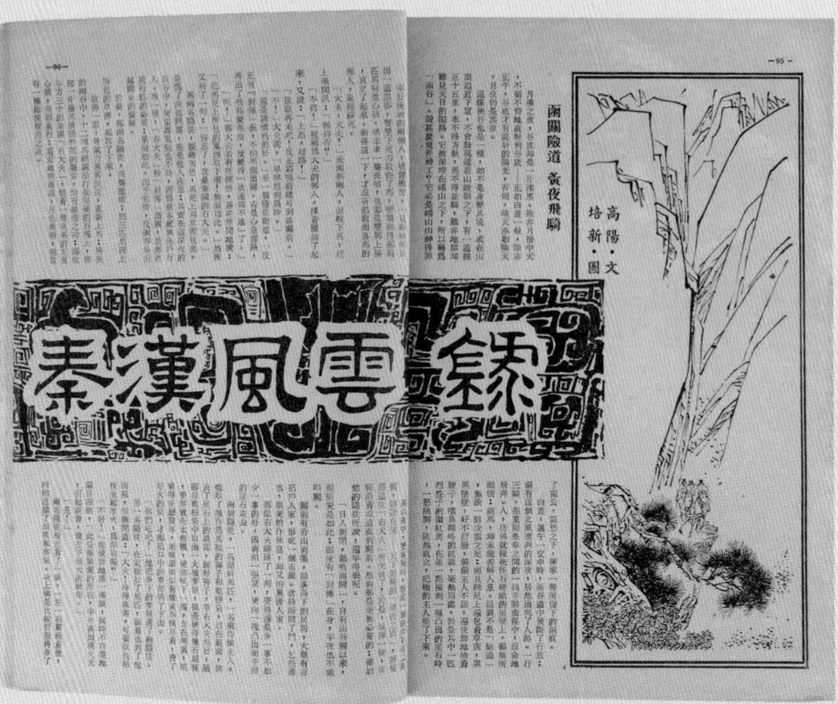

董培新在《武俠世界》繪畫的內文插圖，分別是第 356 期高陽的《秦漢風雲錄》及第 386 期的岑凱倫《玉面金剛》

歷史最悠久全球唯一武俠小說雜誌 ISSN 1680-1911
武俠世界
風水堪輿故事
九鰍落湖
奇正十三劍
碧島玉娃
結局篇
第60年
52
$28.00
ISSN 1680-1911
9 771680 191005

《武俠世界》最後一期

序

一個甲子，一個時代！

沈西城大哥請我為他的新作《江湖再聚──武俠世界六十年》寫一篇小序，教我誠惶誠恐，又不敢推辭！

拜讀沈大哥的大作已數十年，他在翻譯、編劇、小說、雜文上早已大有成就，真正有緣見面還不過是幾年前的事，然而一見如故，像是深交已久，我曾請他寫一句說話給我，他寫道：「以心寫畫，長存藝壇。」他愛柴犬，我也愛，於是常在手機上互通訊息，他看我的，我看他的，其樂融融。

一次，他忽然給我訊息，叫我在畫藝上努力，不要給名利蒙蔽，說如今有技巧有品格的畫家已不多見，給我勉勵！收到訊息，我感動了一陣子，如此良言，看似簡單，其實是難能可貴的關愛！對他的錯愛提攜，感激不盡，銘感五內！不久之前，沈大哥出版《金庸逸事》一書，在他與我的照片上題的是，「惺惺相惜」！他請我寫序，我說我是晚輩，怕不合適，他說我們是朋友！教我怎可能推辭！《武俠世界》由羅斌先生於一九五九年創刊，那年，我仍未出世，後來知道，那段時期，武俠風潮，風起雲湧，因緣際會，產生了金庸、梁羽生、古龍等等大師級作家，名家數不勝數！

我因替金庸先生繪畫插圖，與武俠也結下了不解之緣，武俠文化早在久遠的漢代已經出現，《刺客》、《游俠列傳》、《劍俠傳》之類繁星點點，真正稱得上盛世的，還不過是這六十年的事，《武俠世界》於期間的推廣，當功不可沒，沈大哥是最後一位總編輯，又是那個時代的大作家，行文一向雅俗共賞，對當時瞭如指掌，現在由他細說當中的逸聞趣事，想必令人回味無窮！

李志清

目錄

2／圖輯
24／序・李志清
29／第一章・五十年代香港武俠小說概況
47／第二章・環球出版社
65／第三章・四代老總
103／第四章・《武俠世界》作家群像

143／第五章・《武俠世界》的黃金年代
179／第六章・尾聲：武俠世界的衰落及其影響
191／跋
192／附錄一：早期的《武俠世界》（連民安）
201／附錄二：《武俠世界》第十期　綠鷹魔爪
【江湖誌異】

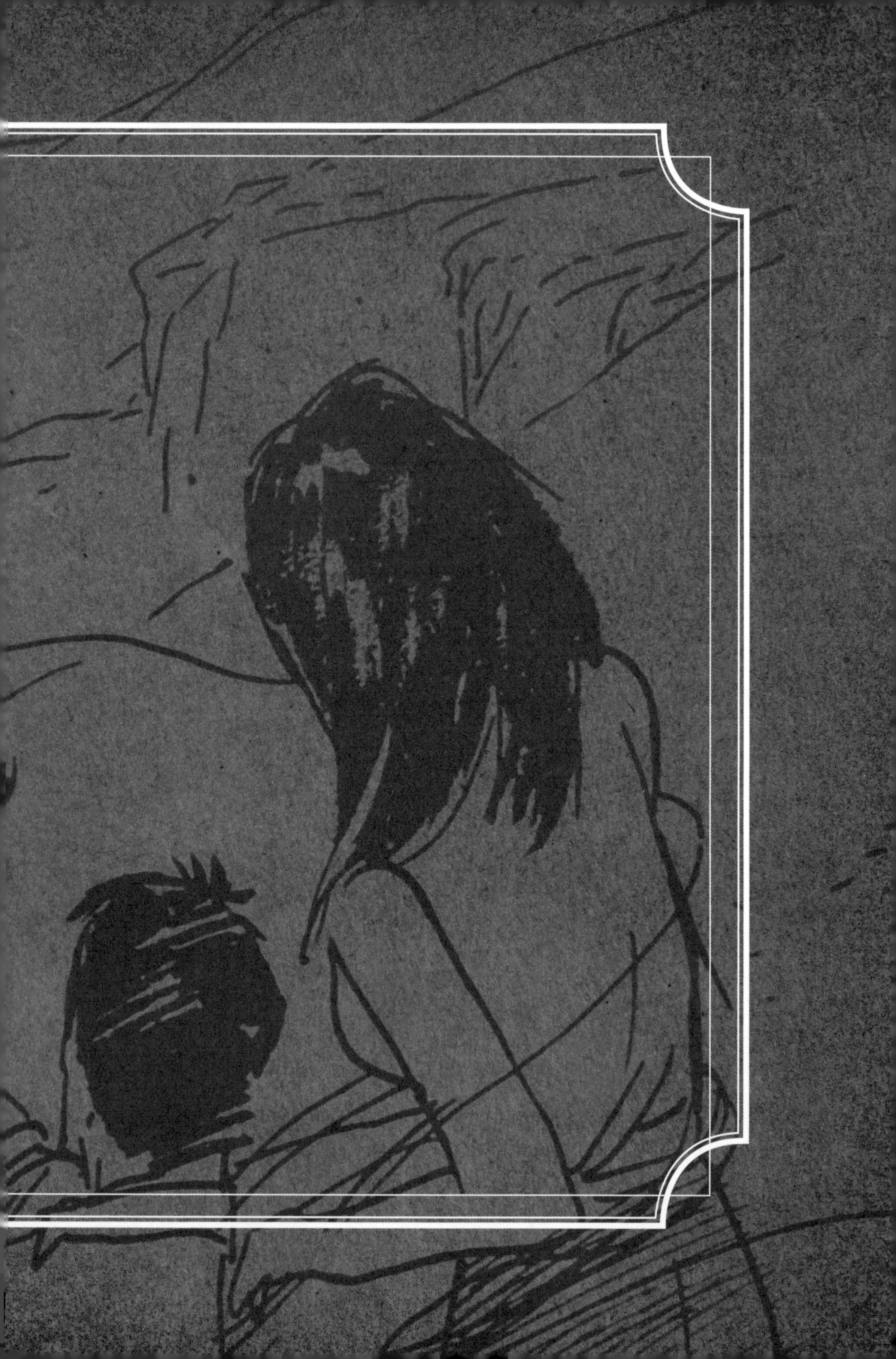

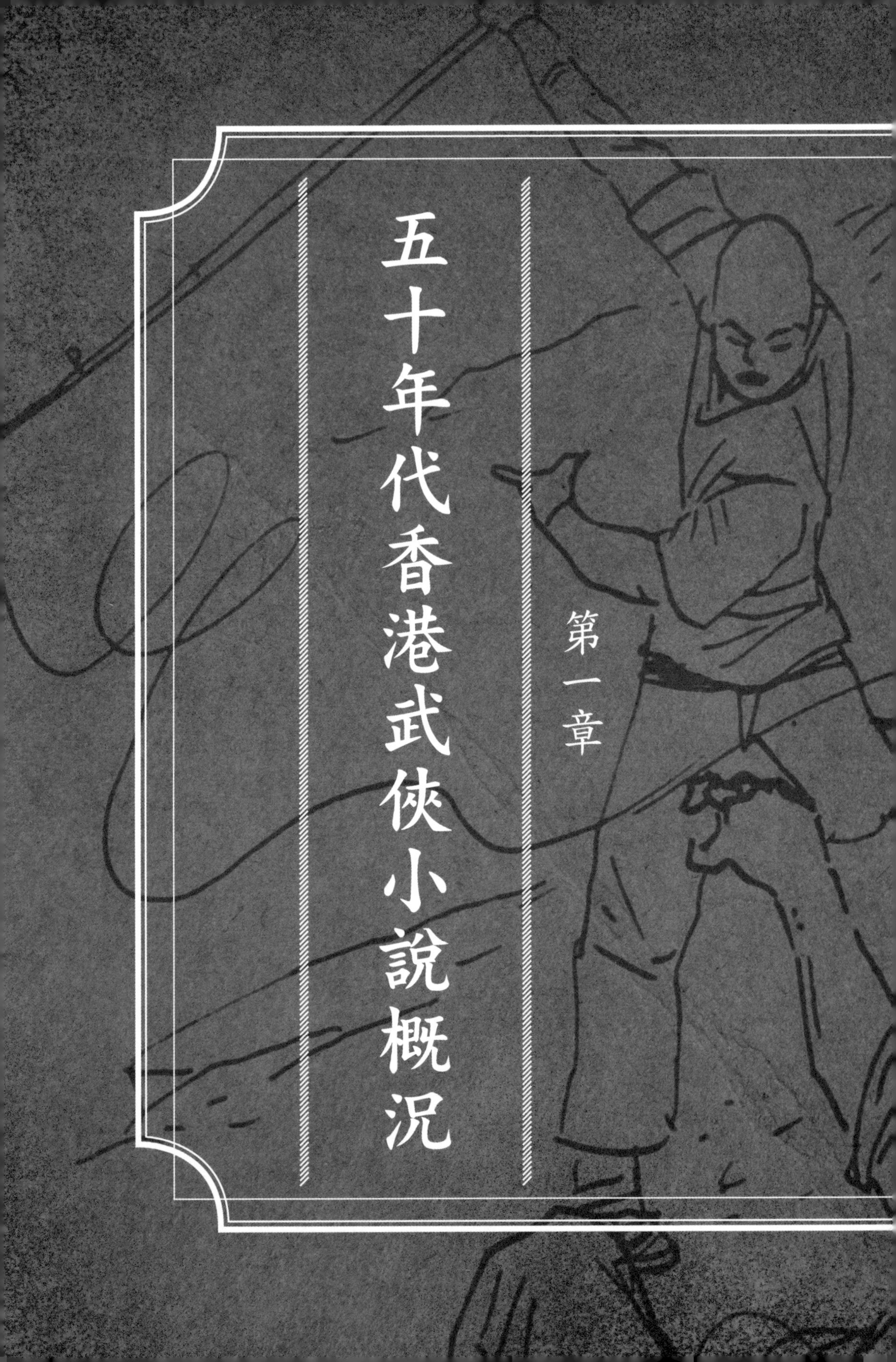

第一章

五十年代香港武俠小說概況

現代人論武俠小說大都只會提及金、古、梁三大家，即金庸、古龍、梁羽生。三位先生已先後作古，武俠小說開始凋落萎謝，更無瞧類矣。算算武俠小說興旺時代，前後方百年左右，北平的北派、廣州的南派、香港的新派和台灣的台派，各現名家，分領風騷二三十載。關於這段發展，先後已有不少前賢專家發表專文論述，不擬詳敘，今僅作籠統介紹，以正其源並誌其概。

北派前五家

北派魁首自然是平江不肖生（向愷然（一八八九—一九五七），湖南平江人，下稱「平江」），其人擅技擊，以真功夫入書，描述生動。《江湖奇俠傳》甫出，引發哄動，其中更有精彩章節為上海明星電影公司拍成電影《火燒紅蓮寺》（一九二八年，鄭正秋編劇、張石川導演），小說亦因電影傳遍大江南北，觀眾、讀者如蟻附羶，爭相捧場，肇成熱潮。我童年時便看過《火燒紅蓮寺》，寺裏有花和尚，擄劫年輕女香客，囚之淫辱。往往跪拜蒲團，機關一翻，嘿！倩影倏失。《江湖奇俠傳》流傳廣，口碑佳，卻非平江傑作。以言細緻傳神，《近代俠義英雄傳》實遠比前者為佳，書中人物大刀王五、霍元甲、趙玉寶確有其人，惜乎流行程度稍有不如，未至廣傳。

二當家自是趙煥亭，河北玉田人，生於一八七七年，比平江不肖生大十三歲。一九二三年寫了處女作《奇俠精忠傳》，旋即引起轟動，不下平江不肖生，世有「南向北趙」之稱。以論對武俠小說貢獻，專家一直認為趙煥亭尤在平江之上，彼推出新概念，將傳統技擊統稱為「武功」，大事述說「罡氣」、「內力」，嗣後更進一步，作出「內功」和「外功」的區分，啟迪了日後不少武俠小說作家的創作靈感。趙煥亭不同於平江那般，以神怪為主導，彼擅寫世態人情，專繪人性，《江湖俠義英雄傳》乃彼其中一部代表作。由於趙煥亭的武俠小說切合人情世故，較為入世，一般評論家都推崇他是北派小說中的王者，地位猶在平江不肖生之上。

平、趙兩人以外，還有顧明道、文公直和姚民哀。顧明道（一八九七—一九四四，江蘇蘇州人）本是鴛鴦蝴蝶派健筆，眼見武俠小說興起，技癢，寫了一部《荒江女俠》，不意大受歡迎，更開創了女俠為主的武俠小說。我友四川張夢還最慕顧明道，仿其調、摹彼意，撰《青靈八女俠》，頗得神髓，堪稱顧派傳人。文公直（一八九八年生，江西人，卒年不詳），今之武俠小說讀者知之者不多，我也只看過他的《碧血丹心大俠傳》，伸張正義，匡國救民，敘事跌宕有致，精彩絕倫。今有學者撰文力薦姚民哀（一八九三—一九三八），江蘇常熟人，為我世伯翁靈文同鄉，獨擅評彈，有當世柳敬亭之稱。說事引人入勝，聽者迷其中，耳油盡出；精伶機巧，筆名繁多，有「鄉下人」、「花萼樓主」、「靈鳳」，花多眼亂，還是正名姚民哀最受重視，跟文公直、顧明道合稱「武壇三將」。他是偵探小說名家程小青好友，一九二三年所撰第一篇武俠小說《山東響馬傳》，便是在程小青主編的《偵探世界》上發表，出版時間跟武俠小說開山祖師平江不肖生相同，乃是真正的先驅。他的武俠小說多寫幫會內幕，探討俠德，力議以義制勇，抑暴扶弱，深受民主革命思想的影響，惜乎抗戰時期，落水淪為漢奸。詞人葉楚傖惜之，作詩哀悼云：「早識聰明味，難知天地心。」文人聰穎，難識政治。鄭證因（一九〇〇—一九六〇，天津人）承其江湖餘緒，努力耕耘，終成北派武俠小說的一支重要門派，乘勢南來，香港《紅綠日報》社長任護花繼之發揚，《中國殺人王》後來居上，風靡省、港、澳。若干年後，復有台灣名家朱羽和香港的西門丁，寫出不少民國幫會故事，幫會小說由是大盛。

北派後五家

踏入三四十年代後，武俠小說風起雲湧，名家輩出，百花盛開，爭妍鬥奇，佳作紛呈，湧現了「北派五大家」。論資排輩，還珠樓主（下稱「樓主」）居首，繼而有白羽、鄭證因、王度廬和朱貞木。

還珠樓主（一九〇二—一九六一）原名李壽民，四川長壽人，文名響邇，開創仙俠宗派，將神話、志怪、劍仙、武俠熔於一爐，玄幻空靈，天馬行空，神秘莫測，實為中國小說界的千古奇觀，影響後世至巨。其代表作《蜀山劍俠傳》影響了後世金庸、倪匡、古龍和諸葛青雲等名家。倪匡窮多年之力註解、續寫《蜀山劍俠傳》，易名《紫青雙劍錄》，並喻之謂「驚心動魄，空前未有佳作」。台灣武俠評論家葉洪生博士亦評之為「神怪武俠小說第一巨著」，全書匯集了儒、釋、道思想精義，於通俗中展現出人生哲理，這在三十年代的中國社會，殊不簡單。不幸者為迎合讀者追捧，不捨刪割，拖延累贅，尾大不掉，終成敗筆。樓主有一部名為《黑孩兒》的中篇小說，十多年前有人以重價售我，見是樓主之作，不暇細閱，即安排連載於《武俠世界》，滿以為鴻鵠將至，會得讀者愛戴，豈料噓聲四起。有讀者來函雜誌，斥為「王婆纏腳布，又長又臭」；更有讀者來信詈罵，若然再連載下去，將會罷買；也有較中立的讀者表示，樓主確有才情，惟論文筆流暢，樓主實不如金庸，甚至連梁羽生也比不上。讀者聲勢洶洶，作為社長的我自不敢逆潮而上，默自接受民意，以後再也沒敢刊出樓主的小說了。倒是樓主的雜文，文白交集，言簡意賅，意境深遠，值得細味。

白羽（一八九九—一九六六，河北人）不同於樓主，受西方文學影響較深，又得周作人、魯迅兄弟的幫助，在文藝理論、文學創作和文學翻譯方面復受魯迅的指點，善用情節批判社會，還原真理，是武俠小說寫實派的翹楚，跟鄭證因合著的《十二金錢鏢》係其代表作。鄭證因前文已有述，是白羽畢生傑作，深受姚民哀薰陶，寫江湖，述武功，戛戛乎頗有獨到之處，內外武功，長短兵器，在他健筆底下，寫得栩栩如生，活龍活現，豪放粗獷，剛烈兇猛，《十二金錢鏢》正正體現了這個特點。

剛猛過後，不妨說說旗人王度廬吧（一九〇九—一九七七）！我第一次看他小說《鐵騎銀瓶》，不瞞你們說，是硬啃下去的。長篇累贅，閃閃縮縮，沉悶拖沓。再看其人肖像，恍然大悟矣！瘦骨嶙峋，仙風道骨，一臉憂鬱，難怪乎有「悲情武俠小說家」之稱。有人說他寫情纏綿悱惻，盪氣迴腸，寫義情恨交乍，眼淚交迸。

可看在我眼裏，浮誇造作，了無血肉之氣。事實上王兄小說，節奏緩慢，沉悶非常，讀來苦澀，殊不誘人，若非李安導演青眼獨具，將《臥虎藏龍》搬上銀幕，怕已無人識得王度廬尊名。一九七七年春，王逝於遼寧鐵嶺，享年六十八。

五大家中，朱貞木（一九〇五年生，卒年不詳）敬陪末席，是樓主後輩，曾仿其作品寫出《飛天神龍》、《煉魂谷》，反應一般，改而效法顧明道，筆調以曲折奇詭，變化多端見長，終於殺出血路一條。論筆法，朱貞木並未比其他四家高明，可他獨創的「白話章回體」，為後學者奠定了武俠小說創作的基礎，被後人稱為新派武俠小說之祖。五十年代，港台不少武俠小說作家爭相效法，他的特點在於集各派大成而予後來者啟迪。武俠小說評論家葉洪生分析朱氏武俠小說的特點道：「其一是吸收奇幻派的瑰麗神奇於現實的江湖世相之中；其二是吸收俠情派的纏綿婉約於江湖的壯烈淒艷之中；其三是吸收歷史派的沉雄厚重於小說的虛構幻想之中；其四是在武功領域開創了許多奇功，為後代所繼承；其五是（《七殺碑》裏）『一床數好』和『眾女倒追男』的新派武俠模式。」第五點尤為香港新派武俠小說作家所鍾情，金庸仿得最為精妙透徹，《鹿鼎記》裏的韋小寶一夫七妻，不正是承續朱貞木之餘緒嗎？

硬橋硬馬說南派

我第一次讀武俠小說，說出來你大抵不相信，並非金庸，更遑論平江不肖生，而係南派武俠小說作家朱愚齋的《少林英雄新傳》。五十年代，香港娛樂少，只有看電影、讀報章和聽廣播。我從小愛看粵語電影，對電影裏的少林寺英雄方世玉、洪熙官、三德和尚、陸阿采等懷着濃厚的興趣，知道有小說，便向附近的租書檔和世叔伯，租借了不少相關小說：我是山人、念佛山人，同是佛山人、禪山人……眾家著作看了不少。書中人物，硬橋硬馬，紮實有勁，驃勇絕倫，成了我心中英雄，對小說也因而上了癮。我在《武俠小說三流派》中，這樣介紹南派武俠小說的源流——「四九年中國改朝換代，武俠小說不興，北派廢滅，武俠小說移植香江。三三年始，林世榮弟子朱愚齋撰黃飛鴻別傳於《工商晚報》，許是南派武俠小說濫觴。相隨其後者有我是山人（陳勁）、念佛山人（許凱如）、同是佛山人（楊大名）和幽草（王香琴）。南派小說多描述少林高手如洪熙官、陸阿采、方世玉、三德和尚等生平事跡，書中拳腳，一板一眼、有根有據，盡是洪拳招式，背景集中廣州、佛山、南海、福建一帶。香港多粵人，南派遂得以中興。」

南派武俠小說興自三四十年代而歿於六十年代，原因肇於一場轟動省港澳的吳、陳擂台比武。這就是說香港在新派武俠小說（金、梁）興起前，便已有南派武俠小說的存在。咱們香港少年，大多喜歡粵東玩意，什麼跳飛機、彈波子、拍公仔紙、拋米袋，連看武俠小說也挑少林寺的洪熙官、陸阿采、方世玉為對象。方世玉年少調皮，性情跟我相合，更為我所鍾愛，輒想自己是方世玉，跟同學講手，偶一不慎打傷對方，告上老師那裏，被罰留堂抄書。看南派小說的習慣，維持很久，迨新派武俠小說興起，少年心多，貪新忘舊，一度癡迷至甚之南派小說即被棄如敝屣。今已暮年，回首前塵，南派小說確有其存在價值。根據武俠小說掌故家燕青的說法，南派武俠小說其實來自廣州。他在《武俠小說的南派與北派》裏，這樣說：

當時的廣州不但是廣東的省會，也是文化中心。廣州有大小報館數十家，集中在接近珠江河畔的光復中路，儼如英國報館集中在倫敦艦隊街（Fleet Street）一樣。廣州出版的報紙除了在市內銷售之外，還銷售到港澳和珠江三角洲各地鄉鎮。珠江三角洲一向民豐物阜，鄉人的購買力不弱，所以廣州的報館都很重視四鄉的銷路。四鄉的讀者以農民為主，他們不喜歡看那些「醒醒塔塔」的所謂愛情故事，武俠小說才是他們的至愛。於是，以銷售四鄉為主的幾份報紙，如《越華報》、《國華報》和《現象報》等，便以武俠小說來滿足他們的閱讀需要。雖然那個時候上海已經有不少動人心弦的武俠小說銷售到南方，例如平江不肖生的《江湖奇俠傳》、還珠樓主的《蜀山劍俠傳》和王度廬《鐵騎銀瓶》等，但由於這些小說背景和人物都是北方的，而且對話也夾雜着許多北地方言，除了一些知識份子，最低限度也是中學生，才會對這些被稱為北派的武俠小說感覺興趣。可是所謂南派的武俠小說便不同了，書中所描述的人物都是他們所熟悉的，例如在擂台上打死雷老虎的方世玉、大打廣州機房仔的胡惠乾、行俠仗義的黃飛鴻。這些人物在廣東，由八十老翁至三歲小童都是耳熟能詳的；而且，這些武俠人物所對抗的對象，都是一些土豪惡霸，這些壞人又是草根階層最熟悉的。農民思想簡單，看到惡人被剷除，當然是大快人心。北派武俠小說人物所使用武器是刀劍和十八般武藝，廣東農民對這些武器較為陌生，什麼「十二金錢鏢」之類，他們會一頭霧水，不知是什麼東西。但在所謂南派小說中所使用的武器，草根階層讀者就最為熟悉。因為廣東武師教授武藝，不像北方武師的注重舞刀弄劍，除了拳腳之外，特別注重就地取材，例如棍棒，在農村到處都可以順手取得，甚至用來挑東西的扁擔，也可用來施展棍法，大家最崇拜的黃飛鴻，他手上就只有一根棍棒，就能把奸人和惡霸打得跪地求饒，人心大快。燕青記性真好，居然還記得我邀請他寫了一篇南派武俠小說《紅船好漢》，描述紅船漢子抗賊事跡。燕青原名劉乃濟，非獨能文，還是粵劇老倌，對粵劇源流，知之甚詳。見我盛意拳拳，雖未曾寫過武俠小說，欣然接受挑戰，在《武俠世界》發表了處男之作。小說寫得流暢清順，可讀性高。惜乎《武俠世界》其時已是風雨飄零，搖搖欲墜，再無力負擔龐大稿費，燕青意興闌珊，無意再寫。

南派祖師祖鄧羽公

說到南派武俠小說開山祖師，大都推舉「我是山人」陳魯勁，余之誼兄黃仲鳴博士是掌故專家，引經據典加以糾正，證實乃是鄧羽公（一八八九——一九六四）。羽公者，今人識者不多，可說到他的女婿何文法，就無人不知，無人不曉——便是傳統老報紙《成報》老闆。羽公於一九二〇年在廣州創《羽公報》，曾用「凌頌覺」筆名寫《怪醫冇天裝》，觀其書名，廣州味濃。黃仲鳴根據資料斷定羽公為第一個將晚清反少林小說《萬年青》重新改寫的作家。鄧羽公曾有詩詠少林：「面壁仙踪佛寺旁，斷垣殘碣人茫茫。紅院塔影連雲暗，瀑送鐘聲帶雨狂。」小說發表後，廣受讀者歡迎，後輩作家我是山人等追附驥尾，大事創作述說少林事跡小說，掀起南派武俠小說高潮。

羽公、山人以外，尚有朱愚齋、筆名「我佛山人」，跟大名鼎鼎的晚清小說家吳沃堯同筆名。當年港、粵武俠小說家多為佛山人，粗略一數，已有山人五位，即：我佛山人、同是佛山人、念佛山人（許凱如）、禪山人、我是山人。其中以我是山人最負時譽。朱愚齋又名齋公，本屬南海人，佛山原隸南海，故亦可稱佛山人，雖有踏襲吳沃堯大名之嫌，亦可原宥。齋公名作是《黃飛鴻別傳》，一九三三年始連載於《工商晚報》副刊，黃仲鳴稱他文筆簡練遒勁，有漢魏風，則略嫌過譽。因從林世榮習武，精於描寫技擊，一招一式，源來有自，卻是累贅繁複，拖慢情節，折損故事，讀者每多不耐。倒是黃飛鴻這個人物，受惠於電影，成民間英雄。

關德興出演黃飛鴻，虎眼銅鈴，鷹爪如鈎，一聲龍吟，四座咸服，為影迷追捧，接連拍了一百多部，乃世界影壇第一長壽系列，紀錄迄今無人破。關德興又稱「翻生黃飛鴻」，在李小龍成名前，名氣無人能及，人人管他叫黃飛鴻而不名。我跟關德興是北角鄰里，晨早街頭相遇，必朗聲叫「黃師傅」，彼亦欣然回應，相互道安，可見形象深入人心。

無論鄧羽公也好，朱愚齋也好，以作品暢銷而論，無有能如後來居上者我是山人，他的名作《三德和尚三探西禪寺》，甫出版即震動文壇，銷路之暢，得未曾有。此書有序，述作書之旨，純為少林事跡辨誣闢謠，蓋前有《萬年青》一書，所敘事跡跟真相大相逕庭，故不能不言者也：

> 萬年青作者為清代時人，而少林派又為反清復明之人物，清庭所謂為大逆不道者。若照事直書，則在清代文網秋荼之際，其不如金聖嘆之罹文字獄者幾希，是以作者不能不歪曲事實，故於描寫至善禪師方世玉少林英雄全部覆亡。山人不揣冒昧，搜集清代技擊秘聞，用小說家言，寫成是

書，糾正前人謬誤，發揚少林武術，非敢躋於小說家之林也。（《三德和尚三探西禪寺》自序）

時維一九四八年三月一日，距今垂七十一年矣。壯哉其言，山人誠有心人也。除著書詳記少林外，山人另一貢獻當為他的「三及弟」文體（即文言、語體交雜和以粵語），於山人手上用來，直如行雲流水，清順通暢，直接影響了日後的怪論專家三蘇。他曾言：「一部分詆粵語小說為低級，文言語體併用者為非驢非馬。山人之意，以為通俗小說固應如是，中國文學上有平話小說之體制，平話小說者，平常所用之普通話也。第五才子之水滸，何非而不用山東土白寫成？第一才子之三國演義，又是文言語體並用之書。然則此書文言語體粵語三種併用，又豈能以非驢非馬目之哉！」我是山人著作豐盈，除《三德和尚三探西禪寺》外，尚有《佛山贊先生》、《洪熙官三建少林寺》和《陸阿采正傳》等書。後者由鍾偉明在電台廣播，名噪一時。

南派小說五十年代中期後，漸次式微，肇於一九五四年一場擂台比武，太極掌門吳公儀、白鶴小子陳克夫各誇本門功夫第一，互詆對方無能，相約在澳門新花園擂台比武較高下，互有損傷，平手收場。這場比賽引起報界前輩金堯如的重視，授意《新晚報》老總羅孚覓人撰寫武俠小說。我曾寫道：「羅孚先找梁羽生寫《龍虎鬥京華》，刊於副刊，風魔讀者；翌年金庸撰《書劍恩仇錄》，奠定新派武俠小說基礎。六十年代後，台灣派小說盛行，先有臥龍生、諸葛青雲、司馬翎；後有古龍、秦紅，雲蒸霞蔚，漪歟盛哉。只是林花謝了春紅，太匆匆！如今呢？胡塵漲宇，面自全非，吾輩悵惘！」

第二章 環球出版社

五六十年代到九十年代，喜歡看通俗小說的人，莫有不知道環球出版社這塊金漆招牌。它是香港歷史最悠久、規模最龐大的出版社，旗下刊物多如繁星，而且幾乎本本賣錢，粗略一算有：《環球小說叢》、《環球文庫》、《藍皮書》、《西點》、《黑白》、《迷你》、《新電視》等等。這些刊物幾乎伴隨咱們五六十年代的少年成長，我即忝為其一。第一次接觸環球的刊物是《藍皮書》，三十二開本，薄薄一冊子，刊的多是西方翻譯過來的偵探小說，偶然也有本土作家西門穆和田振南的作品。西門穆即梁穆叔，專事翻譯和寫作；田振南為有名的私家偵探，辦案經驗豐富，以實案入文，更為精彩。我小時候極愛看偵探小說，常幻想自己是大偵探。家父藏有程小青作品，文白交雜，雖看不大懂，對撲朔迷離的情節仍滿懷好奇，因而愛上偵探小說。看到《藍皮書》裏面，全是偵探小說，當然不會放過。今日看來，《藍皮書》的文章，實在不夠水平，譯筆差劣（我甚至懷疑是任意竄改），沙石滿紙，只是少年文學素養不足，不求了解，只要故事過癮便足矣！除此，吸引我的還有《藍皮書》的封面，多出自外國人物畫家手筆，抽象、寫實糅合，所繪畫多為金髮、黑髮尤物，楊柳晚風，芙蓉曉日，翠眉玉頰，一笑傾城。這本刊物是羅斌南來打響的第一炮，不少人以為是羅斌創辦。非也。《藍皮書》舊日上海早有，創辦者是馮葆善，羅斌只是一個小股東，負責發行。至於上海的環球出版社，亦非屬羅斌所創，本是馮葆善的家當，羅斌一九四九年來香港，身邊皮箱裏放的只有《藍皮書》舊稿和兩條金條。眼見香港雜誌單調枯燥，心思一轉，將舊稿翻新一遍，一瓶漿糊、一把剪刀，剪剪貼貼，貼貼剪剪，完成《藍皮書》。香港版創刊，拿去找發刊，處處碰壁，後來得大道西某書店答允代發，不意一炮打響。一九五〇年五月羅斌開設環球出版社，從事出版，他看中中環租庇利街做發行的湖北漢子吳中興，委他做總經銷，本是小規模合作，後來愈做愈大。羅斌份重情義，一路到結束生意，移民加國，發行都交予吳興記。

華路藍縷創環球

有關環球創辦經過，我曾這樣記述過：「環球出版社創立於一九五〇年五月，同年七月《藍皮書》復刊。羅斌當時租住板間房，板間房內只放一張床。這張大床除了在晚間成為他一家用以睡覺的地方之外，日間便作為羅斌出版社的『辦公桌』，一切編輯、排版、校對和裝釘的工作都是在這『辦公桌』上進行。一年後，《藍皮書》上了軌道，羅斌便在上環新街七號地下開設『環球印刷所』，大展拳腳，陸續出版了《武俠世界》、《西點》、《迷你》、《小說叢》、《環球文庫》、《環球電影》、《新電視》、《新文摘》、《新知》，《黑白》和《文藝新潮》等雜誌。全盛時期，出版社每月出版定期雜誌十七本、單行本二十二本，以規模論，堪稱空前。」

一九九六年我在環球上班，除了《武俠世界》，接觸得最多的便是環球出版社。

小思老師在中文大學負責本土文學資料，曾向我提問環球出版社歷史。我提供的資料，全聽自羅斌。我問羅斌為何要辦環球出版社？仰天打個哈哈：「沈先生，為吃飯呀！我四九年來香港，人地生疏，什麼都不懂，惟有做回老本行——出版咯！」他不諱言，從馮葆善身上學到的出版和編輯經驗，幫了他一臂之力。後來馮葆善也來了香港，當上《藍皮書》老總，世界輪流轉，上海老闆成了伙記，小廣東搖身一變，做了事頭。講到這裏，羅斌不禁笑了起來，告訴我《藍皮書》創刊伊始，生意尚可，賺不了什麼錢，為開拓銷路，決定推向海外。可沒有渠道呀！好個多計睿智的羅斌，每天跑去附近郵政局，跟職員套近乎。熟絡了，便套外地出版社地址，一個一元，集齊，就按址寄目錄傳單。有些出版社來函要書，羅斌郵遞過去。由於內容精采豐富，訂單愈來愈多外，外埠連同本市，環球出版社不到一兩年已茁壯起來。

《藍皮書》以外，真正為羅斌賺得第一桶金的是流行小說，起先以環球小說叢出版，一冊約四萬五千字，售價三角，作家有楊天成、鄭慧、龍驤、上官寶倫、杜寧、史得、羅蘭、依達等名家，另外還有三蘇（史得）、王植波（筆名「王樹」）、路易斯、黃思騁、上官牧和司空明。後頭這些都是層次較高的嚴肅文學作家，居然放下身段為羅斌效勞，我真有點兒摸不著頭腦。羅斌瞇瞇笑，一派自得：「都是錢作怪呀！」當年香港經濟不振，當一個文員工資不外三百元，寫一本三毫子小說，稿酬至少有兩百；如果是名家，更有三百，足可補貼家用。羅斌得意地說：「重賞底下，必有勇夫，連黃思騁那樣的名作家，也歸附我旗下，哈！」

羅斌一生最引以為傲的，一是捧紅倪匡，其次是發掘了萬人迷依達。我說還得加一個，便是岑凱倫。當年環球小說，即依達一人，已能撐起整個環球，再加上倪匡（魏力）的《女黑俠木蘭花》，月進以萬金計。不說不知道，不少三毫子小說被改編成電影，我以為羅斌又大賺一筆。他猛搖頭：「沈先生，你這又不懂了，電影版權收費不多，但是電影一賣座，水漲船高，小說便大賣。」嘿！這就賺得厲害了。羅太太何麗荔，最喜歡依達，常說我跟他有些相似，只是我進環球時，早已夕陽西下，否則可能會有一番建樹。羅斌也說過：「沈先生，可惜《新報》我賣掉了，不然一定請你當老總。」有人問我為什麼羅斌如此看重你？我也丈八金剛，摸不着頭腦。羅斌移民後回來探班，一趟茶局上，忍不住問，羅斌賊頭狗腦地說：「嘻嘻！沈先生，我看人一向很準呢！」我心中一樂，原來浪蕩遊子，還是有些優點的。

《真報》陸海安發掘倪匡

發掘倪匡的是《真報》社長陸海安，羅斌順手捧紅他，依達不同，是嫡系。依達在唸書時，已投稿環球小說叢。據他親口說：「我看到環球小說叢裏面的小說，有了個想法，何不把學校裏的生活寫下來？於是就寫了一個四萬字小說送去環球出版社。遲遲未見發表，心裏納悶得很。有一天，接到一個男人電話，自稱環球出版社編輯，說那部叫《小情人》的小說給邵氏導演陶秦看中，要拍電影。」這位編輯便是方龍驤，很賞識依達，從此依達變成了名作家。因而至今仍然認定方龍驤是他的恩人。二〇一八年我千方百計找到依達，他住在珠海，聊起方龍驤，知道恩人已離世，依達萬分黯然：「唉！沒有方叔叔，就沒有我依達。」依達莫名感激，無比思念。《小情人》給拍成電影，易名《儂本多情》，杜娟、楊帆主演，電影賣、小說火，依達也就一本接一本地的寫下去。他的名作《蒙妮坦日記》迄今仍存我腦海，很想跟他見一面。依達婉拒：「我不再見人了，想靜靜地過活。」我們用微信保持聯絡，每天一朵不同的花，通過微信送給我，咱倆友誼長存。

除了依達，羅斌最難忘的作家並非倪匡，而是杜寧，綽號「丹佬小胡」，是上海話，用廣東話說，便是「搞事棍」。這位杜寧先生，最好花錢，花大了，便千方百計找錢。羅斌是他的錢庫，抽屜裏的帳單，古龍佔首，杜寧為次，我親眼目睹的。因為借得太多，預支方法已不濟事，杜寧惟有厚皮撒賴，設法討錢。上環球找羅斌去，不在不走，直等到羅斌回，伸手乞：「羅老闆，幫幫忙，幫幫忙！小胡感謝你！」拿他沒辦法，多少應酬一點兒。為什麼那樣厚待？羅斌回答得好：「他很有才氣呀！」一本《女兒心》拍成電影，叫《玉女私情》，唐煌導演，尤敏、張揚主演。這部電影為尤敏奪得第六屆亞洲影后。水漲船高，人憑才鳴，羅斌非常看重。憑良心說，杜寧的小說寫得實在不錯，看過他的《蓬門怨》，我憑我一生之力，也寫不到那種水平。可惜搗蛋，鈔票都花在小妹妹身上，變成「窮措大」。杜寧借錢的本事，實不下於他的寫作才能，人碰到他，都要倒楣，獨有倪匡，四兩撥千金，把他扳倒。

羅斌這個人永遠不滿現狀，時刻思變，商業頭腦不遜胡雪巖（實際上他倆有點相似：精明能幹、克勤克儉、講求誠信），眼見環球小說叢出了多年，形式有點兒舊，價錢也稍便宜，六十年代初，決定推出環球文庫，定價四角，每十日出一本。許定銘在〈從三毫到四毫〉一文裏這樣說：「我手邊有本呂嘉謨《環球小說叢》的三毫子小說《不了緣》，出版於一九六〇年十二月十九日，內有一廣告頁，說一九六一年起，每十日會推出一種三十二開本的《環球文庫》流行小說，每冊四角。這意味着『三毫子小說』的年代結束，代替它的，是後來的『四毫子小說』。《不了緣》是《環球小說叢》的第一七九號，最後一冊是二十九日出版，羅蘭的《兄弟奇緣》。至此，出版歷時三年多的『環球』三毫子小說劃上句號。」這本《不了緣》作者呂嘉謨，後來因同性戀，情海翻波，在銅鑼灣勝斯酒店（今樂聲大廈隔鄰）殺死老正興的帳房虞家聲，案件轟動一時。年輕的我，每日追讀新聞報道，主要是我見過兇手和死者一面。

《文藝新潮》格調高

關於環球出版社的資料，網上不多，拙文〈環球出版社〉如此說：「『環球出版社』最鼎盛時期，小說出版分四大類，武俠小說古龍、臥龍生和諸葛青雲掛帥；獵奇小說：主力倪匡、龍驤、馮嘉和馬雲；愛情小說：先是鄭慧，繼而依達，後來便是岑凱倫；奇情小說：以楊天成、何行為主。」除了《藍皮書》，環球的《西點》也是老牌字號，綜合性質，文章多姿，在上海時代首屈一指。來了香港，反不如《藍皮書》。如果閣下是環球書迷，一定看過《迷你》，雜誌走情色路線，風格卻又不如其他同類刊物《老爺車》、《後窗》、《雅士》那樣放蕩形骸。《迷你》有美女艷照，露點，很有美感，迷而不惑，樂而不淫。羅斌精明之處在於會選用有知名度的女星拍攝艷照（那時不叫寫真），明星號召力大，吸金力高。《迷你》嘛，我至今仍記得何蓮蒂那一輯，奔放狂野，媚態畢呈，男性着迷。《迷你》也不僅靠艷照作號召，還輔以倪匡的獵奇和依達的愛情兩類小說，吸引了無數書迷。說來奇怪，《迷你》雖是男性雜誌，編輯都是全女班，這可稱是羅斌創舉耳。跟《迷你》同類型的還有一本《黑白》，專為男士而設，論兩性關係，文筆精細，富有知識，可惜男士們大都用情色眼光觀之，《黑白》遂鬱鬱而歿。有一回，小思老師問我羅斌是個生意人，為什麼會出版文學水平如此高的《文藝新潮》呢？真是個好問題，直到今日，不知底蘊的人仍然摸不着頭腦，賠本生意羅斌都會做？西方出太陽！年青時，每期我都會買一本《文藝新潮》，主要是看東方儀的日本翻譯小說。我在中學時期已心慕日本作家，尤其是新感覺派的旗手橫光利一，在日本文壇，名頭很大。東方儀在《文藝新潮》翻譯了橫光利一的《寢園》，這是劃時代新感覺派的代表作，那還了得？我用紅筆圈住，一字一句地看，雖然譯得苦澀生硬，我仍覺得諫果回甘。至於為什麼要出版《文藝新潮》？羅斌一句話釋了疑：「支持上海老朋友馬博良（馬朗）。」《文藝新潮》大三十二開本，八十餘頁，創刊於一九五六年三月，至一九五九年五月，僅出版十五期。這本期刊主要向讀者介紹世界各國小說，先後推出法國、意大利、日本、台灣專號，還辦過「文藝新潮小說獎」，評委是名作家徐訏和丁文淵。羅斌自豪地說：「沈先生，說出來，我也曾為純文學出過一份力氣呢！」後來停刊，主要是長蝕不賺。一九五九年十月，羅斌出版《新報》，業務蒸蒸日上，賺了不少錢。我問如果《新報》早些創刊，《文藝新潮》是不是不會停刊？羅斌闔上眼，想了一刻，復睜開，精光透出：「沈先生，你來編，我不停刊，好嗎？」相視大笑。剛才提到翻譯日文的東方儀，羅斌跟他的結緣很神奇，不妨引拙文〈羅斌二三事〉：「著名日本翻譯家東方儀（蕭慶威），當年也是羅斌一手發掘。他倆相逢於天星渡輪，羅斌跟他搭訕了幾句，就請他為環球當日文翻譯，真乃慧眼獨具。」

廢紙印書真叫絕

我的小辦公室外面，是貨倉，一疊疊的書籍積壓著，閒時抽幾本翻看，這一看，可看出瞄頭來了！怎麼這樣爛？原來不少作品，不獨文筆拙劣，故事也平庸無奇，這樣的小說如何能得以出版？那時跟羅斌已很熟絡，說話無傾鬲，在一趟閒談中，我提起了這件事。羅斌點點頭，表示同意我的看法：「沈先生，這個我知道，但是那時候，環球每天都要出版小說，需要許許多多的稿子，哪裏找去？」言下之意，情急底下，飢不擇食。作品雖劣，也得將就一下。還有一點，不熟悉羅斌的運營方式，是無法明白的，用來印刷小說的，大多數是報紙剩下來的紙張，棄之可惜，廢物利用，以之印書，不花一文。聽到這裏，我不禁拍腿叫好，真是絕！羅斌還告訴我《新報》的開度比其他報紙稍窄，兩邊剩紙，可節省不少。稍作剪裁，不傷篇幅，讀者也不會察覺，只要內容充實，誰管你！做生意，能省一分便一分，「以小博大」正是傳統商人營商秘訣，強如李兆基四叔亦然。我聽了，默記心中，此後《武俠世界》能多做二十幾年，純然是得自羅斌的點撥，換上好大喜功者，《武俠世界》不垮才怪。

七八十年代電視業飛快發展，隨之大盛，讀報、看小說的人數銳減，加上中英談判，香港早晚回歸，人心未定，報業滑落，羅斌萌退意，望四海，何處吾家？他選擇了加拿大溫哥華，於是開始部署撤退。消息傳出，不少同業不敢置信，五十年基業豈能棄於一旦？羅斌是有自身苦衷的，他有二子一女，坦白說，都非理想繼承人選，相信他們不過。與其如此，倒不如悄然引退以保全身。燕青有篇文章〈羅斌走得快好世界〉作出了這樣的敘述：「我連做夢也想不到會和羅斌在溫哥華喝茶聊天。閒談之際，他突然有感而發的說：『好彩我走得快，若是走遲些，我可能會破產。當時我把《新報》賣出去，每股二元五角，如今……』」燕青精於風水：「新街很狹窄，是條單行道，汽車要從荷李活道轉過來。新報大廈門前剛好在彎角，迎面向着新街，所以只看見車來而不看見車往，就好像風水書中所說的：『只見來龍，不見去脈。』在下雨天，由於新街路面傾斜，新報大廈那邊的地勢較低，也由於位在彎角，所以只見路面的水，汩汩的迎面流過來，而不看見流出去。這樣的風水，可能是羅斌大發特發的關鍵。於新街轉出大道西的彎角，那就是贊育醫院的山下，在香港淪陷期間，日軍在這裏築了一個防空洞。這個防空洞在戰後便被封閉起來了，洞前還建造了房屋，有人在這裏開了一間理髮店。不知是什麼緣故，這個防空洞竟然要打開，洞前的理髮店也因僭建而被拆除。說也奇怪，自從防空洞打通了之後，羅斌的事業就好像泄了氣。羅斌旗下的暢銷雜誌，如《新知》、《新電視》等，紛紛敗下陣來。最要命的卻是，《新報》大廈在建造時，是拿到印刷牌照的。後來法例有所改變，認為新報大廈是在民居之間，半夜開印刷機會騷擾附近的寧靜，羅斌只好把《新報》搬到石塘咀工業大廈去。以後報業競爭更為猛烈，甚至掀起之後的減價大戰。本來是會生金蛋的《新報》，逐漸轉盈為虧。羅斌看到形勢不對，陸續把業務賣出，全家移民去了加拿大。羅斌是個不甘寂寞的人，他近年來在美國投資地產，頗有斬獲。至於香港的物業，只賣剩百德新街的一層樓，作為偶然回香港的居停。看到香港近年來大起大落的變化，難怪他會有感而發說：『好彩我走得快！』」

夕陽故土　荊棘銅駝

《新報》先賣與郭應泉，一九九二年再轉手楊受成。楊受成懇羅斌任顧問，這樣就多做了幾年。一九九六年我進環球，實際上只剩下一本羅斌最看不起的《武俠世界》和名存半亡的「環球出版社」，偌大的環球大廈四層樓，冷冷清清，舊日王謝燕，飛入百姓家，蕭寂一片，荒涼、滄桑充塞着每個角落。我一直在這樣的環境下工作了六年，有所得，也有所失，只是得比失多。打羅斌身上我學懂了些微營商之道，就是創業維艱，定要節省。我認定這個宗旨，主政《武俠世界》，終於多做了十七年。二〇〇一年的秋天，窗外風起雲湧，幾片落葉紛飄。羅斌嘆口氣道：「沈先生，我想整頓一下出版社，你有什麼看法？」這時候，環球眾多王牌作家，只剩岑凱倫一個，夕陽故土，荊棘銅駝，黃昏日落，彼岸何處？我知僅以岑凱倫單天保至尊，捱不得多久，可幸還有台灣的于晴和席絹，「三姝鐵三角」，勉可存活。我回答：「講形勢，環球目前還不錯，要發展，只靠三位女士可不行！」羅斌問原因？我答以分類太少。以前的環球書種甚多，奇情除魏力以外，後來有馮嘉的《司馬洛》

和馬雲的《鐵拐俠盜》，俱擁一定讀者；再加上河洛的《二十年香港驚人罪案》和何行的《聲色犬馬》、張宇的鬼故事，形形色色，琳瑯滿目，讀者多有選擇，如今獨沽一味愛情，焉談發展？羅斌表同意，攤開雙手問：「沈先生，哪裏去找作家？死的死，退的退。」一想也是，好作家難尋啊！羅斌又問我對管理環球的女主編楊小姐有什麼看法？楊小姐本是二公子羅輝秘書，羅輝移民後，順理成章的坐上主編位置。工作勤奮，只是對作家了解不大夠，環球業務每況愈下，千禧年後，羅斌唯一王牌就是環球，他不能不有所驚懼。聽羅斌口氣，是想我接任環球老總，其時我認識的作家不少，彼此關係不錯，挑一些水準較高的稿子，並不太難。只是我怕砸人飯碗，加上要兼顧晚上報館工作和《武俠世界》編務，不敢貿然表態。此事遂不了了之。後來，環球愈來愈低沉，幾無翻身機會，原因是放棄了于晴和席絹兩位台灣女作家。她們要求加版稅，楊小姐左算右算，猶豫不決，便為「天地」用高版稅撬走了于、席兩女士。至此，環球只剩末代天后岑凱倫，單天難保至尊，不敗才怪！我知道這消息後，萬分感慨，跑去跟羅斌訴說，他已意興闌珊。某天下午，他召我上辦公室，劈頭第一句便是：「沈先生，你認識人多，看看有沒人對環球有興趣，我想賣了它。」當真？羅斌堅定地說「當真」，作價多少？回以「二百萬」。二百萬賣買環球，我心也動，奈何巧婦難為無米炊，只好望洋興嘆。找人商量，這時昔日的天天文化老同事李君來找我，願意收購。他進駐「文化傳信」當總經理，集團主席張先生很有興趣，幾經磋商，大約以一百八十萬元成交。羅斌分了五萬元給我和李君，一代輝煌璀璨的環球就這樣賣給了文化傳信。初時，廣事宣傳，舊書翻新、出版電子書。雷大聲少，終至無聲無息。可憐那數十萬真本珍品，如今長期給埋於倉底，天日不見。想想，我真乃罪人！

羅斌最後的心血——《武俠世界》賣了予我，甚至把百德新街祖居也拋售，五十年的基業隨風而逝，正是看它興盛，看它衰落，世事難料。二〇一二年羅斌病逝加國，接到這個噩耗，男兒眼淚不輕彈的我，竟然哭腫了雙眼。樹斷花落，社長好走！

第三章 四代老總

《武俠世界》前後有四位總編輯：蹄風、鄭重、沈西城和王學文（宇文炎），代表了四個不同階段：初創、興盛、中衰和落亡。世界是循環不已的，有高有低，《易經》云：「盈則虧。」萬事萬物俱有興旺、盛衰階段。武俠四個時代，各有可述，不妨花點筆墨談一下。現在的讀者看《武俠世界》，對四代老總，怕最熟悉的會是沈西城，當了十六年老總，目前仍然活躍於文壇，作品不少，加上經歷有點兒傳奇，讀者注意他，是很自然的事。其他三位，除了蹄風，還有些少人會有記憶，鄭重、宇文炎，相對他們，都是陌生名字，只是《武俠世界》行銷一甲子，工作人員，有名，無名，都有功勞，不能不記。

一、蹄風

五十年代初，環球出版社的負責人羅斌從上海來到香港，身邊只提了一個皮箱，裏面放一疊稿子，兩條金條。就靠着這些家當，辦起雜誌來。羅斌在上海的老本行是發行，其中一本就是《藍皮書》，老闆是上海人馮葆善，羅斌只負責替他送書往報攤和書店。彼憶往事，有點感慨：「那時候，我每天一早就踏着腳踏車，挨戶穿門地去送書，《藍皮書》銷路不好，輸給程小青的《新偵探》。」羅斌是廣東人，上海長大，上海話說得比我更地道，多少個歲月，咱倆一老一少在他的四樓辦公室裏，用上海話傾談，許多報壇事都是他說的。到了香港，人生路不熟，在上環租了個房間，擺張木桌子和幾條木櫈，便開始編《藍皮書》。方龍驤告訴我曾經幫忙編輯，羅斌說：「他只幫了一會兒，年紀輕坐不穩，拿了筆桿投稿去了。」一手剪刀，一手漿糊，剪剪貼貼，舊稿翻新，香港版《藍皮書》出爐了。灣仔大道東一家書店願意發行，姑且一試，銷路尚可。後來遇到在租庇利街一帶做發行的湖北人吳中興，兩人志趣相投，一談便合，嗣後就由吳中興包銷。一個月後，《藍皮書》已打開銷路，為什麼會成功？羅斌說當時香港的雜誌不多，較為出名的《東風畫報》，內容正派嚴肅，並不生動。《藍皮書》不同，以翻譯外國偵探小說為主，封面的美人使用人手繪畫，技術高超，神采飛揚，曲線玲瓏，性感迷人。讀者看到封面，心癢難熬，忍不住扔下錢幣購買，由是羅斌出版的雜誌，封面非常考究。

黃鶯迷盡小說迷

羅斌焉會因一本《藍皮書》的成功而滿足，此非羅斌本意。一擊中，雄心壯，把在上海盛行的讀物翻出改編，而其中最教讀者興高采烈者，莫如（鄭）小平筆下的《女飛賊黃鶯》和《女俠盜黃鶯》。小說中，三位女俠黃鶯、鄔雅、向遏，俠義可風，警惡懲奸，正氣凜然。五十年代香港社會秩序不整，到處充塞着烏煙瘴氣，三女俠的出現，正好滿足了受厄小市民殲滅惡勢力的慾望。

我是小平迷，好奇問羅斌小平到底是個怎麼樣的人。羅斌呷口茶：「一個大煙

鬼！每天要吃鴉片，沒鴉片，沒靈感，一個字也寫不出來。要他寫，只好給他抽大煙。不止買，還得替他燒。侍侯到家，靈感泉湧，就動筆。不僅於此，小平病腳，整日臥床。」這就怪了，書中名勝風光，蘇州、杭州，描寫得繪聲繪影，生龍活現，又是咋回事？一說到這裏，羅斌臉上露出得意神色：「沈先生這全靠我了！」靠你？我蕎住了。「小平是一個瘸子，不能走路，中國地方去得不多——」羅斌往下說：「要寫風土人情，全得靠書，我便替他張羅去，跑遍上海書局，買來厚厚疊疊的地理書供他參考。」「呀！你這樣幫忙，工作可忙了？」我嚷起來。「當然！」羅斌有點自傲地點點頭：「女俠黃鶯這本小說裏頭，可有我羅斌一番心血呢！」《女飛賊黃鶯》、《女俠盜黃鶯》這兩本書，在上海風行一時，很不同於武俠小說，它以現代背景和人物作主打，上海風光一一呈現，大部分上海書迷躭溺其中。轉移到香港，南下上海同胞不少，看到黃鶯，他鄉遇故知，份外親切，紛紛解囊。我記得六十年代逛書店，一排木架上全是一系列的《女飛賊黃鶯》和《女俠盜黃鶯》。我從小愛讀，深深迷上了三位女俠，同時也同情陶探長，覺得他是一個可憐蟲，常為黃鶯、鄔雅所戲。後來女飛賊黃鶯還拍了電影，由任彭年導演，于素秋、鄔麗珠、任燕領銜主演，又賣座又叫好。

這時環球出版社已上了軌道，壯志凌雲的羅斌就想越級跳，眼看香港報業興盛，也想來軋一腳，找了一兩個好友合資創辦報紙。由於報館社址在上環新街，就改名《新報》，請來書法家周叔華題字。「新報」兩個字一路沿用到賣掉《新報》為止。起初，銷路平平，股東下堂求去，羅斌獨力擔承，基於人力物力有限，他把主力移放在副刊上。《新報》副刊，取經上海小報，文多字密。一報在手，足可消永，用廣東話來說，就是「大件夾抵食」。副刊也，百花齊放，言情、偵探、奇情、武俠、小品，包羅萬有。作家方面，有方龍驤、西門穆、叔子、倪匡等等。小說繁多，最受歡迎莫如武俠小說。正如第一章有所述，五十年代，香港人已愛看武俠小說。南派小說大行其道。到了一九五四年，一場澳門擂台吳、陳比武，掀起新派武俠小說風。梁羽生，金庸紅到了不得，《新報》副刊雖沒有金、梁，卻有一個相抵不遠的武俠小說作家蹄風，他的小說《龍虎恩仇記》引起讀者的關注，轟動程度不下於《龍虎鬥京華》和《書劍恩仇錄》。可想到一張報紙副刊實不能盡錄武俠小說，羅斌腦筋轉得快：何不來出一本武俠小說雜誌？主意打定，動手籌劃，原本打算出月刊，一想：不對頭呀！武俠小說多屬長篇連載，一拖一個月，才有下回接上，時間相隔太遠。好！一不做二不休，改變初衷，決意辦雙週刊。這在當時報界，是天大的嘗試。羅斌密底算盤打好，也就不顧報館同事反對，一意孤行。未幾，一九五九年四月一日，《武俠世界》昂然出版了。

清宮武俠小說第一人

我說過《武俠世界》第一任老總是蹄風，其實羅斌心目中的人選，初時並非是他。心儀的是他的助理劉乃濟。劉乃濟曾記其事——「多年前為羅斌先生的環球出版社效勞，認識了不少武俠名家，介紹他們的作品在香港《武俠世界》發表。有趣的是，我並沒有在《武俠世界》做過，說來可能是與它無緣。當年我離開《東西十日刊》，羅斌找我過去他的環球出版社，籌備出版《武俠世界》。一切經已就緒，事情卻發生了變化。當時有上海來的余揚新（曾以「石沖」筆名寫過武俠小說《紅衣女俠》，他還有一個筆名叫「上官牧」，寫言情小說，頗受歡迎，可惜英年早逝。註：余揚新是女星小野貓鍾情密友）介紹上海女作家潘柳黛（在舊上海與張愛玲、

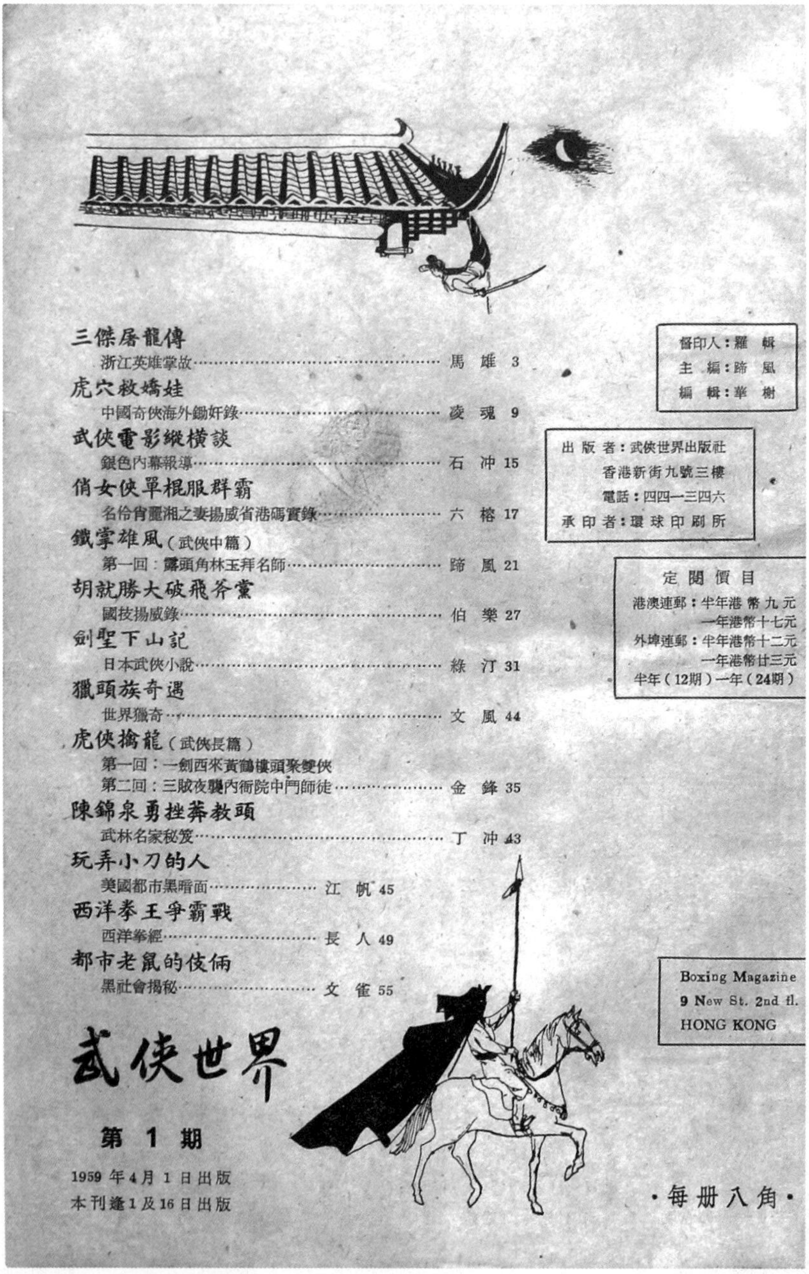

三傑屠龍傳
浙江英雄掌故…………馬雄 3
虎穴救嬌娃
中國奇俠海外鋤奸錄…………凌魂 9
武俠電影縱橫談
銀色內幕報導…………石冲 15
俏女俠單棍服群霸
名伶肖麗湘之妻揚威省港碼實錄…………六榕 17
鐵掌雄風（武俠中篇）
第一回：露頭角林玉拜名師…………蹄風 21
胡就勝大破飛斧黨
國技揚威錄…………伯樂 27
劍聖下山記
日本武俠小說…………絲汀 31
獵頭族奇遇
世界獵奇…………文風 44
虎俠擒龍（武俠長篇）
第一回：一劍西來黃鶴樓頭聚雙俠
第二回：三賊夜襲內衙院中門師徒…………金鋒 35
陳錦泉勇挫莽教頭
武林名家秘笈…………丁冲 43
玩弄小刀的人
美國都市黑暗面…………江帆 45
西洋拳王爭霸戰
西洋拳經…………長人 49
都市老鼠的伎倆
黑社會揭秘…………文雀 55

督印人：羅斌
主編：蹄風
編輯：華樹

出版者：武俠世界出版社
香港新街九號三樓
電話：四四一三四六
承印者：環球印刷所

定閱價目
港澳連郵：半年港幣九元
一年港幣十七元
外埠連郵：半年港幣十二元
一年港幣廿三元
半年（12期）一年（24期）

Boxing Magazine
9 New St. 2nd fl.
HONG KONG

武俠世界

第 1 期

1959 年 4 月 1 日出版
本刊逢 1 及 16 日出版

·每册八角·

《武俠世界》創刊號目錄

蘇青和關露等齊名）與羅斌合作出版《環球電影畫報》，由余揚新做主編。可是，到了開始工作時，才知道余揚新只曾在大公書局做個單行本的編輯，那就是只看看稿子，卻不會編畫報。由於畫報的編輯技術與雜誌不同，環球出版社內，亦沒有人會編畫報，就只有我會編。於是臨急作出陣前易將，由我去編《環球電影畫報》，那一隻煮熟的鴨子——《武俠世界》，就此拱手讓給別人了。」結果由蹄風頂上。

我十來歲時，已聞蹄風之名，看過他的《血戰古兜山》很是着迷。那時南派小說熾盛，一日到夜，都是什麼方世玉、洪熙官、陸阿采，看得有點兒沉悶，蹄風的塞外風光，正好帶來新氣象，耳目一新。少年心多，轉投蹄風。後來又看了《龍虎下江南》、《天山猿女》、《清宮劍影錄》等書，更是喜歡，尤其是《清宮劍影錄》，蹄風本人也說是畢生傑作，我絕無異議，的確別樹一幟，與眾不同，敘清室，寫宮鬥，刺激精彩，在當時，是首屈一指的武俠小說。

蹄風原名周叔華，台灣葉洪生博士說他是上海人，有誤。其實是廣東南海人，世居廣州，可能會說上海話，絕不是上海人，這樣一來我這個上海小子想叨光也不行了。蹄風作品不算少，著名的有《龍虎恩仇記》、《猿女孟麗絲》、《武林十三劍》、《清宮劍影錄》、《龍虎下江南》等，皆是六十年代初期的作品，先後被拍成電影，賣座不俗。掌故專家鄭明仁在〈「蹄風」留痕——追尋一位湮沒的武俠小説家〉一文裏，誇讚蹄風為六十年代可與金庸、梁羽生並肩而坐的武俠小説家：「一九五八年峨嵋公司（註：老闆李化，李怡之父）改編金庸《射鵰英雄傳》成電影，開啟了持續到一九七〇年的粵語武俠片潮流。香港以改編金庸、梁羽生作品為多，台灣則以臥龍生和諸葛青雲為最。其實早期還有一位香港武俠作者的改編數量和金、梁相若，那就是蹄風。由一九六一年至一九六三年，改編自蹄風小説的武俠片有十部，不遜於同期的梁羽生。」蹄風作品拍成電影的，最為人知者是《猿女孟麗絲》，不少人誤以為是改編自原著，其實是美麗的誤會，電影《猿女孟麗絲》改編自《龍虎恩仇記》，因為小説《猿女孟麗絲》裏孟麗絲名頭響，為了吸引觀眾，改用此名。這是一部國語電影，羅維導演，林黛主演。（註：近日看到馮寶寶追述誼母林黛，才知結緣於鑽石山片場。其時林黛正在拍攝《猿女孟麗絲》。這部電影為羅維的四維電影公司攝製。）當年電影圈有國、粵語二類電影，以言格局，前者遠勝，因此小説能被拍成國語電影，就表明原著的地位，強如金庸的《射鵰英雄傳》，一九五八年給李化相中，也不外是粵語電影，論地位，當年蹄風顯然在金庸之上。打一九六一年到一九六三年，改編自蹄風小說的武俠電影共有十部，分列如下：《猿女孟麗絲》（一九六一年，原作《龍虎恩仇記》）、《天山猿女》（一九六一年，原作《猿女孟麗絲》）、《武林十三劍》（上下集，一九六一年）、《雙劍盟》（上下集，一九六二年）、《清宮劍影錄》（上下集，一九六三年）、《龍虎下江南》（上下集，一九六三年）。

其中水平最高者，正是國語電影《猿女孟麗絲》，製作認真嚴謹，編劇也能抓到小說重點編寫，情節緊湊，曲折動人。羅維導技亦不俗，加以有紅星林黛壓陣，賣座鼎盛。蹄風小說，多用清宮作背景，十多部小說，大部分相互聯繫，組成清宮系列。說香港清宮武俠小說，蹄風實為箇中翹楚，梁羽生也只得敬陪次席。我對清朝歷史抱有興趣，也是受到蹄風小說的啟發，印象最深的是《清宮劍影錄》，故事敘述司馬長纓和王雪蓮一對俠侶刺殺雍正的過程，步步驚心，扣人心弦。我接連看了三遍，仍不忍釋手，一直到我出任《武俠世界》老總，還特意重刊一遍。可能年紀大了，閱歷多了，看的武俠小說為數夥，發現《清宮劍影錄》一書頗多紕漏，大抵其時蹄風急於出書，未暇細校，用字遣句頗粗疏，跟我當年看的所得印象，全然是兩碼子事。這種情形很少發生在金庸作品身上，可知金、蹄二人是很有分別的。尚以為這僅是個人陋見，想不到葉洪生也有同感，他批評蹄風小說云——「作者缺乏新文學技巧，從頭到尾都以舊式說書人的口吻『說書』，故個別情節雖波瀾起伏，引人入勝，然整體看來，不無枝蔓雜生之感。其未能獲得較高評價，癥結在此。」先褒後貶，的是至評。葉博士直言無忌，評蹄風缺乏新文學技巧，是不爭的事實。金庸的武俠小說能成為經典，實有賴取章回文體為經，西方文字技巧為緯，有以致之，牡丹綠葉，相輔相成，讀者看得心花怒放，不忍釋卷。鄭明仁批曰：「蹄風並不採用隱形的敘事者方法，常常作者現身，結構也較為散漫。除此之外，他也較重情節人物的熱鬧豐富，雖然明快，但場面寫得不夠細緻，也缺乏深刻的性格描寫。但蹄風自有其獨到之處，香港新派武俠小說誕生時，並沒有一個完全抽空歷史的『武林』世界，都要寄託在某個歷史的特定時間，走的是歷史傳奇的路線，講俠客在國家民族危難時，以絕世武功嘗試挽狂瀾於既倒。蹄風和金庸、梁羽生均無異致，對邊地風情的喜愛也十分接近。」由此看來，蹄風的武俠小說，雖不能成為經典，確也有其攝人之處。

叔子馬經雄視香江

羅斌本想用蹄風、劉乃濟合辦《武俠世界》，因故才由蹄風獨挑大樑，由一九五九年到一九八一年整整二十多年，期間有鄭重輔助，這段時期，《武俠世界》氣勢最盛，除了金庸、梁羽生，港台名家盡歸旗下，古龍、臥龍生、諸葛青雲、司馬翎等台灣四大家的稿子，幾乎每期都有刊登；香港方面自也不弱，有金鋒、石沖、張夢還、倪匡，可以說《武俠世界》一出，誰與爭鋒！《武俠與歷史》雖有金庸支撐，亦非對手，更遑論後來的《武俠春秋》。我從未見過蹄風，可他的名字，從我進入環球出版社後，常聽到有人提及，尤其是第二任老總鄭重，在交接時提及蹄風，說是一個勤奮的老報人，也很願意提攜作家。有一年，跟羅斌聊天時，提起蹄風，先讓我看一幀照片，照中人秀才賣相，溫文爾雅，繼而說：「周先生工作十分認真，他在我這裏既要編《新報》馬經，又要兼顧《武俠世界》編務，通常早上弄馬經，下午編雜誌。星期六晚上還得加班寫賽馬賽後評，一天廿四小時幾乎有大半時間都花在報館裏。」羅斌自已也很勤力，下午回報館主政出版社，晚上編報，深夜時分駕着摩托車往片場發工資。一年三百六十五日，大抵天天如是。羅斌說除了我，最勤力的便是周先生。說到馬經，蹄風是老前輩，地位僅次老吉（沈吉誠）。他的《叔子》馬經，當年是全港最暢銷的馬經。叔子曾對人言，我最主要收入源自《叔子》馬經。不說不知道，當年辦馬經，最賺錢，幾角錢報價，收七折，而出紙只一大張，比起日報動輒出紙五、六張，省下不少紙錢。行內有句老話——「淨賣紙已賺錢」，何況馬經還有不少酒家、成藥廣告支持，一月收入不菲。

蹄風學問不輕，中山大學經濟系畢業，諳中、英文，在廣州時，曾任職電報局，一九四八年因內戰，避難香港。在米業商會當秘書，住在莊士敦道，工作輕鬆，便利用空閒寫作。蹄風哲嗣周永新教授憶說：「爸爸每天伏案寫文章，我就每天為他各家報館送稿，我們很少有機會聊天。」可見忙碌。蹄風喜歡馬，寫武俠小說就冠以「蹄風」筆名，他跟當時的武林宗師董英傑、吳肇鍾是好友，茗茶閒談間，從他們身上聽得不少武林軼事，筆之於書，即成上佳武俠小說。除小說外，還寫馬經，他的馬經當年引起羅斌的注意。一九五九年創《新報》，便找蹄風題報頭兼編馬經版，因真名有個「叔」字，便改名「叔子」，想不到一炮而紅。《新報》暢銷靠叔子，當年唱遍報壇。羅斌告訴我，叔子評馬獨到，用筆簡而精，一兩句話，讀者咸服。他的貼士很有水準，尤擅貼冷馬。六十年代，叔子參與貼士比賽，貼中大冷馬「喜鵲批」，鰲頭獨佔，取得獎盃，聲名大振，連名騎師郭子猷、蔡克文也拜倒其門下。寫馬經、編雜誌，叔子已夠忙，收入大好，小說漸漸少寫，六十年代中期開始淡出，《武俠世界》遂由副編鄭重接手。

鄭明仁對蹄風小說頗有研究，排列出蹄風的「清宮小說系列」，由《密勒池劍俠傳》的明末李自成開始，中經《猿女孟麗絲》、《天山猿女》、《遊俠列傳》、《龍虎恩仇記》、《清宮劍影錄》、《武林十三劍》等書，下迄《龍虎下江南》乾隆朝告終，大部分都是講明末清初反清故事。這個龐大系列，與梁羽生由明萬曆年間開始的《白髮魔女傳》、《塞外奇俠傳》、《七劍下天山》、《江湖三女俠》、《雲海玉弓緣》等可堪比較，除時代相同外，有些重要角色兩者都有描述，除開歷史人物李自成、雍正、乾隆，傳奇人物如長平公主、呂四娘、傅青主都有沾及，可角度大有不同，梁羽生將李自成塑造成農民起義英雄；而在蹄風《蜜勒池劍俠傳》裏，李自成是一個兇殘成性的草莽，九宮山兵敗身亡，乃天理循環，死有餘辜。作家政治立場不同，人物處理大異。正如葉洪生所說，蹄風不曾受過西方文學薰陶，可創造的人物，卻也有破格之處。司馬長纓跟女魔頭飛鳳有了不尋常關係，糾纏不清，一般寫法定必是飛鳳因愛而改邪歸正，可蹄風安排飛鳳大異於前人，不止沒有改邪歸正，還大殺正派角色，甘鳳池、呂四娘、了因等全都死於其手下。凶殘陰鷙，決非一般宅心仁厚的武俠所能下筆，寫法大膽出格。偶也有神來之筆，《猿女孟麗絲》尤甚，身為女俠卻遭雍正迷姦，甘心做他王妃，正義女俠竟然成了大反派的俘虜，蹄風此舉，在當時盛行的正邪不兩立氛圍底下，可說驚天地動鬼神。

蹄風著作頗豐，書目計有：《血戰古兜山》、《勇闖十三關》、《鐵掌雄風》、《旁門崆峒劍》、《海南客隱記》、《蠻勒池劍傳》、《猿女孟麗絲》、《天山猿女傳》、《遊俠英雄傳》、《遊俠英雄新傳》、《龍虎恩仇記》、《清宮劍影錄》、《武林十三劍》、《龍虎下江南》、《玉門劍侶》、《雙劍盟》和《劍俠春秋》。蹄風於一九八一年去世，距今已三十八年，周先生是《武俠世界》第一代掌門人，臂助武俠小說推展，作為後輩，我向他鞠躬致敬。

二、鄭重

第一次看到鄭重是一九九六年夏天，地點在新街環球出版社地下編輯部，三張長木桌子直擺，首端橫放一張較大的寫字枱，便是《武俠世界》的辦公室。木寫字枱上坐着一個中年漢子，相貌端正，不胖不瘦，我一看到他，卻驚獃了，險險說不上話來。天下間，哪有那麼相像的人哪？簡直不能相信自己的眼睛。你道何故？原來坐着的人，活脫脫像我繼父！鄭重看到我驚愕的神態，顯得有點兒狼忙，我是羅斌欽點的第三代老總，馬虎不得啊，忙不迭地走過來跟我握手：「沈先生，幸會幸會，想不到你這麼守時！」昨天電話裏約好下午三點，我一分不缺，三點正到埗，寒暄一會，他帶我步上二樓，那是一個貨倉，推滿雜誌和舊書。角落有個小房間，我們便在那裏辦交接。他率直地告訴我：「《武俠世界》已大不如昔，目前銷路僅維持在四千八百到五千左右，雖說稍不如前，仍有微利，不過——」鄭重壓低嗓音：「問老闆，他總說沒得賺。哈哈！」我聽得也禁不住笑起來。聽過不少老闆嘆苦經：「生意沒得好做。」卻是一年一年的做下去，沒關排門板。你信他，是白痴！想不到原來羅斌也有這一手。鄭重往下說：「編輯部連我在內，共四個人，除了我，都是女人，每個人都做了十多年，經驗最老到的吳金鳳，是我的副手，跟我好多年了，你有什麼不了解的，可以問她。還有葉競平，看稿很用心。另外一個是雜務，一腳踢，主要負責發行交收。」一本週刊，四個人做，足見羅斌的精打細算。我問鄭重為什麼做得好好的，忽地辭職？他吸口氣，嚷起來：「哪是辭職，我是退休，移民去西雅圖，孩子們都在那裏。」後來葉小姐告訴我鄭重在環球做了一輩子，辛辛苦苦地養大孩子，送進外國大學。我聽了肅然起敬。

跟鄭重作深談的，只有那一次，對他並不了解，能有多一些的認識，全來自金鳳和葉競平。原來鄭重是羅太太何麗荔的表弟，從小在《新報》做事，蹄風主編《武俠世界》，他當上副手，對《武俠世界》的運作十分熟悉，知道如何聯絡各方作家。蹄風退任，順利當上老總，無非蕭規曹隨，照辦煮碗。吳金鳳說台灣有臥龍生、諸葛青雲、柳殘陽、秦紅、獨孤紅、慕容美、蕭逸等一流作家在手，香港則有三小俠：西門丁、黃鷹、龍乘風，作家陣容基本上夠了，而且手邊還有不少有實力的作家供稿：馬行空、司空羽、東方英，根本不用為稿子頭痛。我跟葉小姐同姓三分親，份外談得來。她說鄭重為人不錯，不愛說話，事事都仰羅斌鼻息，沒個人主意，直是一個傳統忠僕，膽子小，連吳金鳳也怕得罪，這造成吳大小姐偶然會喧賓奪主。任職其間，最大的貢獻是發掘了西門丁、黃鷹和龍乘風三位青年作家。

鄭重與董培新打架

葉小姐是一九八九年入職的，她看到《新報》上《武俠世界》招聘啟事，自動跑去應徵，獲取錄，到我接任，已做了七年，對《武俠世界》有一定了解。鄭重在她初上班時，脾氣十分暴躁，動輒罵人，後來發生了一樁事，整個人變了，沉默而和善。我問是什麼事？葉小姐抓了一下頭、道：「好像是跟人吵架，鬧上警局。」我猛地一怔，忙問：「是不是跟一位編輯？」葉小姐忙不迭地點頭：「是是是，好像是這件事。」我很清楚這樁事，跟鄭重發生爭執的是董培新。事情的來龍去脈，還是董培新親口告訴我的。培新現在是大畫家了，尤其在為金庸小說繪畫後，更是一登龍門，聲價百倍。只不過在六七十年代，聲名非昭，燕青這樣說他——「董培新在香港畫壇，不算得是最有名氣，如果說他是全香港最忙碌的畫家，那就沒有人會否認了。一百幾十種小說，六七份報紙，四五本畫報雜誌，都由他繪畫封面、插圖。還替電影公司設計過戲裝，畫過海報。他又是個神箭手，有空便去射箭，曾經代表香港參加國際比賽。這種運動，可能使到他減少工作量的壓力。」董培新文質彬彬，談吐不凡，朋友都叫他做「董公子」。他太太是女作家，多才多藝，用「章恒」寫文藝作品，以「張宇」寫鬼故事，又擁有「汎卡迪」的筆名寫詭奇小說。她的著作大多由董培新繪畫封面和插圖，夫唱婦隨，樂也融融。別看董培新外貌斯文，把外衣一脫，豐肌健美，好一副運動家身材！在家中，恒常練習舉重。美好身材正是有恒心的收穫。有一次，不知何故因工作上的問題，鄭重跟董培新吵起來了。鄭重脾氣暴躁，粗言穢語罵出口，培新還以顏色，兩人愈鬧愈凶，居然動起手。培新道：「鄭重哪是我對手，中了我幾拳，火了，居然拿起枱上的剪刀要刺我。」旁邊的同事怕鬧出血案，連忙制止。不知哪位編輯怕事，報了警，鬧上公堂，警誡了事。後來兩人給羅斌訓斥一頓，卻都沒革職。鄭重自此脾氣改了不少，平日沉默寡言，輕易不發脾氣。我上任一年後，聽說鄭重在西雅圖得病去世了。

譽滿東南亞作者臥龍生先生新著：

"素手刼"

· 由198期起已在本刊隆重發表 ·

簡帖遍傳驚四海
死因莫白震群雄
素手刼（武俠新派奇情長篇連載）............ 臥龍生 3
烟鶴飄飛炫奇藝
倔强傲性動芳心
怒劍狂花（新派俠義奇情長篇）............ 古 龍 13
少林棍
武林秘技隨筆（二）............ 混沌書生 19
感恩情嬌嬈惜俠士
逞窮兇妖婦鬥群雄
劍網十三重（武俠新派長篇連載）............ 金 鋒 21
魔陣陰陽掌
武俠奇情短篇............ 伯 榮 27
實施反間計俠士効命
勘察血河陣秀才點兵
簫壓鎮武林（新派武俠長篇連載）............ 金 童 35
霹靂鴛鴦劍
湖海恩仇記............ 高唐客 41
膽色過人小俠探魔窟
琴音繞耳高手遭凌辱
六指琴魔（武俠新派長篇奇情小說）............ 倪 匡 49
龍虎風雲
俠義奇情短篇............ 華雲龍 61
滾球大王的經驗談
健身術............ 小 雲 69
遇强仇小俠陷重圍
逞舌劍魔頭施詭計
鴛鴦刼（新派俠義長篇小說）............ 唐 皇 71
傻俠傳奇
精選短篇............ 徐遇安 89

督印人：羅 斌
主 編：踣 風
執行編輯：鄒 光

出版者：武俠世界出版社
香港新街九號三樓
電話：四四一三四六
承印者：環球印刷所

BOXING MAGAZINE
9 NEW ST.2ND FL.
HONG KONG

定閱價目

港澳連郵：半年港幣 $25.00
一年港幣 $47.00
外埠連郵：半年港幣 $30.00
一年港幣 $57.00
半年（26期）一年（52期）

武俠世界

第200期

1963年5月18日出版

逢星期六出版

· 每冊一元 ·

《武俠世界》第200期目錄

附：舊日文化界潛規則

月暗星稀，風雨欲作，重讀老辛書簡，一臉悵惘。剛展讀，雨乍落，黃豆打窗，巴噠巴噠，惱人！書簡云──「沈老總足下：萬望能高抬貴手，續用弟稿，弟向你鞠躬再三致謝！」語極荒涼，筆墨帶愁。來函者，台灣武俠小說家辛彥五是也。時光一晃，二十餘年矣，物是人非事事休，欲語淚先流。為《武俠世界》寫小說的，論名氣，辛彥五大有不如。北京武俠小說評論家鱸魚膾這樣評說──「他（辛彥五）的武俠小說，在《武俠世界》裏只是配菜，好奇可以動動筷，你會發現，其實它並不難吃；但要指望大快朵頤，還是換一家館子解饞吧！」似乎低貶，卻是事實。一九九六年我接掌《武俠世界》，成為第三代老總，前任老總鄭重兄告我：「沈兄，你動誰的稿子，我都沒有問題，只是辛彥五的，千萬別輕動，拜託拜託。」我難明所以然，莫非其人寫得特別出格？拿來一看，正如鱸魚膾所言──「解饞另覓店」，如此水平，為什麼要刊用？礙於當日唯唯否否，沒提異議，只好暫時保留。如果覓得更好的稿子，自會捨棄。上任不到半月，收到辛彥五的信，便是文章開首的那一封，客套幾句，便提要求。跟着又說：「沈老總，我們的條件如照舊，你認為太低，可以調整，我無所謂，只求能再供稿。」看得我一頭霧水，喝了口咖啡，把思想梳理一下，得着頭緒：那是一樁買賣。舊日報界有個不成文規定，名頭不響的作家想稿子刊出，就得向老總或編輯獻寶，稿費所得，勻拿一些出來孝敬，這樣便可以長寫長有。一般編輯都會接受這條件，一來多一名作家支持，二則有額外收入，補貼補貼，何樂不為！我嘆了口氣，回信老辛表示以後條件不必再繼續，閣下稿子還請照寫。用意挑明，不想舐作家的血，同時對未成名作家的困境寄予同情。可老辛不領情，款子照匯不誤。去信再推，依然故我，莫奈他何。他的小說，我看得極少，約略讀過《奪魂金》和《趙周橋風雲》，沒有大格局，一統江湖的氣魄莫問，只述江湖仇殺，既不曲折，亦乏離奇，讀之如飲白開水，平淡無味，莫談解頤，止渴也做不到。不禁掩卷問：如此不濟的小說為什麼還要登？難道真的只為那幾文錢的回佣？

老辛當過水兵，滿身軍人氣，坐時腰板挺直，說話不徐不疾，從不喝茶，只進飲開水。平日行事，一板一眼，正直不阿。我背地裏叫他當世柳下惠，坐懷不亂，小說罕有男女情意描繪，現代讀者哪會有心思看？就連老一輩的讀者也寧可看司空羽，至少香艷旖旎呀！二〇〇二年，我跟朋友買下《武俠世界》，老辛特意從台灣來香港跟我相見。接風晚宴上，他懇請我續用他的稿子。我不好推，言不由衷地：「辛大哥，你稿子照來吧，那些錢……就不用再匯了！」他高興地笑了笑說：「我明白，明白。」跟着遞上一大疊原稿，望能刊登，這便是《老牛的春夏秋冬》。其實老辛忘記了，以前我在環球時，曾經向我提起過，也寄來兩章供我參考。我看了一遍，自身傳記，還可以。編輯們卻說這非武俠小說，無意發表。老辛為此掛來好幾通長途電話，最後一趟，聲音硬咽，近乎哀鳴：「沈老總，你盡量幫幫忙！這是我老辛多年心血之作，我不收稿費，總可以了吧？」奈何寡不敵眾，無法應命。今番舊事重提，我又已是老闆，看到滄桑臉孔上爬着的無數不規則皺紋，我無法拒絕。老辛伸出雙手，牢牢抓住我的胳膊搖：「謝謝你，沈老總，謝謝你！」那誠懇真摯的臉孔，在今夕月暗星稀的晚上，又浮現我眼前……

《老牛的春夏秋冬》，反應不俗，老辛打電話來，要繼續匯款。我去哀的美頓書：「若再匯款，一刀兩斷，以後不要再來稿。」老辛總算聽話，停止匯款。兩年後，我不當主編，由王學文繼任。善心的學文，出版了老辛的《虎嘯來如風》上下兩卷。老辛開心，咱們憂心。《虎嘯來如風》每卷印二千，共四千冊。半年後百分之九十五退回來，現都給堆在貨倉。《虎嘯來如風》變成「苦笑去如風」。老辛嘛，自此也是去如風，再沒影兒了！

三、沈西城（此章採第一身寫法）

我跟羅斌結緣，過程很奇特，九十年代中期，摯友黃寶新央我一樁事，陪他到新街《新報》拜會羅斌。羅斌的名字我聽了很久，可一九六七年，我在《新報》當暑期工，也是緣慳一面。今趟有此機會，自是樂意奉陪。兩人坐的士直抵新街，在四樓近千呎的辦公室裏，初晤羅斌。胖胖篤篤，精神奕奕，隔着眼鏡的雙目，炯炯有光，一看便知精明能幹。天氣熱，只穿一襲白襯衣，笑臉歡迎。那天其實什麼事找羅斌，我已忘記，只聽到羅斌最後一句話：「黃先生，這件事我會再考慮一下！」站起來，把我們送到門口，臨行我送上一張名片，羅斌接過，只笑了笑。

過了不到一個月，接到羅斌電話，請我去他辦公室。什麼事呀？我狐疑到埗。

羅斌開門見山：「沈先生，我想你幫一個忙。」窮小子能幫什麼忙？姑且聽下去。羅斌不慌不忙說：「我想拍一部電影，劇本已寫好，想請沈先生過過目，看看有沒有問題，幫我修改一下。我付你一萬元，好嗎？」明碼實價不含糊，彷彿早看穿我定會答應。其時，我收入僅堪餬口，既有外快，豈會不答應。「那我叫陸邦找你！」羅斌興高采烈地。陸邦乃粵語片興盛時代的著名導演，羅斌常跟他合作。才兩天，陸邦來電話，約我到尖沙咀假日酒店二樓的咖啡室，同座還有李姓男藝員。陸邦微笑地對我說：「沈先生，很喜歡跟你合作，希望能把電影拍好！」我回以微笑，問他取劇本。陸邦臉有難色，道：「呀！哪有劇本，連分場都沒有！」我呆住了，那是什麼回事。羅斌不是說有劇本的嗎？陸邦有點尷尬，最後說出實話。原來他跟羅斌說了個故事大概，還表示劇本早已寫好，只要有製作費，便可開拍。由於有方中信和西協美智子等演員，羅斌心動，答允支持二百萬元，並派我來審查劇本。如今沒劇本，我看什麼？陸邦和李姓藝員哈腰作揖懇求我幫個忙，千萬別對羅斌明言。為了促成其事，要我為他們寫好故事，好讓編劇分場。不待我答覆，便一口氣把故事大綱說了一遍。事到如今，我還能說什麼？只有硬撐。故事大綱，我花了半天寫好，交與陸邦，叮囑他們盡快寫好劇本。陸邦信心滿滿地說：「放心，有了故事，便可拍了！你只消對羅先生說劇本看過，他們會修改就行了！」我好生為難，夾在中間，豬八戒照鏡兩面不是人。

拍電影二百萬泡湯

過了兩個星期，羅斌打電話問我情況，我唯唯否否，含糊其辭，推搪過去。羅斌也沒甚懷疑，事情暫告一段落。過了兩個月，電影拍好，羅斌叫我去看試片，一看幾乎暈過去。節奏慢如蝸牛，情節俗不可耐，電影難賣座。我如實相告，羅斌冷着臉，沒說什麼。這部電影後來沒在戲院上映，只賣錄像，哪能回本！過幾天，羅斌約我到百德新街寓所附近的快餐店喝咖啡。到埗，已在座，一見到我，便問：「沈先生，你喝什麼？我去買。」哪敢勞動前輩，忙說：「社長，你坐！我去買。」一老一小，喝着香濃咖啡聊天。我為他那二百萬泡湯而難過，羅斌卻說：「沒相干，反正還回陸邦一個人情，以前他也幫我不少忙！」我聽了，很感奇怪，人多說羅斌吝嗇，視錢如命，如今看來，似乎言過其實。耗了二百萬，毫不動怒，反而為對方開脫，器量不淺呀！那天，談了約一個小時，內容盡繞着環球出版社。他說很想整頓一下，我不在其位，不謀其事，也沒多說什麼。到分手時，他握着我手說：「希望我們還能見面——」那是一定的，一位和藹可親又睿智的長者，正是我親炙學習的對象，只怕他不要見我哪！坐言起行是羅斌的座右銘。過了一個多星期，接到他電話：「沈先生，我希望你當《武俠世界》的老總，行嗎？」什麼？我沒聽錯吧！見我沒回聲，羅斌在電話裏叫了幾聲「沈先生」：「你可有時間？」那是一九九六年，我剛進《天天日報》當港聞編輯。晚上七點半工作，一路到晚上十二點下班。上夜班，很辛苦，白天做事，怕捱不住，如實相告。羅斌沉思了一下，道：「這樣吧，你下午上班，五點半放工，行嗎？」話都說到這個份兒上了，還能推嗎？何況其時我真的很需要錢，而羅斌又待我不薄，半日工作，一個星期五天，月薪一萬二千元。好吧！就這樣鬼使神差地，我當上《武俠世界》第三任老總。一做二十多年，這是我最長的一份差使，在這之前沒一份工作，我能捱過兩年，當中大多數是自動離職，只有一趟例外。

跟鄭重交接完畢，互道珍重，正式執掌《武俠世界》，首先我跟編輯們開會，其實也不是什麼工作會議，只是閒聊，藉此相互了解。《武俠世界》的主幹是吳金鳳，葉競平輔之，其餘一人是校對，加上我，正好四個人，每週負責出版一本雜誌，工作量不輕。吳金鳳告訴我，由於不少小說是連載，早已排好，基本上沒難度。最教人頭痛的，反是每期的大小說，是作開卷之作，讀者最愛看，要求很高。葉競平表示：「大小說十分重要，那一期好看，銷路升，相反，銷路跌。如果跌得重，老闆會心痛。」那時偌大的環球出版社，定期刊物只剩下這本《武俠世界》，苦苦支撐。我問大小說從哪兒來？金鳳說來自台灣和香港作家。九十年代，武俠小說開始式微，台灣方面，古龍早逝，臥龍生、諸葛青雲基本上已退休，能充塞場面的只有朱羽、柳殘陽，蕭逸……我一怔，如此陣勢，比起六七十年代，足足相差一大截哪！（可如今回想起來，有他們，還算是我的福氣呢！踏入二十一世紀，連朱羽、蕭逸他們都消失了，上帝！我還能做些什麼？）

有了初步理解，我要費心的便是大小說。我心儀的是西門丁和龍乘風，本來還加上老朋友黃鷹，可惜英年早逝，萬一台灣大小說稿子未到，就由西門丁、龍乘風兩人接上。西門丁是作協會員，也是我老朋友，好商量，龍乘風則只聞其名而未曾識荊，西門丁說這包在他身上，原來他們（西門丁、黃鷹、龍乘風）是八十年代武俠文壇的「三劍俠」，友情比金堅。有了西門丁這句話，我心踏實了，毫無焦慮地當上老總的職位。

險些兒陰溝裏翻船

天有不測風雲，上任不到三個月，遇到一樁事，險些兒陰溝裏翻船。事情經過是這樣的——某期封面上有大標題出了錯，對雜誌來說，影響可謂不少。金鳳女士怕挨罵，着急了，主動向羅斌大兒子羅威訴說，大意是我失誤，沒作最後一校，將責任完全推給了我。本來雜誌出現錯誤，勿論是誰不小心肇成的，老總都要負全責。我根本沒打算推搪，只是想不到金鳳會向羅威密告。羅威即時給我一通電話，語帶斥責，我聽了，很不高興。因為當日羅斌邀我出任老總時，聲明我只向他一個人負責，其他閒雜人等不得干預。如今顯然毀了信諾。我那時四十多歲，中年氣盛，直奔羅斌四樓辦公室面陳，他很冷靜地聽了，第一句話便是：「只錯一兩個字，常有的，下回要多注意。這件事我會處理，沈先生，你安心工作吧！」你道羅斌如何處理？嘿！直接了當的讓金鳳退休。我嚇了大跳，忙向羅斌說項。羅斌道：「我意已定。她也工作很久了，回去休息一下吧？」輕描淡寫把我打發掉。我心裏很不安，沒想到我這樣一吵，砸了吳金鳳飯碗，由是心生悔意。嗣後在工作上，總是和顏悅色地跟同事商量，再也沒辭退過一人。金鳳走了後，我升了葉競平職，月薪加了些，又拉進《天天日報》同事區景浩和劉乃濟兒子劉恒到編輯部，變成三男一女的架構。由一九九六年到二〇〇二年那六年，是我工作最愉快的時期，下午上班，黃昏下班，一有空閒，我們三人會喝下午茶，三文治、咖啡，聊工作，話家常，日子好過。如今老區已去世，劉恒做了佛店老闆，不常見，每走過新街，往事依稀，回想無窮。

在我跟同事們愉快地工作底下，《武俠世界》大致平安大吉，期間只發生了一件小故。某日午間，上班不久，羅斌一通電話要我上去辦公廳，第一句便是——「《武俠世界》銷路跌了！」雖說平日羅斌不大理會《武俠世界》，心裏仍有牽掛。我反問跌了多少？羅斌出示發行單據，原來有兩期跌了四五百本，那正是過農曆年的時候，往常也會跌，只是沒那麼厲害。羅斌道：「沈先生，想想法子吧！不要再跌下去了。」一聲音柔和充滿期盼。我悶悶不樂地回到二樓自己的小辦公室，要了杯咖啡，抽一口小雪茄，閉眼沉思一會兒，終有計較，決定調整版面。《武俠世界》傳統上是大小說先行，繼而中、長篇押陣，而且一揭開封面，入目的便是字數密密麻麻的大小說，看得費力。我作了個調動，內頁第一頁沒有文字，全版大福插圖，標上小說名稱和作家名字，增強氣勢；跟着加入短篇推理和民初技擊小說，推理自己動手，民初重用台灣朱羽和香港龍乘風、西門丁。長篇連載酌量減去一、兩篇，貴精不貴多。這個調動，編輯部的同事有不同意見。老區一向謹慎，戰戰兢兢問道：「三哥，會不會冒險了一點？讀者會不習慣。」我回說：「怕啥？動未必生，不動就等死！」老區唯唯否，至於劉恒，一向大膽，極力贊同。新版面世三期，發行吳興記回報說：「紙已止跌回升。」那跌下來的頹勢給挽回來了，從此一直風平浪靜。

二〇〇一年中，羅斌告訴我他會全面撤退回溫哥華，環球和《武俠世界》都要賣盤，問我可有人要？我為着要挽救《武俠世界》停刊厄運，四出找人商議，終於找到鍾小姐和危丁明。他兩本是聯合出版集團的編輯，有意向外發展，願意接收《武俠世界》，羅斌雖然右傾，並無門户之見，聽得左派有人願接手，喜出望外，要我盡快安排見面。羅斌要價三十萬，鍾小姐還價二十萬，雙方就價錢爭持不下，我是中間人，左勸右求，各退一步以二十萬元達成協議，以為萬事俱成，豈料枝節橫生，鍾小姐提議羅斌出示作家們的版權證明文件。她那知道五六十年代根本沒有什麼所謂版權，作家寫小說以稿酬計，收了稿費，小說賣斷。在這種情況底下，你教羅斌何處去拿版權證明？惟鍾小姐堅持要，羅斌給逼慘了，迫於無奈，最後拋出一句話：「有什麼事，找我羅斌！」那是說他負全責，鍾小姐是倔驢，仍然堅持己見。結果買賣告吹。《武俠世界》最後落在我手上，這跟第四任老總王學文（宇文炎）大有關係，下面道來。

四、王學文（宇文炎）

羅斌一生人最恨人不相信他，這比死還難受。他悲憤地說：「沈先生，我不賣了，你來接手吧！便宜一點，二十萬！」可我哪有二十萬！於是想到問吳興記老闆吳中興想辦法。打電話去，不在公司。同一天下午，我約好朋友在北角城市花園酒店喝咖啡，路過炮台山車站，遠遠看到一個人挨在路邊欄杆發獃。趨近一看，原來是昔日佳藝電視舊同事王學文。一臉無精打采，悶悶不樂。路邊攀談，方知他生意失敗，前路茫茫，不知何去何從。他問我在做什麼？據實以告。他濃眉一抬，說：「沈大哥，倒不如我們接下來辦吧！」正合吾意，可錢從哪來？我沒有，王學文更是沒有，兩個光棍無皮柴，雙手空空。王學文眼睛一轉：「我現在暫時寄居在一個朋友的印刷廠，擺了張寫字枱，應付工作。」學文說這個朋友叫謝中欽，是一家印刷廠老闆。我知道謝中欽，出道時，曾為他的《大眾》電視寫過稿，稱得上是舊識。學文的構思是想請謝中欽先出資，我們分期攤還，股份則每人佔三成三，我無異議。過了兩天，我引謝中欽上環球拜會羅斌，一談即合，簽好合約，付了支票，《武俠世界》從此歸了我們。

舊稿翻用救雜誌

《武俠世界》自己一做二十多年，完全想不到。為了不傷元氣，舊《武俠世界》編輯部全體人員過檔，新編輯部設在北角榮華大廈十八樓新美景印刷廠內，在架構上稍作調整。我出任社長、王學文當總編輯、葉競平升編輯主任、區景浩當執行編輯，至於劉恒因有新發展，離開了我們。印刷方面自然由謝中欽負責，《武俠世界》付他印刷費，我跟學文除了支薪外，還佔盈利的三分一。銷路當時每月有四千多本，扣除一切開支，每月約有二萬盈餘，不能算好，可在二千年，已屬不俗，不少老牌雜誌萎謝凋零，無法維持，關門大吉。學文有個老伙記何順光，五十來歲，體格魁梧，為人忠實，寫得一手好字，他負責《武俠世界》海外訂單和帳目。在眾人眾志成城合力底下，開首那幾年，業務尚稱平穩。這時，台灣作家能交新稿的，可謂寥若晨星，說出來，不怕你們見笑，只剩下辛彥五一個人。其他的去世的去世，退休的退休，我跟王學文兩人天天眉頭緊皺，百思莫得其計之際，編輯主任葉競平提議不如舊稿翻抄，把過往發表過的小說重登。她解釋——「許多讀者未必看過六七十年代的小說，即使看過也已忘掉大半。我們重新登，換個插圖，讀者便會有新鮮感。」一言驚醒夢中人，金庸的小說不是一出再出嗎？何曾有倦於讀者。於是陸續把司馬翎、臥龍生、諸葛青雲、古龍、獨孤紅、柳殘陽、蕭逸的小說標新題再刊，至於封面也翻用董培新舊畫，利用電腦改換背景，效果不錯。這一招奏效，讀者不獨沒反對，還來信鼓勵和認同。有個老讀者甚至說重看舊小說，更覺有韻味。不過一本雜誌總不能全是舊稿充斥，我們央得老朋友西門丁拔筆相助，替《武俠世界》撰寫新的武俠小說；還有辛彥五，一期有兩段新小說，總算添點新彩。王學文自己也分別用「宇文炎」和「葉秋桐」筆名，寫了處女武俠小說《地獄圖繪》和鬼故事。王學文出身自《文匯報》，當年是有名的突發記者。離開《文匯報》後，開了個出版社，有過一番事業。文筆流暢清爽，簡潔易明，武俠小說處男作寫得不壞，而我也仿日本情調，寫推理，人物換上施宇和藍新平，一時之間，《武俠世界》竟然有些少中興的曙光，同寅們都感高興，於是雄心勃勃，想進軍大陸，孰料這就招來日後衰落的契機。

第四章

《武俠世界》作家群像

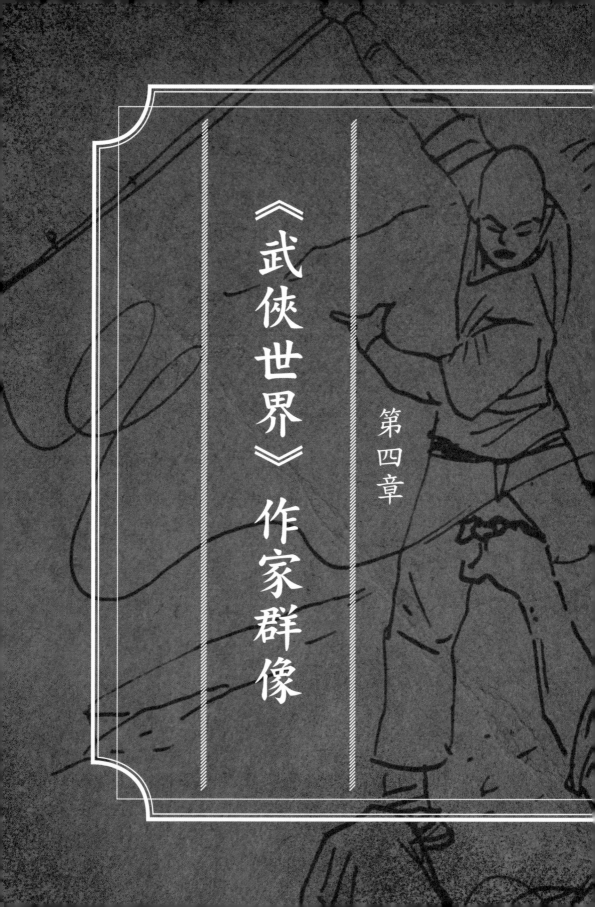

「武俠名家畢集　各展其才爭雄」——這是武俠世界五十周年紀念時，日本朋友送我的賀詞。他期盼《武俠世界》能一直辦下去，可惜十年後，我滅了他的希望。

日友喜讀武俠小說，鍾情於金庸、古龍，只是《武俠世界》沒金庸，多少有點遺憾。十年後，我寫《江湖再聚——武俠世界六十年》這本書的第四章——〈武俠世界作家群像〉，忽地想起日友亡故已近三年，就借他的賀詞作為哀悼和此章開場白吧！

一、倪匡（一九三五—）

《武俠世界》創刊以來，為它供稿的小說家，可謂恆河沙數，計之不盡。出名的有：倪匡、古龍、臥龍生、諸葛青雲、張夢還、司馬翎、司馬紫烟、柳殘陽、秦紅、獨孤紅、朱羽、曹若冰、蕭逸等等，至於那些文名未顯的，更難細數，清單一張十尺長。現謹擷其中六位名家，誌其生平，述其風格以饗讀者。曾有專家說《武俠世界》網羅港台所有名家，有點誇張，跟事實不符，至少香港兩大新派武俠小說開創者金庸、梁羽生就不納其內。原因何在？簡略言之，金庸貴為《明報》老闆後，身價不同，從不為別家刊物撰稿，終其一生，僅為《明報》執筆；至於梁羽生，隸左派陣營，乃御用作家，豈容旁人沾手？就連老同事金庸求助也被拒。金庸跟我說過初辦《明報》，曾欲拉攏梁羽生，以雙劍合璧，天下無敵，業必有成，不意吃了癟。梁羽生幾經考慮，婉拒金庸好意。事後，梁羽生對友人說：「不是我不想幫老查一臂之力，而是我家食指浩繁，萬一有什麼差池，我會陷入困境。好馬難吃回頭草啊！」由是可知梁羽生是怕家庭受累。晚年梁老頗有悔意，非是欣羡金庸發大財，而是盼能如他一般地享有更大創作自由和空間。若然，成就怕不會遜金庸。梁老女徒楊健思老師告我：「金庸寫韋小寶，鬼馬多端，機智狡黠，一下子擁七位如花似玉美妻，床上調笑，春色無邊。梁老那兒就不能這樣寫了！」事實上，梁羽生風趣幽默，平日愛開玩笑，遠比金庸逗趣。今有不少武俠小說評論家，直言調侃梁老不如金庸，可謂不明底蘊，胡說八道。

梁羽生跟金庸是好同事、好朋友，和倪匡卻少有交情。原因是倪匡曾公開批評梁羽生：「梁羽生的小說不大好看，我看不下去。」直性子的倪匡毫不容情地看小梁羽生的作品。身為名家，分量自不輕，的而且確影響了不少讀者閱讀梁羽生小說的興趣。梁羽生的小說真如倪匡說得那樣不堪一讀？非也非也！舉《七劍下天山》、《雲海玉弓緣》、《萍蹤俠影錄》三書，已是擲地鏘鏘有聲，有哪一點不如金庸作品？惟一生要為稻粱謀，成書三十餘套，趕工底下，水準自是參差不一，影響整體水平。然而僅傳世的那三本，已足為後學捧誦，專家鑽研。

女黑俠轟動文壇

《武俠世界》獨欠金、梁，的確是美中不足。羅斌可感遺憾？語焉不詳。眾所周知，羅斌不太喜歡金庸，原因有二：一是同行如敵國；二則是跟金庸撬走羅斌愛將倪匡有關。倪匡出身《真報》，本為小雜役，某天碰巧台灣武俠小説家司馬翎斷稿，老總陸海安急得像鍋上螞蚱，遍問報社中人誰能代續？名作家龍驤不敢請纓，餘者噤聲，獨小倪匡不知天高地厚，舉手説：「老總，我能！」一看是個過去寫過些短文的小雜役，哪放心上！陸海安望着倪匡，一時説不上話來。好個小上海倪匡，拍拍胸脯，朗聲道：「我來寫，先寫兩段讓老總過過目，好伐？」陸海安見情急勢危，不得已，姑且一試。第二日，倪匡呈上四段續稿，陸海安拿來看，嚇了一大跳，居然嚴絲合縫、了無破綻，當下錄用。後司馬翎續稿到，陸海安愛才，問倪匡能寫長篇武俠小説否？倪匡天不怕地不怕，只要有錢賺，馬上答應。於是便有了年輕武俠小説作家「岳川」，文筆流暢，橋段曲折，很快吸引讀者注意，同時也勾起《新報》老闆羅斌的注目，竟開出雙倍稿費拉他過檔寫文章。倪匡認錢不認人，遵命如儀。這就造就了香港奇情小説大家「魏力」，一系列的《女黑俠木蘭花》哄動報界，人

第 96 期刊載倪匡《冷劍奇俠》

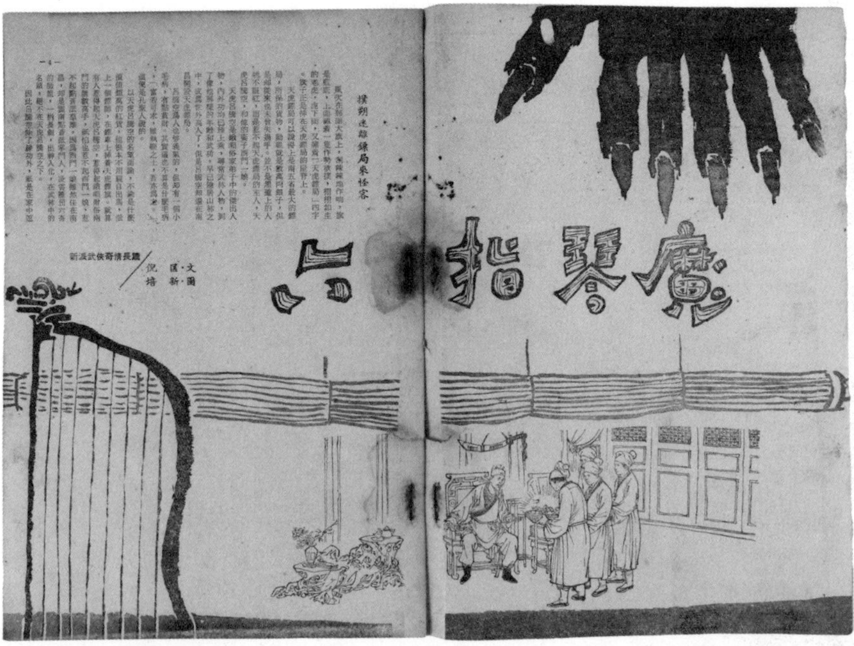

第 162 期刊載倪匡《六指琴魔》

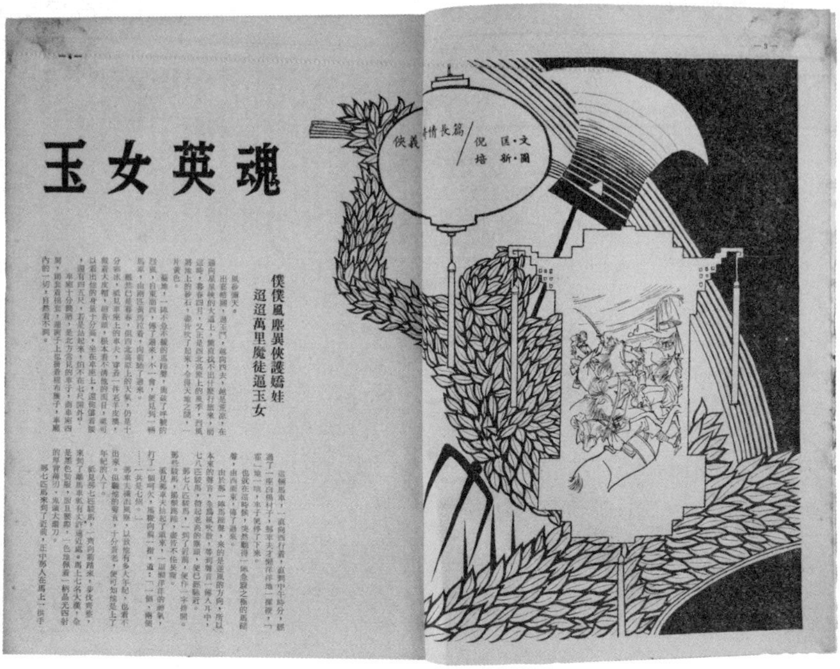
玉女英魂

俠義長篇 倪匡·文 新培·圖

僕僕風塵異俠護嬌娃
迢迢萬里魔徒逼玉女

第 246 期刊載倪匡《玉女英魂》

巧奪死光錶

女黑俠木蘭花

鬥智小說 奇情奇俠完二月

魏力·文 新培·圖

強中還有強中手

第 300 期刊載魏力（倪匡）《巧奪死光錶》

人爭看。

倪匡用「魏力」筆名撰寫《女黑俠木蘭花》，第一本《死光錶》千字十元起，一路寫至千字百元，仍未饜足，要求再加。這已超過羅斌所能負荷，要求高抬貴手，商議不果，賓主分手。倪匡蟬曳殘聲過別枝，投奔羅斌對頭金庸。由是羅斌不滿更大，從此跟金庸爭個你死我活，相鬥不休。一九五九年四月羅斌創辦《武俠世界》，金庸見獵心喜，也來軋一腳，翌年一月發刊《武俠與歷史》，以之打對台。為求一挫對手，親撰中篇連載《飛狐外傳》，大師椽椽之筆，如泰山壓頂，勢不可擋，《武俠與歷史》銷路紅火，直逼《武俠世界》。如何得了？羅斌左思右忖，心生一計，拉攏台灣名家臥龍生，購其《大華晚報》連載《飛燕驚龍》，易名《仙鶴神針》，更命臥龍生改筆名為「金童」，「童」、「庸」發音相近，擾人耳目。為求一擊即中，銳意創辦電影公司「仙鶴港聯」，開拍《仙鶴神針》，一集接一集，賣座空前，於是馬君武、白雲飛、李青鸞（《仙》書男、女角）之名，不遜於郭靖、黃蓉，市場上金、羅平分春色。（詳情參考臥龍生篇）

倪匡移師《明報》，其實稿費不比《新報》為多，那為什麼一向鈔票掛帥的倪

匡，甘心跳糟？倪匡自道是仰慕金庸才華。他這樣說：「未讀查先生小說之前，我想這個人寫武俠小說大抵不會比我高明許多吧！一看之後，嚇了一大跳，世上哪有寫得這麼好的呢？要命！」其次金庸、倪匡同是上海老鄉，同鄉三分親嘛！到了《明報》，初時仍以「岳川」筆名寫武俠小說，後來易名「衛斯理」，捨武俠就科幻，創造出《衛斯理系列》，自此一舉成名，眾詡為中國科幻小說大師。最近，作家周顯評倪匡——「倪先生的科幻小說多無實據，但好看；台灣張系國字字源出有據，卻不好看。」看似開玩笑，卻是肺腑之言，小說最重要好看，其他都不重要。

一雞三味　羅斌絕活

倪匡從來未正式為《武俠世界》供稿，然而連載在刊物內的小說如《六指琴魔》、《冰天俠女》又是什麼一回事？不得不說一下羅老闆的絕活——「一雞三味」。羅斌是小廣東，從小在上海長大，做事靈巧、敏捷，年青時，跟友人楊葆善合辦《藍皮書》。南下香港，先是舊調重彈，復刊《藍皮書》。熟習環境後，就以上海人獨有的靈巧手法，苦心孤詣開辦《新報》。為謀節省開支，想出一條獨步丹方：把

六指琴魔
港聯
1965年
五週年紀念巨片
監製 何麗荔
導演 陳烈品
原著 倪匡

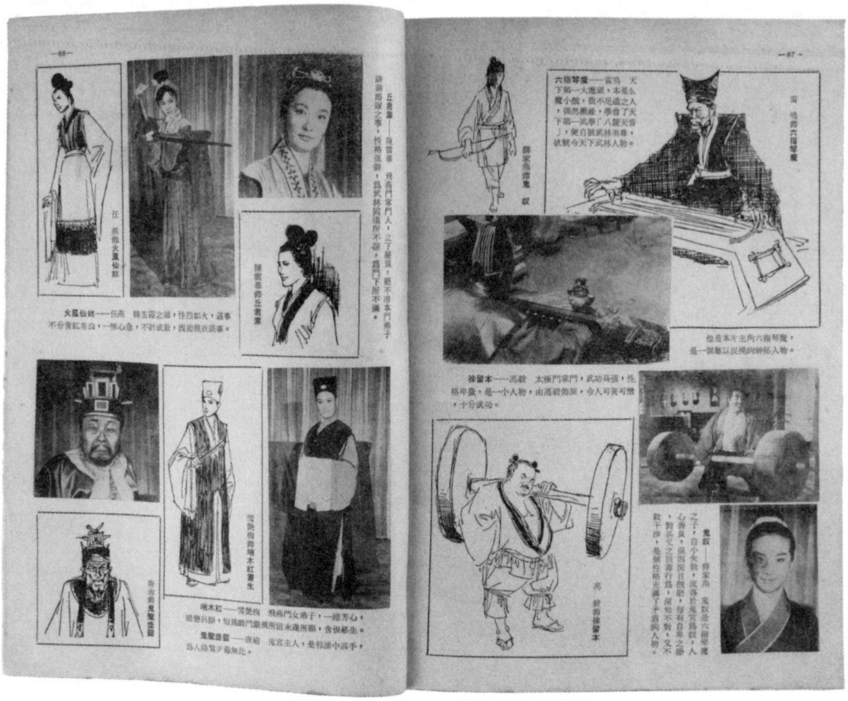

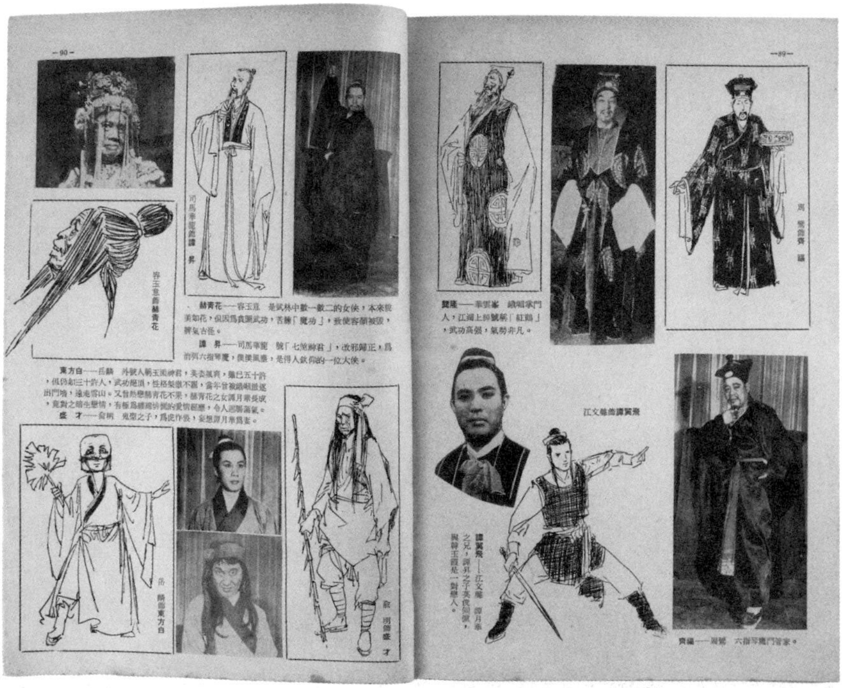

第 295 期刊載《六指琴魔》電影特輯

作家的文章首先載於《新報》，再轉登轄下各類刊物，最後方結集出版單行本。一稿分三次採用，而稿費只付一趟（節省啊），所以倪匡小說必先刊行於《新報》（《女黑俠木蘭花》除外），其後才再轉載，又非以《武俠世界》為次，而是多發表於《迷你》或《藍皮書》等暢銷雜誌，最後才挨到《武俠世界》，你說可憐不可憐？不說你不知道，其時每期銷路兩萬的《武俠世界》，在環球出版社內，竟是敬陪末座的雜誌呢！羅斌壓根兒看不起它。

二、古龍（一九三八—一九八五）

在倪匡眼中，古龍是跟金庸並駕齊驅的人物，他誇金庸「古今中外、空前絕後」；讚古龍「前無古人、後無來者」。名家之言，概括金庸、古龍在創作上的地位，無人可比擬。倪匡私底下說過，金庸、古龍是不可相比的——「古龍的武俠小說，已經世所公認是武俠小說中的上上之作，一般的評論是僅次於金庸。這種說法可以接受，但必須指出古、金的創作手法完全不同，是同類創作中的兩種截然不同

方式的表現。一如青蛙和麋鹿，同是脊椎動物但如何去比較他們的活動能力和奔跑的能力，以定一二名次呢？」換言之，你喜金庸就選他，傾慕古龍就挑他，不必相比。

同樣問題，一九九七年頭，羅斌曾問過我：「沈先生，你喜歡金庸還是古龍？」我直言是前者。二十年前我已作如是觀。年輕時確實沉迷過一陣子古龍，喜歡他那種以散文方式入武俠小說的寫法，還有那些充滿哲理的對白；當然少不了我最欣賞的推理氛圍。《浣花洗劍錄》、《多情劍客無情劍》、《陸小鳳傳奇》，看個飽。年紀一大，心智成長，再翻看古龍，就有了故弄玄虛、無中生有的感覺，一時取巧，不足為訓。那些哲理性對白，把我弄得暈頭轉向，如墮五里霧中。睿智者（容許我自認睿智者）不會受惑，因而漸漸遠離古龍。我反問羅斌，本以為金庸是羅斌商場上的對手，同行如敵國，自會挑還古龍。不料他說：「我看還是金庸高一籌，不論做人和職業道德。」緣何如此說，我要羅斌明言，只是搖頭不語。出版社的同事告我：「古龍欠了社長一大筆債款，從沒還過。」問什麼債？同事說：「你自己去問社長吧！」

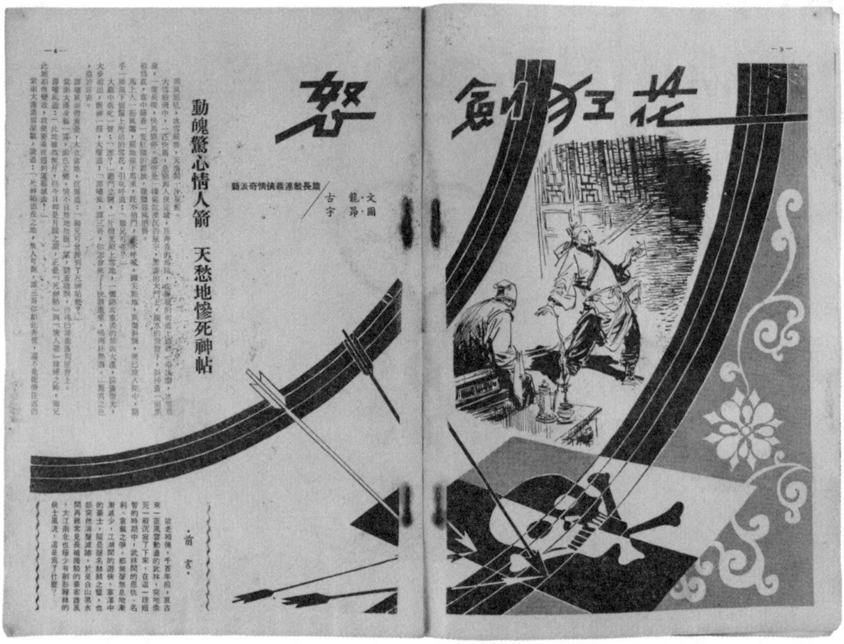

第 188 期古龍小說首度登場——《怒劍狂花》

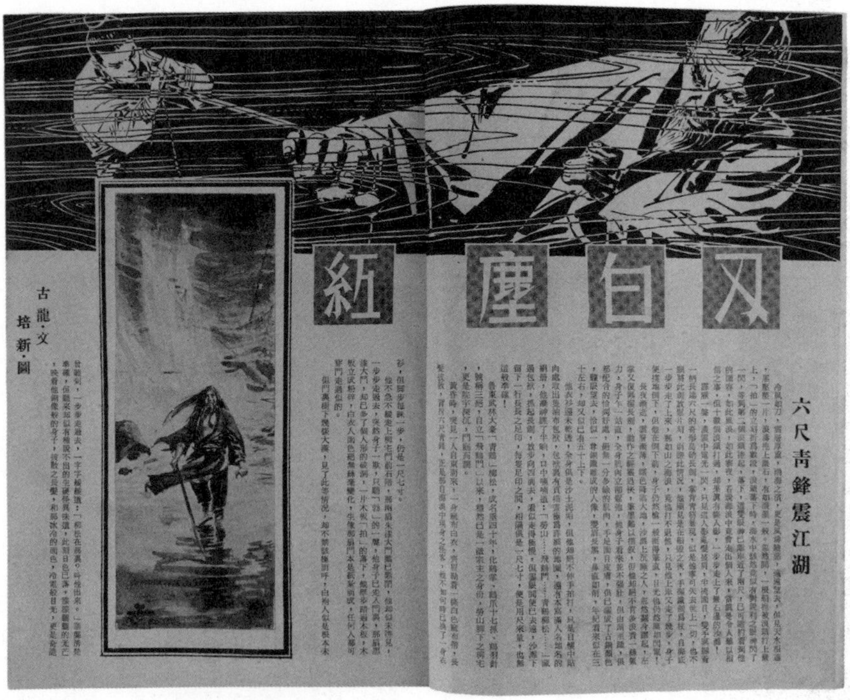

第 269 期刊載古龍《紅塵白刃》

古龍欠債人影不見

一九九七年我方掌《武俠世界》不久，羅斌可能有點不放心，隔三差五召我上四樓他的辦公室商議。某日上午，天氣炎熱，羅斌拿了罐冰凍啤酒給我涼快一下。啤酒下肚，膽子頓壯，瞎三話四：「社長，聽人家說古龍欠你一大筆債，是不是真的？」羅斌點頭：「對呀！不提錢了，還有人情呢！」再說下去，方知古龍成名後，稿債繁多，因好花錢，逢稿必接，時間苦短，手僅一雙，何能多為？只好拖延。時間一久，聲譽受損，信用全失。台灣的出版社見稿酬已付，片字未得，聯手對付他。逼於無奈，只好致電俠盜羅斌求助，聲淚俱下，聽者動容，央先付一半稿酬應難，某時某日，定當送上一部小說新稿抵債。說至此時，聲已哽咽，不能言語。看在六十年代《武俠世界》初創時，挺筆相助的份兒上，羅斌心不忍，當即支付一大筆款項。可錢一到古大俠手，光棍遇着無皮柴，影兒也沒了。過了一段日子，羅斌忍不住打電話去問，不獲接。寫信跟本不管用，那咋辦？只好託台灣老友諸葛青雲、臥龍生去問情由。回答是：「正在寫，快了！」快到什麼時候？猴年馬月，也得有個確實日期呀！「就這樣，人失蹤了、稿子沒有了，錢也泡湯了！」羅斌攤開雙手，一臉無奈。這還不是最糟糕，要命的是他連載在《新報》上的小說也會隨時斷稿。稿子可不能斷哪！讀者電話如雪花片似的打來追問。羅斌那時已少跟倪匡往來，求助無門，急得如鍋上螞蚱。幸好那時報館裏有位黃姓小伙子，天不怕地不懼，雙手齊舉：「社長！我能續！」有人説黃毛小子吃了豹子膽，找死！可羅斌實非一般老闆，想當年小倪匡不也是在陸海安《真報》那裏替出頭來嗎？士急馬行田，立即下決定：「好：你試試！」小伙子坐言起行，真的拿起筆續上去。一看，不錯唄！以後古斷，黃續，難題解決。這個小伙子就是後來寫《沈勝衣傳奇》出了名的黃鷹。

黃鷹續古龍，不留神看，絕看不出破綻，堪稱天衣無縫，無瑕可擊。有了黃鷹，羅斌心安，古龍來不來稿，已不在意，古龍在他心中已逐漸淡去。香港三大報《明報》、《成報》、《快報》的老總都怕了古大俠，漸漸再不敢用他的稿。古龍後來因吃花酒受襲，導致右手受傷，不能握管，要口述筆錄，作品水準大降，不少貸款給他的出版社老闆眼見無法取回款項，把心一橫，竟把香港作家的武俠小說拿來翻印，冠上「古龍」大名，讀者不知就理，照買如儀，出版社也就酌量取回債項。古龍聲譽受損，仍不思長進，長墮溫柔鄉，痴戀心愛女明星孫嘉琳，向各方老友告

貸，開拍電影力捧，賣座淒涼，欠下一屁股的債，酗酒度日，傷及肝臟，病逝醫院，得年僅四十五。

六十年代初，古龍開始為《武俠世界》供稿，翻閱合訂本，一九六二年有《情人箭》（即《怒劍狂花》）、《大旗英烈傳》、一九六四年有《浣花洗劍錄》（即《紅塵白刃》）、一九六六年《絕代雙驕》、一九六八年《武林外史》（即《風雪會中州》）。七十年代初，作品減少，到八十年代已絕無僅有。古龍鼎盛輝煌時期，煙消雲散。正是：放浪酗酒冬青恨，天上人間總斷腸。

三、臥龍生（一九三〇——一九九七）

在《武俠世界》撰寫小說的作家，論名氣和作品深度，首推臥龍生。據不正式統計，他為《武俠世界》寫小說長達二十餘年，一位專業作家跟雜誌的關係如此深長，怕是一項紀錄吧！臥龍生原名牛鶴亭，河南鎮平縣人，一九三〇年端午節出世，相熟朋友都叫他做「臥龍」而不稱牛先生。這是有原因的，五十年代，台灣文

臥龍生

壇有「三劍俠」，便是臥龍生、諸葛青雲和李費蒙。費蒙插畫用「牛哥」為名，紅了，人人叫「牛哥」而不名。有牛哥於前，本姓牛的臥龍生，就只好叫臥龍矣。他素性豁達，不以為忤，漸漸地很少人知道他本姓了。臥龍生當過兵，卻沒打過仗，身體羸弱，看書自娛，讀而優則寫，舞弄文墨。一九五五年開始習寫武俠小說，無非都是些老套路，武林爭霸，恩怨情仇，不脫舊日窠臼。一九五七年，臥龍生以祖居南陽臥龍崗取筆名「臥龍生」，漸為文壇認識。第一部作品便是《風塵俠隱》，投稿《成功晚報》，居然獲刊，而且獲得空前成功，一雷鳴天下，臥龍生躊躇滿志。

五十年代的台灣，經濟不振，民生困苦，當兵月薪五十四元，做個老師不外九十元。臥龍生登上報壇，成為作家，每千字十元台幣，一個月有二三百元的進帳，為當兵的六倍，那還了得？於是兵不當了，改業全職作家。臥龍生畢生寫了二十多年，計三十九部武俠小說，稿酬可觀。許多時一部小說同在四家報紙連載，稿費每月逾千。水漲船高，人隨名起，臥龍生的稿費已漲至千字六十元，為未成名時的六倍。收入豐厚，必有盈餘，只是人成名，必多欲，欲熾，花費巨，正是：來得快，去得快，臥龍生跟一班豬朋狗友迷上聲色犬馬，有個時期，出版商要找臥龍

Q63

畫怪

傳奇小品／臥龍生・文
　　　　　／可飛・圖

秋蟬畫栩栩如生　潑墨圖堪稱一絕

詣，貫稱古今，臨池學書，池水變黑，爲中國書法宗師，其手書之蘭亭序、樂毅論、黃庭經，並稱爲傳世三寶。

傳說唐太宗李世民爲了奪取蘭亭序，派出武功高強的侍衛，追覓數千里，殺人奪寶，取得後愛不釋手，選定爲殉葬之物，而樂毅論、黃庭經卻查不出流落何處。

畫聖吳道子，畫了景雲寺地獄變相圖，不見鬼怪，而能陰森驚人，見者懼罪，改過向善，不敢再有惡行。

少林寺山門外的牆壁上，有一幅吳道子畫的佛像，筆力洞透磚壁，風吹日晒，形色不變，如經大雨沖洗，更是墨色如新。

很可惜，那面牆壁毀於戰亂。

他們的書畫，能夠歷久彌新，因爲，書畫中注入了他們的功力，也注入了他們的精神和靈氣，書、畫中具有了強烈的感人魅力。

當然，名畫和名劍一樣，不是尋常之物，也不是人人可以得到成就。

因爲，能畫出投入靈氣的畫家，除了與生俱來的天才之外，還要投入他全副的意志力，才能磨練出那種心靈和筆力合一的造詣。

王羲之、吳道子的書、畫，震古鑠今，已爲世人公認，名垂不朽。

但一些潛隱風塵，不求聞達的書畫聖手，不願爲世俗的名利羈絆，和得其樂的生活。

他們可能玩世不恭，衣履不整，有些遊戲人間的瘋癡……天才和瘋癡常常在一線之差，能達到成就極限的人，也需要人所難及的那股痴狂力量。

如果你早生三百年，你就有遇上他們的機會，但能不能和他們結識成爲朋友，就需要一點緣份了。

當然，你本身也必需具有一些鑒賞的知識和能力，否則，你就會永遠的上當受騙了，天才畢竟是少數，騙子卻滿街都是。

* * *

開封府的相國寺外，是一處雜耍匯集的地方，像北京的天橋一樣，是龍蛇混雜的所在。

這裏匯聚了中原一帶各種口味不同的小吃攤子、說書、賣唱，耍把戲，應有盡有，招攬了四面八方的人羣，也匯聚了各種騙徒和扒手。偶而，也有天才出現。

不夠謹慎的人，會在這裏被騙走，扒光身上所有的銀錢，但這裏也能使你消磨一天，不會感覺寂寞。

大祥綢緞莊的老闆曾國祥，是開封府的巨富之一，是有頭有臉的名紳，竟然一個人來逛相國寺，實是一件非常引人注目的奇怪事情。

他世居開封，由小到大，這地方已來過無數次，如今已年近花甲，覺

Q64

然還有此雅興。

以曾老闆的身份，就算要逛相國寺，也該有幾個保鏢、長隨跟着來，但他卻一個人，提着一根手杖，到處的轉來轉去。

他雖然故意穿件破舊衣服，但卻無法掩去他本來面目，他是開封地頭上的富豪名人，很多人都認識他。

很多人選了個適合的位置站着，希望能跟曾老闆打個招呼。

但曾老闆拉長着一張臉，擺出了六親不認的樣子，使得擠上來的人知難而退。

「奇怪呀！曾老闆已經連來三天了。」賣麵的老張低聲說道：「逛來逛去的，好像找甚麼？難道這相國寺還會有曾大爺要的東西？」

「我知道，曾大爺在看瘸子賣畫，而且已經看了兩天。」賣包子的小陸說：「你們看，曾大爺不是又跑過去了。」

不錯，曾國祥正快步行向相國寺一處僻靜的角落所在。

五六個小孩子，圍着一個衣着破爛的中年漢子，蹲在一處最不起眼的地方，但開封府的大富翁，竟然也圍了上去。

只見那大漢手中拏着一截青竹竿，隨手在地上揮動，片刻之間，成了一幅圖案，重樓叠閣，氣派非凡。

「你們看看，這是甚麼地方？」中年大漢左手抓起身邊一個酒葫蘆，喝了一大口酒。

「我好像看過這個地方，但又不太一樣。」一個較大的孩子說。

「隨手揮來，神韻滿盈，有如百官朝臣矗立朝堂，勿怪孩子們說不出那裏見過了。」曾國祥接了口。

中年大漢頭也未抬的說道：「你說說，看這是甚麼地方？」

「龍庭，不過，畫的不是龍庭形象，是龍庭的神韻，六百年前，宋太祖意氣風發，杯酒釋兵權，羣臣敬畏，那種志得意滿的氣勢，充沛於畫圖之中，這讓小孩子們如何能看得出來。」

中年大漢怔了一下，轉過頭來，仔細的打量曾國祥一陣，道：「看來，你真的是個懂畫的人了？」

「老朽只是一個庸俗的商人，附庸風雅，跌入了史記、書畫之中，陶醉其間近三十年了。」

中年大漢拏起手中的酒葫蘆，遞了過來，道：「來！喝一口，酒逢知己，貨遇識家，人生一大樂事也。」

曾國祥接過酒葫蘆，也不擦拭，就仰臉喝了一口。

那是質地很差，卻又十分性烈的燒酒，曾老闆由小到大，就沒有喝過這麼嗆喉、苦澀的酒，一大口烈酒灌下去，嗆得眼淚、鼻涕一起流。

「好烈的酒！」曾國祥竟用衣袖拭去了臉上的淚痕、鼻涕，一副不拘小節的洒脫氣勢。

這份裝作，果然贏得了那中年大漢的好感。

只聽他哈哈一笑，道：「兄弟趙平，老兄貴姓啊？」

「老朽曾國祥，世居開封，薄有家產，性喜收藏書畫，也藏有幾卷名家的手筆，趙老弟如不見棄，不妨到寒舍小住幾日，評鑒評鑒。」

趙平的臉上閃掠一抹不屑的神色，淡淡一笑，道：「如論筆力雄渾，無人能出王右軍，可惜趙某遍走天下，竟無緣一睹眞跡，畫聖吳道子的遺卷，倒也看過一幅，只是非其眞作，神韻雖具，靈氣不足，餘子百家，雖然各擅勝場，但只不過一幅神似的畫卷罷了，全無靈異之氣。」

「好大的口氣。」曾國祥心中暗忖，口裏卻笑道：「書重筆力，畫宜神韻，靈異之說，老朽倒是初度聽聞了。」

趙平哈哈一笑，道：「但得有緣，趙某能獻拙一次，不過，所謂靈異之作，亦需借助天地間孕育的精氣之物，能否如願，還得三分機緣才行，能不能使它長存人間，更要看各人的造化了。」

言下之意，似是已允諾爲他畫幅畫了，但提到的機緣、造化，卻又有些讓人莫測高深。

曾國祥抑制着心中的狂喜，笑道：「紅粉贈佳人，美酒享知己，老朽家中還儲有佳釀十罈，趙老弟，咱們走吧！」

* * *

趙平被安置在幽靜的西跨院中，曾國祥還選了兩個美麗、聰慧的丫環，專責照顧趙平的生活，美酒佳餚，供應不絕，曾國祥卻絕少打擾，更絕口不提作畫的事。

一住就是三個月。

曾國祥閱歷豐富，耐心奇佳，三個月如一日，不改歡容。反而還交代兩個女婢小心侍候，不得有任何違誤。

好在曾家產業龐大，也不在乎這些花費。

趙平更是日日暢飲，不醉不休，兩個女婢奉命維護，把個趙大爺照顧得無微不至。

但三個月後，趙平突然失踪了，兩個丫頭遍尋不着，急急的稟報曾國祥。

乍聞驚訊，曾國祥倒也心頭震動，但稍一思索，立刻吩咐二婢，不得聲張出去，而且要厨下如常供應酒食，酒冷菜涼之後，再撤下換上新的，一切都要像趙平在時一樣。

二個女婢心中雖覺奇怪，卻也不敢多問。

果然，趙平出走了七天之後，又自己回來了。

他走得突然，回來得也是無聲無息。

二個丫頭，奉有嚴命，不敢多問。

趙平的生活有了一些改變，常常

第 32 年第 36 期，臥龍生《畫怪》

生，只好跑到舞廳、酒家等煙花之地。他的老朋友燕青這樣描述他：「臥龍生初履歌台舞榭時，遇到第一個使他傾倒的舞國名花叫做金黛。當時凡是時常到舞場消遣的人，金黛的大名確是無人不知無，無人不曉。臥龍生初履歡場，便遇到這樣的一位高手，又焉能不神魂顛倒？金黛一眼看到這個劉姥姥，已經心裏有數，只是一面之識，曾經幾度摟腰狐步，金黛便帶臥龍生返回香閨談心。美人恩重，臥龍生受寵若驚，金黛在有意無意之間，提及客廳中的沙發已經殘舊，使到貴客坐得不舒服，深為抱歉。臥龍生聞弦歌知雅意，第二天便買一套價值八千五百元台幣的舶來品高級沙發，吩咐店家送到金黛的香閨去。」出手豪闊，富翁不如。臥龍、古龍這對台灣武俠文壇雙寶，在風塵女子眼中實是兩頭肥羊，難怪燕青要搖頭苦笑，為二位亡友扼腕嘆息！

民初北派小說大雜燴

臥龍生的小說，人皆推一九五九年的《飛燕驚龍》為首選，《武俠世界》亦曾連載，易名《仙鶴神針》，筆名亦改為「金童」，何故如此？有段插曲，是羅斌親口告

訴我的。《武俠世界》創刊於一九五九年四月，不到數月，已成香港武俠迷必讀週刊，銷路大暢，因而引起《明報》金庸的垂涎，要分一杯羹，辦起《武俠與歷史》來。為求打開銷路，發載《飛狐外傳》，金庸出馬，誰與爭鋒？羅斌嚇得心顫膽跳，心想：香港也只有梁羽生可與之頡頏，可梁公為左派《新晚報》中流砥柱，豈會為右派《新報》拔刀相助？左思右忖，想到台灣文壇的老友，相中臥龍生那部《飛燕驚龍》。他心思慎密，知道絕不能照辦煮碗，原封刊登。黠智多計的羅斌，使出成名絕招「舊瓶新酒」，翻新可也。臥龍生為人寬宏大量，只有稿費收，凡事可商量，於是《仙鶴神針》開始在《武俠世界》連載，筆名改成跟「金庸」同音的「金童」，如此一改，畫出彩虹，《仙鶴神針》大受歡迎，羅斌乘時以「仙鶴港聯」名義開拍同名電影，聲勢更盛，一下子架住金庸的攻勢。《仙鶴神針》自是搖身一變，成為武俠迷的心頭愛。那時候，傾慕馬君武、李青鸞、白雲飛等書中人物的讀者，絕不比郭靖、黃蓉、洪七公少。

臥龍生晚年接受訪問時說過：「我的小說，我自己喜歡的有《飛燕驚龍》、《素手劫》和《金箭雕翎》。」有人粗略計算，市面上共有一百多本簽名「臥龍生」的

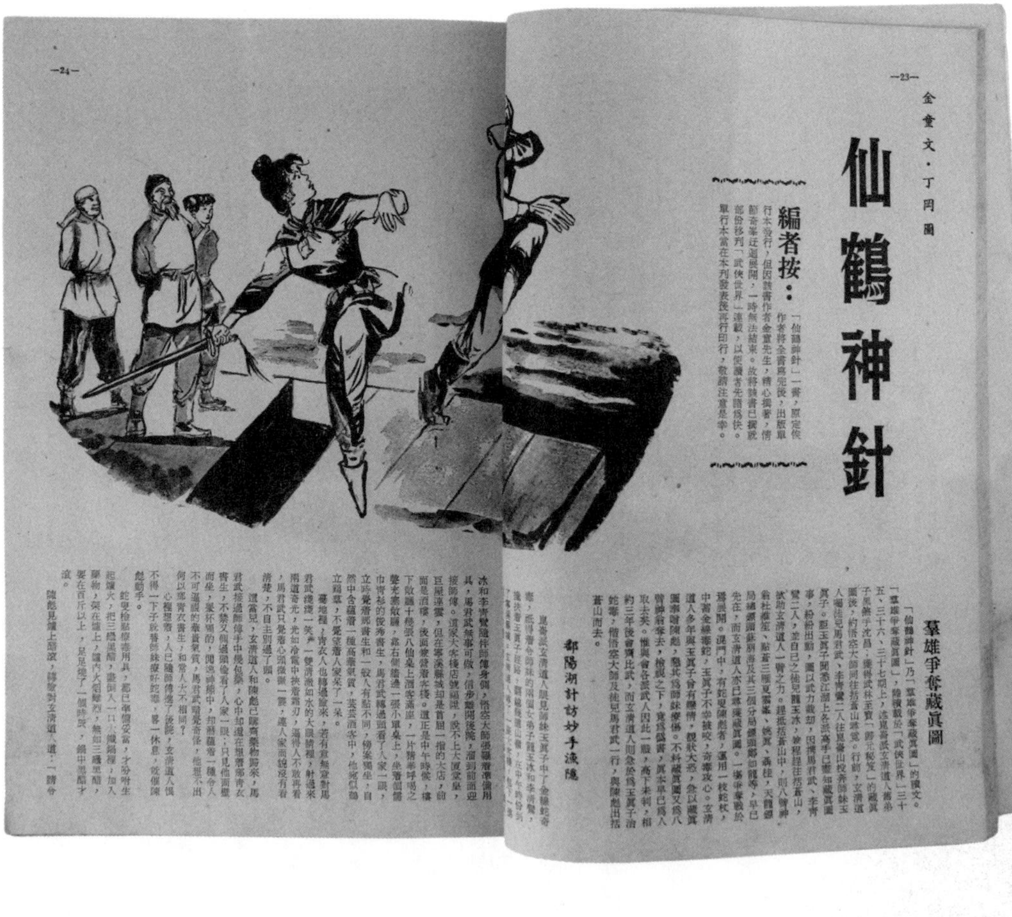
—24—

—23—

金童文・丁冂圖

仙鶴神針

編者按：「仙鶴神針」一書，原定俟作者將全書寫完後，出版單行本發行，但因該書作者金童先生，精心撰著，情節奇峯迭迴展開，一時無法結束。故將該書已撰就部份移刊「武俠世界」連載，以便讀者先睹為快。單行本當在本刊發表後再行印行，敬請注意是幸。

羣雄爭奪藏眞圖

「仙鶴神針」乃「羣雄爭奪藏眞圖」的續文。

第 45 期刊載金童（臥龍生）的《仙鶴神針》

小說，他親身闢謠說：「其中只有三十九部為我所寫，其餘均為偽作。」臥龍生跟古龍一樣，後期頗多偽作，可有一點相差很大，臥龍生在文字上，亟力提高修養。換言之，他看重文字，絕不粗製濫造。台灣武俠評論家推許臥龍生對武俠小說有很重大的貢獻，這可分三方面來說：其一、承傳了新北派各家的長處，既有還珠樓主的變幻莫測、仙氣豐盈、靈丹妙藥、玄功絕武和奇門陣法；復有鄭證因的幫會組織，風塵怪傑；更令人叫絕者，居然傾情悲劇，小說有王度廬况味；間中還夾雜着朱貞木別開一面的眾女追男的情節，可說是民初北派小說的「大雜燴」，只是廚藝高超，看官過癮。其二、臥龍生不少武俠名著，寫群雄爭奪秘笈，奇峰突出；敘正邪門派相鬥，絲絲入扣，成為六十年代台灣武俠小說的普遍模式，影響深遠。其三、臥龍生的武林九大門派和排名的說法，稍次於《射鵰英雄傳》，卻是一石擊起千層浪，時至今日，仍有不少後進武俠作家爭相仿效。

臥龍生、古龍、諸葛青雲和高陽可說同病相憐，都是手握一管，寫出彩虹，卻又不服膺禿筆，偏要跑去做生意，結果一敗塗地，碰得一鼻子灰。臥龍生成名後，學人拍電影、電視，除劇集《洛城兒女》叫好，賺了些名氣，電影卻敗得一塌糊塗，

於是從青雲直墜地獄，變成兩袖清風。人皆嘆道：「臥龍生不聽勸說，決心向電影進軍，處男作《俠士、鏢客、殺手》開鏡。電影是一門很複雜的生意，臥龍生初臨戰陣便遭滑鐵盧。影片拍製出來，成績不說，由於沒有發行門路，許多外地映權都賣不出去，甚至連香港也沒法上映，光是在台灣上映，收入有限。他這部處男作，虧蝕過百萬元台幣，損失不可為不慘重。」臥龍生晚年百病纏身，身為好友兼老闆的羅斌，心如刀割，每到台灣，都往看望他。某日，我跟羅斌晚飯，說及往事，他告訴我「臥龍生病重時，我到台灣公幹，特意跑去醫院邊看望他，已不能說話了。我在他耳邊叫『牛先生』，眼皮晃了一下，似乎聽到我喚他。我挨近他耳邊說：『你好好休息，其他的事不用擔心！』」最後羅斌把一張支票塞進臥龍生的枕頭底下，聊表寸心。羅斌長長嘆口氣道：「寫文章的人，通常犯了兩個毛病，一是不安分，二是想做生意。文人不懂做生意，結果嘛，搞到一敗塗地。高陽跟牛先生一樣，以為自己真是胡雪巖了，玩股票，結果蝕到一頸血。唉！還是倪匡聰明，跟他們一樣到處胡鬧搗蛋，就是從不奢望做生意，腦子比他們強得多了！」羅斌還是喜歡倪匡的！

諸葛青雲

四、諸葛青雲（一九二九—一九九六）

「香港梁羽生，台灣諸葛青雲（下稱「諸葛」）」，七十年代已聽得有人如此道說。有此言，主要是兩人才情相若，琴、棋、書、畫無一不通又無一不精。硬要比，諸葛稍勝一籌，平劇一把手，時代曲耳熟能詳，不僅好聽，還能哼；梁公不善酒，也不懂唱。諸葛不同，酒仙兼美食家，雖不下廚，精於點菜。台北食肆哪家好？哪家糟？了然於胸，各式美食遍嚐，尤懂辨假。某日光顧一名店，經理坑他，上枱看時是活鮮魚，回到廚房，偷龍轉鳳，變成活死魚，蒸好上枱，人皆不察，獨諸葛對住經理，一聲獅子吼：「且慢！這條魚不是剛才的那條。」西洋鏡拆穿，還待狡辯。好個諸葛，攤開右手出示兩片魚鱗。經理大驚失色，忙撤下枱，送回廚房。人胖而精，諸葛之謂也。

講道義不脫稿

《武俠世界》很早便轉載諸葛的小說，以我記憶諸葛不曾特別為《武俠世界》供過稿，同臥龍生、古龍一樣，成了名家，稿債甚夥，哪有空閒為海外刊物專門寫？諸葛小説我看的不多，最有印象者乃《殺氣嚴霜》和《一劍寒光十四州》，少年時租自健康邨書檔。獨臥床上，右手捧書，左手抓牛肉粒往嘴送，一看通宵。翌日雙眼紅腫，要戴平光眼鏡方敢回校。先生講課，我心繫小説情節，左耳入右耳出，神思恍惚。武俠小説評論家咸認為諸葛小説受還珠樓主影響，直言不諱，自詡是李壽民的私淑弟子。諸葛記性忒好，過目不忘，熟讀《蜀山劍俠傳》，對其中回目都能背誦如流，聽得眾友瞠目結舌，説不上話來。既博聞，又強記，加以幼受外婆庭訓，遍讀古籍，一般作家難匹敵。名歷史小説家高陽好作詩，偶也要請諸葛賜教，興起，動手易一二字，全詩大異，高陽如獲至寶，開懷大笑。我的上海小老弟李劼白，最服諸葛，因改筆名「諸葛慕雲」，先生的小説，所有版本他都私藏。近年更開展諸葛研究，筆墨之精，不下台灣葉洪生和林保淳兩位大師。

説諸葛，羅斌豎起大拇指，誇啦啦讚個不停，非僅限於彼之小説，並及人品——「台灣武俠小説名家當中，諸葛青雲最講道義，從不預支稿費，更不會脱稿，他是唯一一個不向我告貸的台灣作家。」有一回，羅斌聊得興起，當住我面拉

第 235 期刊載諸葛青雲《芙蓉旛》，是諸葛青雲首度登場

第 284 期刊載諸葛青雲《金鼎游龍》

開辦公桌的抽屜：「沈先生，你來看看哦！」一瞧，厚厚一疊借據，全是作家們欠下的債項，古龍、臥龍生，杜寧……數之不盡。只有台灣諸葛、香港倪匡，志氣高，不欠羅老闆一個子兒，因而腰板挺直，說話大氣。諸葛晚年潦倒坎坷，硬着頭皮仍不向人告貸。一位中醫憐其才，憫其遇，聘為顧問，實無工作，只是幫閒。名作家淪為無事可做的清客，窘境可知。有好謔者直言諸葛弄得如此寒磣，實乃咎由自取。聽說諸葛紅火時，徜徉勾欄，揮金如土，實則在色的方面，不如古龍、臥龍生，支付有限，大不了追捧女歌星李少梅，視之為紅顏知己而不及其他。少梅本有心跟他，見長期無表示，下堂求去。從此諸葛不再戀棧歌壇，興趣轉向電影。眼見胡金銓一部《龍門客棧》名揚天下，名利雙收，加以老友臥龍生搖身一變成為大製片家，於是追隨驥尾，拍起電影來，一連幾部：《奪命金劍》、《豪客》、《大猛龍》，盡皆鎩羽而歸，賠了不少錢，只好賣巨宅抵債。寫作時，財神依戀他；到拍電影，財神捨他而去。諸葛最終不名一文，只好馮婦重作，不意浮雲散，時勢易，武俠小說漸走下坡，韶華已逝，華篇不再，大名鼎鼎的諸葛，小說竟然無地盤可供發表。好兄弟燕青悲傷莫名，感喟彼太慷慨，說了一件事以誌其概：「吉隆坡一張報紙想轉

載台灣名家的武俠小說，託我物色和洽商……這份額外的收入，恍如從天而降，諸葛青雲既是名家，又是老友，這張好牌，我當然打給他，肥水不流別人田嘛！和諸葛談起了這件事，他很高興。但到第二天，他來找我，希望我幫一個忙，因為慕容美的經濟狀況很支絀，他想把這份額外的收入轉讓給他，幫忙老友渡過難關。既然諸葛青雲這樣說，我當然樂意成人之美……其實在這時候，諸葛青雲自己也很等錢用，但他看到慕容美的情況更急，便把這份轉載的收入相讓給老兄弟，寧願自己捱窮過苦日子。」一如許義薄雲天的作家，台灣難有，香港罕見。人說他笨，我道諸葛先生的可貴處正在於此。

欲借金庸之名翻身

八十年代諸葛在台灣實在混不下去，大作家的稿子竟然被出版社棄用，台灣武俠小說界，一泓死水，偶然掙得一個地盤，也沒法支撐多久。窮絀困逼，他想起老友金庸來了。其時，台灣首席武俠小說家已是外江佬金庸，《射鵰英雄傳》、《神鵰俠侶》、《倚天屠龍記》紅遍全台，諸葛想到用金庸的招牌來助自己一把，就備了副

精緻的圍棋，遠道往香港拜候。藉杯酒交錯，興致正濃之際，坦言希望能續寫《鹿鼎記》。金庸何許人也，只是唯唯否，不作正面回覆。諸葛回到台灣，霸王硬上弓，先斬後奏，在報上連載《大寶傳奇》。這本小說在我主政《武俠世界》時，亦曾連載過。老總王學文哭喪着臉，對着我說：「沈大哥，諸葛青雲老先生怎麼寫出這部小說來呀！」我愕然，王學文道：「真是慘不忍睹，不信，你自己看看！」我看了一章，實在看不下去，知道自己又做了錯誤的抉擇。作家文思一旦呆滯，作品光彩便失。倪匡說得好——「配額用完」，強扭不行。諸葛心猶不死，後來還續貂過《大俠令狐冲》，同樣劣評，無人接受。一錢困死英雄漢，秦瓊落難，押鐧賣馬。我不曾見過諸葛青雲，卻在台灣見過他的兒子，是一位職業廚師，傳承諸葛大哥美食之名。諸葛晚年頹落，欠得一屁股債。性情跟他相合的高陽去世後，諸葛鬱鬱寡歡，不久便隨之而去，享年六十七，不算高壽。

五、司馬翎（一九三三—一九八九）

每翻看《武俠世界》，讀到司馬翎的小說，都有一種莫名的感慨。英年早逝，教人嘆息。六十年代末，我在香港灣仔維多利亞書院唸書，體育老師吳乙安，一天看到我手捧金庸武俠小說，坐在操場的木椅上看得入神，插口問：「葉關琦，你喜歡看武俠小說？」吳老師和藹可親，沒有老師架子，我當他是朋友，率直地道：「這要比教科書好看得多了！」他哈哈大笑：「是嗎？你跟我的弟弟一樣呀！」吳老師扮了個鬼臉。聽說他有一個弟弟在台灣唸大學，成績優異。那時台灣武俠小說大興大旺，大學生都爭着看。「你弟弟——」我還未說下去，吳老師洋洋自得地說：「他也是個武俠小說作家，叫司馬翎，你聽過嗎？」一說，我叫起來：「噢！是司馬翎，我看過他的《劍氣千幻錄》呀！這部小說曾在《真報》連載，我有追看！」吳老師聽到我居然看過他弟弟小說，意氣風發：「思明（司馬翎原名）這個渾小子放下優差不幹，寧可搖筆桿，哈哈！卻給他搖出點成績來，收入比當官好得多。」那時司馬翎已成名，跟伴霞樓主、臥龍生、諸葛青雲並稱「台灣武俠小說四大家」，雖敬陪末

座，但小說寫得最棒。跟諸葛一樣，司馬翎深受李壽民影響至巨，因之小說裏不少玄幻曲折的描寫，兵陣、劍陣，層出不窮。他幼受庭訓，極慕詩詞歌賦，精修琴棋書畫，鑽研醫卜星相，盡悉傳說掌故，以之入書，風采益添，更增可讀性。金庸私底下曾與人言：「台灣武俠小說家，我最喜歡司馬翎。」如非見異思遷，半途跑去做生意，司馬翎的創作成就當不會落後於金庸。諸葛慕雲說過：「武俠小說作家當中，大體只有司馬翎可跟金庸相比拼。」一人講運氣，作家亦然、我要多加一句——「也得講韌力」，半途而廢，楚材晉用，結局堪虞。司馬翎鈴正好應驗了這一點，他將寫小說所得，投放在其他生意上，文士營商，成少敗多，千古不貳，你縱然聰明絕頂，也難倖免，賺少蝕多，債台高築，逼得經營黃色酒館救急。既無力挽大局，又壞了文壇名聲。到東山再起，用「天心月」筆名仿古龍筆調，作強人系列，更是東施效顰，一敗塗地。只好走回老路，創作昔日風格的傳統小說。彩筆已飛，健康不繼，以五十六歲之齡，逝世於汕頭故居。一代大作家，英年早逝，未始不是一種解決。

少年得志不長久

司馬翎一生作書四十餘部，最廣為人知者，莫如《劍氣千幻錄》、《八表雄風》和《飲馬黃河》，構思獨創，三線並行，錯綜複雜，是他中期的傑作。後期作品漸漸褪色，大俠之名，月暗星沉，無色無光。而最令人感到慨嘆的是司馬翎無意中成就了倪匡，那年刊在《真報》的連載，無故斷稿，老總陸海安急得猛跺腳，小倪匡挺身而出，說：「我來續！」續稿兩回交上，嚴絲密合，天衣無縫，於是捧出了「岳川」這位年輕武俠小說家。司馬翎凋零不振，倪匡如日中天，命運之不同，何其玄妙。心腸好的燕青，不時想起司馬翎——「朋友們有時也會談起司馬翎，到頭來卻是聲聲歎息。他有那麼好的家世，又受過那麼高深的教育，而且少年得志，享譽文壇，倘若安分守己知足常樂，這一輩子也不算得白活了。可惜後來太過急功近利，貪念太重，以致一失足成千古恨，回頭已是百年身。」俱往矣，浪花淘盡英雄。今日重讀司馬翎的大作，對這位武壇才子傳奇的一生，焉能不再三唏噓？根據「慕雲小語」云：「近年來國內已經出版了三個以上不同的司馬翎系列，給予司馬翎應有的重視。我個人比較喜歡司馬翎晚期用『新派筆法』寫的一批系列，估計那時候他已

經經歷過那麼多的風雨，對人生有更結實的認識吧！」我已老，還舊欣賞《劍氣千幻錄》和《飲馬黃河》，意匠精營，詞鋒健挺，集千狐之腋，成五鳳之樓，雖小道而可觀，更佳篇之足誦。春花秋月，悲君之不在，後來士子，難與比肩，還教我輩如何是好！

六、張夢還（一九二九—二〇〇八）

有一天我在羅斌辦公室裏聊天，說的自是《武俠世界》的事兒，一九九七年每期銷路仍維持在四五千左右，跟我接手時相差無許。羅斌頗滿意，不過仍然鼓勵我要加把勁，把銷路搞上去。聊呀聊，聊到武俠泰斗誰屬？唉！這也不必多聊，傻子也知道是金庸。可羅斌不太喜歡金庸，「環球」中人都不便明說。那天羅斌興致特好，見我默然不語，早猜透我心意，笑嘻嘻道：「說真的，金庸真的不錯，要超越他，可不容易，不過我們也不能綁起手任由他打吧！」話中有話，我就要他道個明白。羅斌直言眼下便有一個，可惜不太爭氣，接住長長地歎了口氣，臉上滿是惋惜

之情。我倒也給嚇了一跳，金庸舉世聞名，天下無雙，何來有能者跟他比肩？羅斌吁口氣道：「沈先生，這個人你也認識，你們還是好朋友哪！」一頭霧水，想來想去也想不起是誰？羅斌掏底——張夢還是也！於是道出前因後果。

張夢還原名張擴強，生於一九二九年，肖蛇，重慶人士，筆名「夢還」，取義夢裏都盼重回家鄉去，是一個徹頭徹尾忠誠的國民黨員。一九四九年畢業於成都中央陸軍軍官學校，分派到重慶戍訓，聽說曾參加過成都保衛戰，跟共產黨正式面交過鋒。可跟我在香港往來的日子裏，從未提及，他的興趣已轉移到小說上去。大陸解放後，張夢還輾轉來了香港，人地陌生，他的散文雖好，在香港賣不了錢，改轅易轍撰寫武俠小說。由於本身便諳技擊、馬術，對歷史浸饋猶深，文筆又得章回小說精髓，寫來駕輕就熟，得心應手，未幾已在報界打下基礎，聲名逐顯。羅斌呷口紅茶，道：「夢還真正的成名作就是《沉劍飛龍記》，相信你還未看過吧！」這部小說一九五七年連載於《武俠小說週刊》，讀者多到不得了。武俠評論家鄭義說：「在民國五十年代（即六十年代）初期，金庸的《射鵰英雄傳》力拼張夢還的《沉劍飛龍記》，戰況極為劇烈，被香港報界稱為『龍鵰之戰』。百度百科則稱張夢還『文字功力直逼金庸』，而與梁羽生在伯仲之間，他結集出版的武俠小說共有十二部，盡皆新派武俠的經典之作。」能力拼《射鵰英雄傳》的小說，記憶中，從不曾聽聞，可見張夢還的功力，實是非同小可。一九九五年我在一個飯局遇到張夢還，中等身材，皮膚黝黑，精神萎靡，一問，方知生活過得並不如意。問住何處？答以銅鑼灣希雲大廈胞妹家中。舊式大樓，面積寬廣，邀我去他處。獨佔一個臥房，臨窗一張書桌便是他的寫作所在，只是已寫得不多，正處於半退休狀態。我們一杯咖啡，一根香菸，談天說地。聊起他的《沉劍飛龍記》，他說：「老弟，對啊！那時我跟老查拼得你死我活，他勝出一回，我便回敬一章，真是精彩燦爛！老查胸襟忒大，厚酬請我為他的雜誌助陣。我當樂意呀！一有稿費拿，二可名氣大增，何樂不為！哈哈哈！」一川人憨直的笑聲，今猶縈於耳。

力拚金庸　不分伯仲

據上海武俠小說研究家諸葛慕雲的追憶：「當年，金庸《射鵰英雄傳》在報刊上連載時，可以說是力拼張夢還的《沉劍飛龍記》的。因為兩位先生寫得一樣好看，不少讀者看完這家去看那家，可惜是《武俠小說周刊》因經濟問題停刊了。張夢還的《沉劍飛龍傳》也就沒有繼續連載，（後來直接出書）氣勢受挫，受歡迎的程度就不如金庸。」

張夢還為《武俠世界》寫稿，開始得很早，一九六一年已有《玉女七煞劍》和《十二女金剛》。我第一本看夢還的書，是《青靈八女俠》，很受顧明道的《荒江女俠》影響，只是夢還寫來更婉約細膩，尤在顧明道之上。夢還作品，多寫女性，這大抵跟他寵愛女性的溫婉嫻熟不無關係。香港近代武俠作家當中，專寫女性者，怕只有張夢還一家。恨鐵不成鋼，羅斌惱恨張夢還不爭氣，非責張夢還文字不濟，而是指他工作怠懶，常因女人而累事。這些事，在日後跟夢還的交往當中，隱約了解了點兒，才子風流，莫奈之何。九十年代後，夢還幾乎已沒有執筆的機會，一是年事高；二則是武俠小說式微。我兄弟倆常在北角城市花園的七重天餐廳，白頭宮女話玄宗，打午間到黃昏日落，方才分手，各自回家。偶爾，因飢腸轆轆，以一份盒裝三文治，兄弟兩人分食，許多時還是我請的客。我憐張大哥之才，他也有以教我，選讀章回小說，棄用歐化文字，對我日後寫作幫助極大，說起來，我還撿了便宜哪！武俠小說評論家葉洪生博士給予張夢還極高的評價，認為論才氣，張超過梁羽生而直逼金庸。一位才氣貼近金庸的大作家，晚年生活平淡乏味，何至如此？余友吳思遠認為跟命運倏關：「任憑你才氣縱橫，天下無敵，無運氣輔助，也是徒然。」拙文〈被遺忘的武俠作家〉結尾記述了夢還兄去世過程——「零八夏甫過，他的姨甥致電告我，張夢還早上盥洗時暈倒，送抵律敦治醫院，延至晚上不治，病因是腦裹血瘤迸裂。夢還大哥一直不知道自己有這個瘤，眼睛一閉，悄悄走了，這是他的福份！」享年七十九。

張夢還作品不少，只是出版過於散落，不如金庸集中，影響力由是薄弱。成名作是《青靈八女俠》和《沉劍飛龍記》，後者以明初學士方孝孺後人方龍竹復仇故事為經，武林門戶之爭為緯，文情跌宕有致，狀聲描物極具精神，堪稱傑作。

六十年來，為《武俠世界》撰述小說的作家，多如天上繁星，不能一一盡錄。這裏只挑選了上述六位作家簡約論之，非存偏見，實係篇幅所限，只能稍作取捨。除了上述六位名家，尚有秦紅、獨孤紅、朱羽、柳殘陽、慕容美、曹若冰、龍驤、溫瑞安、黃易、西門丁、黃鷹、龍乘風、蕭玉寒、蕭逸、辛棄疾、東方玉、司馬紫

烟和董培新等健筆助拳，濃情厚誼，心存感激，無以為謝，在這裏不佞向諸位作家脫帽鞠躬敬禮，沒有他們的鼎力支持，焉能有《武俠世界》六十年！

第五章

《武俠世界》的黃金年代

許久沒抽煙，今夜破例抽煙斗，青煙冉冉，模糊一片，我也跌進回憶的網。上世紀一九五九年四月一日，《武俠世界》正式出版，創刊號以蹄風、金鋒、石沖掛帥，內容不算豐富，十三篇文章中，名作不多，徒靠蹄風等三人支撐，其他不外是武林掌故和不知名作家的小說，顯然準備倉猝，急就章，找不到名家助陣。我曾跟羅斌提起過這問題，他虎眉一抬：「沈先生，你所說的這個問題並不奇怪，我全考慮過，五九年嘛，我認識的好作家不多。我哪有辦法去請金庸和梁羽生等大家！蹄風當年已很不錯，不比金、梁兩位先生差呀！」賣花讚花香，生意人大多如是。羅斌腦筋靈活，兩三期後，已看到這種情形不能長久下去，於是重金禮聘台灣名武俠小說作家相助，臥龍生、諸葛青雲、慕容美並為主力。

石沖前已有介紹，金鋒則未有一言道及。我小時候看過金鋒的《虎俠擒龍》、《西域飛龍傳》和《大澤龍蛇傳》，內容講什麼？已不復存記，可簡樸的文筆，精煉的修辭，今猶一清二楚，情節峰迴路轉，絕不拖泥帶水。北京武俠小說評論家蠹覺說過，金鋒的小說成就不下於金庸和梁羽生，惜乎後勁不繼，曙光一現後，漸次淹沒。金鋒原名張本仁，生於一九二七年，廣東人，曾以筆名「毛聊生」寫北派武俠小說，風格近似白羽、朱貞木和王度廬，珠玉在前，不能逾之，退而求其次，改撰新派武俠小說，並用金鋒之名，專寫清宮秘事、邊疆風雲，題材近於蹄風，蠹覺則以為更勝。《武俠世界》創刊號以彼為台柱，良有以也。金鋒傳世之作，論者咸推《西域飛龍傳》四部曲，我全看過，回味無窮。曾詢羅斌，答以「我並不太認識他，是蹄風找來的！」金鋒在《武俠世界》寫了一段時期，即銷聲匿跡，不知何去。有關金鋒資料，手邊甚少，上海諸葛慕雲很喜歡金鋒，撰文曰：

金鋒曾為《武俠世界》撰寫十多部長篇武俠小說，我手邊藏有《西域飛龍傳》四部曲，也是無名盜版。每來香港都會逛書局，一趟在香港青年書局向老闆打聽到金鋒尚在，但無法聯繫上。時光荏苒，怕現在已不在世了。金鋒出道稍晚於金庸和梁羽生，據說早期是拼湊老派武俠小說（著有《蜈蚣劍》），並不討俏，後杼機別出，寫長篇系列《西域飛龍傳》四部曲。

金鋒的武俠小說，就以此四部而論，是非常有可讀性的，行軍佈陣、兩軍交戰的場面更勝梁羽生，只是文采略遜，少有詩情畫意，作品的通俗性並不下於金庸《射鵰英雄傳》。金鋒寫《西域飛龍傳》四部曲，主角史存明，乃史可法後人，書中連場大戰，如清廷大戮西藏、血戰蒙古、決勝新疆、侵佔尼泊爾，天穹蒼蒼，草原莽莽，人仰馬翻，鬼哭神號，斯為壯觀，為歷史武俠小說所僅見，若非欠缺金庸對新文學的浸淫和對人物刻畫的野心，在香港武俠小說文壇，相信會更有成就。

奇怪的啟事

初期的《武俠世界》主力是蹄風、金鋒和石沖，另外尚有高天亮和巴山。高天亮，南派小説傳人，所寫《廣東梟雄傳》，承自南派掌風虎虎、硬橋硬馬的格調，在新派初興，南派未泯之際，尚能一息殘存。蹄風頗重高天亮，居然以連載未完，搶先推出單行本。原因是「以便讀者能早窺全豹」，是耶非耶？不得而知。我的推測大抵南派小説漸漸沒落，連載過久不宜，為免傷害作家尊嚴，改出單行本安撫。不妨看看雜誌內的下期啟事——「同時下期起高天亮先生又有新作《刀下留痕》交由本刊發表。」內容異於前書，描述關外武士力敵清宮血滴子，於是《廣東梟雄傳》連載十四期後便遭腰斬。初創期的《武俠世界》所載小説，勿論蹄風、石沖、金鋒和高天亮，大多以描述清宮秘史為主，內容不離刺殺雍正。俗語云「美人多看也漸變媸婦」，清宮小説漸令讀者生厭。《廣東梟雄傳》被腰斬，卻又一時峰迴路轉，出現改變。大許經過高天亮的抗議，編輯部改變初衷，復讓《廣東梟雄傳》續刊下去。原因是「高先生為集中精神寫完《廣東梟雄傳》一書，分身乏力，致本刊仍發表《廣東梟雄傳》續稿，是非得已，諸君原宥」。哈哈！搞什麼名堂？只有問蹄風。

除了高天亮，《武俠世界》初期還有一枝健筆，便是巴山，他的《武林帖》以江湖豪俠之義為經，大地兒女之情為緯，交織成一篇壯烈故事，曲折多變，引人入勝。這部小說，從文字看來，有別於蹄風等人的清宮系列，快意恩仇，纏綿悱惻，更近乎金庸、梁羽生的新派小說。

那時候從台灣到香港發展的武俠小說作家還是不少，早期便有伴霞樓主（童昌哲先生）。現在聽說過伴霞樓主的讀者一定不多，六七十年代他是很有份量的武俠小說作家。伴霞樓主是一九七一年來香港定居，一九七九年在香港出版了《生死判》。根據資料，《生死判》本是伴霞樓主早年在台灣出版的《神州劍侶》，到了《武俠世界》舊書重出，改了名，這是《武俠世界》的拿手好戲。論筆法，伴霞樓主在早期的武俠作家中是比較新穎的，我主政時期，伴霞樓主舊小說重登不少。老大哥夢還說過：「伴霞樓主到了香港後，並不如意，為了生活，寫過不少小說，都沒有引起注意。」北京武俠小說評論家鱸魚膾自製一本伴霞樓主在香港出版的書叫《約楓林小橋》，出版社叫「彩霞」，非常有可能是伴霞自己的出版社。慕雲說：「這本小說本身是兩個簡單的民國社會愛情小說，卻加入很多情色暴力，看來並非樓主的作風，我懷疑是別人加上去的。樓主一共為一個《武俠世界》寫過多少作品？最早是哪一期？我從沒好好加以整理過，要有勞北京顧臻兄了！」

六十年代末、七十年代初，《武俠世界》聲勢大盛，陸續加入了台灣另外四大武俠小說作家：司馬紫烟、曹若冰、秦紅和慕容美。

紫烟五十稱短壽

我手邊有司馬紫烟的《遊俠列傳》，刊於一九七三年初《武俠世界》，後出版了單行本。司馬紫烟最擅長寫歷史武俠小說，葉洪生拿諸葛青雲比梁羽生的才子佳人派，我個人認為司馬紫烟的文風更接近梁羽生。司馬紫烟曾將《史記》中的〈遊俠列傳〉、〈刺客列傳〉寫成武俠小說，也將唐人筆記中的故事重新寫成《劍俠列傳》。《遊俠列傳》上冊以朱家、郭解為主角，下冊是以荊軻為首，演繹緊張刺激的刺殺故事。每個人物一篇，用現代的武俠小說寫出，更合現代人口味。作為一個職業作家，很難保持每本作品的水準平均，可他的作品百分之九十以上都是有很大的可讀性，由此可知他是一個極有責任心的作家。他愛求新求變，作品風格穩紮穩打。讀者眼睛雪亮，內地讀者對他青睞有加。除了武俠小說，還刊登了《東方四女俠》故事系列，風格有點類似倪匡《東方三俠》和馬雲的《鐵拐俠盜》，雖然數量不多，故事精彩，可說是以少勝多。我很欣賞在《武俠世界》唯一連載的歷史小說《新紫玉釵》，此乃司馬先生傳世名著。慕雲曰：「台灣報刊連載五年，分為《上林春》、《長干行》、《玉釵寒》。」《武俠世界》全部編在一起，一氣呵成。司馬紫烟原名張祖傳，安徽人，畢業於台灣師範大學，五十歲那年在多明尼加去世，其妻是聾啞學校老師，現尚在。

秦紅寫稿慢

在台灣武俠小說名家當中，秦紅出道最遲，是名副其實的小老弟，原名黃振芳，台中彰化人。七十年代中服役，被派在後勤部隊，清閒時，讀書自遣。一手拿

秦紅

書，一手拿煙，悠然自得。當年工資不高，書和香煙要花不少錢，秦紅就寫散文、短篇小說投稿報紙、雜誌賺錢，應付開支。退役後，秦紅在政府主辦的菸酒公賣局做職員，薪水不多，髀肉復生，為報紙、雜誌寫散文和小說賺外快。後見武俠小說大受歡迎，而且稿費較高，改弦易轍，寫武俠小說。那個時候台灣報紙興作接龍小說，就是甲作家寫一段，乙作家再續上去，最後再由丙作家完成。秦紅最怕寫接龍小說，他的寫作方式與眾不同，有的作家可以憑着上手作家的情節，隨意發揮。他可沒這個能耐，在寫一個武俠小說時，要先把整個故事的輪廓想好，然後像編劇一樣寫一個大綱，之後再寫下每一個段落。什麼人物出場？什麼地方是高潮？都一一記錄下來，故事大綱有如電影分場那般精細。武俠小說的背景大部分放在中國大陸，秦紅是土生土長的台灣人，在寫武俠小說前，台灣海峽也未曾到過，大陸是啥個樣子？一無所知，只好跑圖書館，尋資料，查看地圖、古蹟。武俠小說必涉古代詩詞，秦紅在這方面所知匱乏，刻意翻查古籍，合用的詩詞抄寫下來，放入適當的情節中。別人寫武俠小說，隨意揮灑毫不吃力，可咱們秦紅，輕鬆不了，寫小說要比人家用功多幾倍。先天不足，惟有以勤補拙。他從不脫稿，許多編輯都喜歡用秦

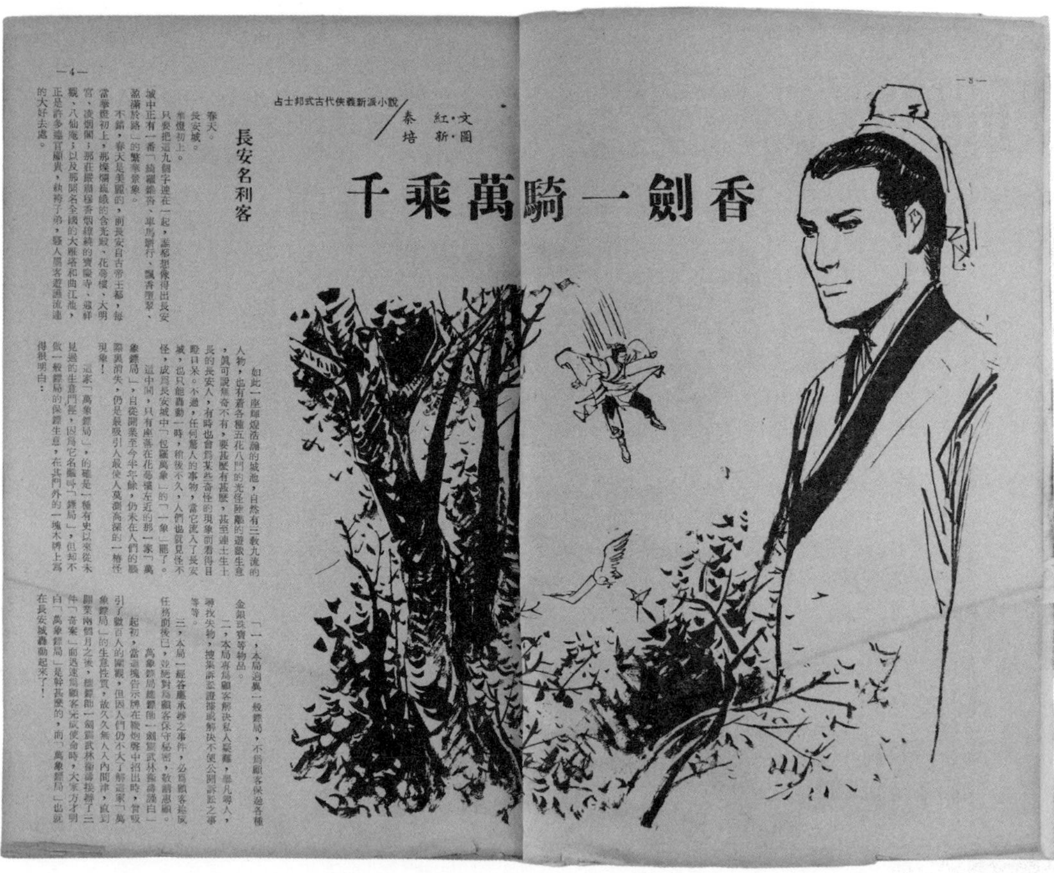

—4—

占士邦式古代俠義新派小說

秦紅・文
培新・圖

千乘萬騎一劍香

長安名利客

春天。

長安城。

華燈初上。

只要把這九個字連在一起，誰都想像得出長安城中正有一番「綺羅叢符、車馬駢行、飄香墮翠、盈滿於路」的繁華景象。

不錯，春天是美麗的，而長安自古帝王都，每當華燈初上，那燦爛繽紛的含光殿、花萼樓、大明宮、凌烟閣；那莊嚴縹緲香烟嫋繞的寶應寺、慈鮮觀、八仙庵；以及馳名全國的大雁塔和曲江池，正是許多達官顯貴，紈袴子弟，騷人墨客遊讌流連的大好去處。

如此一座輝煌浩瀚的城池，自然有三教九流的人物，也有着各種五花八門的光怪陸離的遊戲生意，真可說無奇不有，要甚麼有甚麼，甚至連土生土長的長安人，有時也會爲某些奇怪的現象而看得目瞪口呆。不過，任何驚人的事物，當它流入了長安城，也只能轟動一時，稍後不久，人們也就見怪不怪，成爲長安城中「包羅萬象」的「一象」罷了。

這中間，只有座落在花萼樓左近的那一家「萬象鏢局」，自從開業至今半年餘，仍未在人們的腦際異消失，仍是最吸引人最使人莫測高深的一椿怪現象！

這家「萬象鏢局」，的確是一種有史以來從未見過的生意門徑，因爲它名雖叫「鏢局」，但卻不做一般鏢局的保鏢生意，在其門外的一塊木牌上寫得很明白：

「一、本局過異一般鏢局，不爲顧客保盜各種金銀財寶等物品。

二、本局專爲顧客解決私人疑難，舉凡爲人尋找失物，搜集訴訟證據或解決不便公開訴訟之事等等。

三、本局一經答應承辦之事件，必爲顧客盡任務爲後已，並絕對爲顧客保守秘密，敬請惠顧。」

萬象鏢局總鏢師一劍鸞武林嫡壽謹白

起初，當這塊告示牌在鞭炮聲中招出時，曾吸引了數百人的圍觀，但因人們仍不大了解這家「萬象鏢局」的生意性質，故久久無人入內問津，直到開業兩個月之後，總鏢師一劍鸞武林嫡壽接辦了三件「奇案」而迅速爲顧客完成使命時，大家方才明白「萬象鏢局」是幹甚麼的，而「萬象鏢局」也就在長安城轟動起來了！

—5—

第 394 期刊載秦紅《千乘萬騎一劍香》

紅的小說。他的作品不少，也有一些被搬上銀幕，《千乘萬騎一劍香》賣座平平；另一部就是他的名作《冷血十三鷹》，只是這時候武俠電影已走下坡，這兩部電影賣座情況不佳。秦紅為人處事，非常踏實，除了抽煙外，並無其他嗜好，歡宴場合沒他蹤跡，酒池肉林，他沒興趣，賭博更是門外漢。偶然會下圍棋，但大多數時間是抽煙沉思，平時說話不多。八十年代後，秦紅的作品逐漸減少，九十年代在《武俠世界》刊登的秦紅小說，都是舊稿重登。

台灣雙璧皆人才

在台灣武俠文壇素有「司馬、慕容」武林雙璧之稱，說的便是司馬紫煙和慕容美。慕容美，江蘇無錫人，少年時去了台灣。慕容美喜歡優閒的生活，把武俠創作當為副業，多情，早期最喜歡寫愛情小說，也因為喜歡喝酒、抽煙，生活寫意，寫武俠小說時，用了一個筆名「煙酒上人」。慕容美很有才氣，寫作認真，識者把他排名台灣武俠作家第七名，在孫玉鑫、柳殘陽和獨孤紅之前。台灣武俠小說評論家

慕容美

葉洪生認為慕容美應排在上官鼎和伴霞樓主之上，無論怎麼説，如果要選舉早期台灣武俠名家的話，必在十名之內。葉洪生治學謹嚴，稱慕容美為「詩情畫意派」代表，我忝為《武俠世界》總編輯，絕對同意。慕容美的武俠小説若説特色，就是異常溫馨，那些主角都鑾可愛，富幽默感，尤其是當古龍大行其道後，慕容美文八風一轉，成古龍第二，傳承古龍式格調，華麗轉身順應時潮，卻無生吞活剝之感，可見其對武俠小説的駕馭能力，非一般人所能及。我看到慕容美在《武俠世界》連載的小説，是一九六八年的《七星劍》，一九七〇年武林出版社出版，台灣全用名《金步搖》，雅而幽，不若《七星劍》之俗。慕容美特擅起書名：《翠樓吟》、《一品紅》、《秋水芙蓉》、《江霧嵐烟十二峰》，誦之生陶醉意。慕容美晚年健康欠佳，一九九二年突然中風，不久便過世，享年僅六十。現在記得慕容美的，怕只有我們這些老武俠迷矣。

對曹若冰（曹寅生）的印象並不太深刻，惟一件事引起我對他的注意。三數年前《武俠世界》編輯部收到一封從內地寫來的信，希望能幫忙找尋台灣兄長曹若冰。信寫得情意懇切，如泣如訴，令人動容。我於是拜託上海的儒俠諸葛慕雲想辦法，

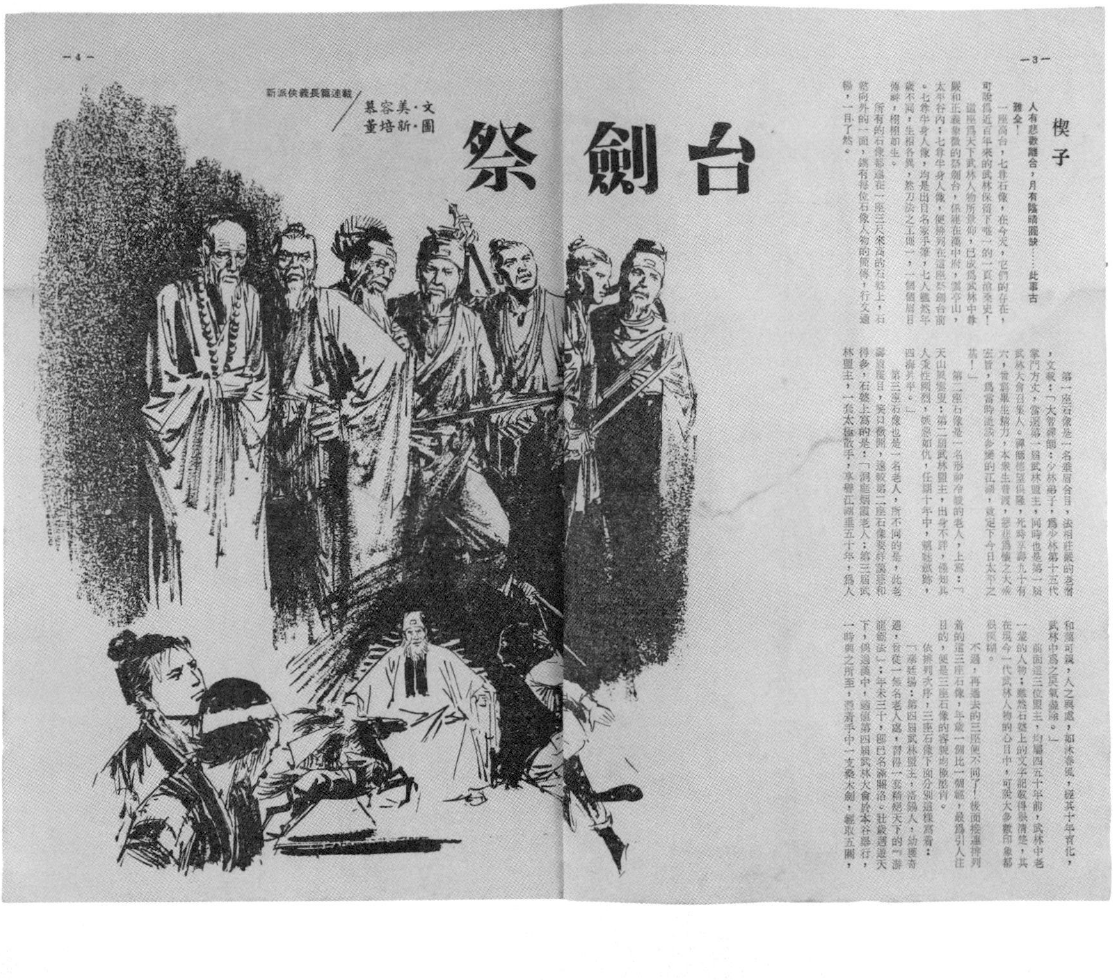

—4—

新派俠義長篇連載

慕容美·文
董培新·圖

祭劍台

—3—

楔子

人有悲歡離合，月有陰晴圓缺……此事古難全！

一座高台，七尊石像，在今天，它們的存在，可說爲近百年來的武林保留下唯一的一頁滄桑史！

這座爲天下武林人物所景仰，已成爲武林中尊嚴和正義象徵的祭劍台，係建在漢中府，雲亭山，太平谷內；七尊半身人像，便排列在這座祭劍台前。七尊半身人像，均是出自名家手筆，七人雖然年歲不同，生相各異，然刀法之工則一，一個個眉目傳神，栩栩如生。

所有的石像都還在一座三尺來高的石墩上，石墩向外的一面，鐫有每位石像人物的簡傳，行文通暢，一目了然。

第一座石像是一名垂眉合目，法相莊嚴的老僧，文載：「大智禪師：少林弟子，爲少林第十五代掌門方丈，當選第一屆武林盟主，同時也是第一屆武林大會召集人。禪師德望俱隆，死時享壽九十有六，曾窮畢生精力，本衆生普渡，慈悲爲懷之大乘宏旨，爲當時詭譎多變的江湖，奠定下今日太平之基！」

第二座石像是一名形神冷峻的老人，上寫：「天山鳳靈叟：第二屆武林盟主，出身不詳，僅知其人秉性剛烈，嫉惡如仇，任期十年中，魑魅斂跡，四海昇平。」

第三座石像也是一名老人，所不同的是，此老壽眉覆目，笑口微開，遠較第二座石像要祥藹慈和得多，石墩上寫的是：「洞庭煙霞老人：第三屆武林盟主，一套太極散手，享譽江湖垂五十年，爲人和藹可親，人之興處，如沐春風，經其十年育化，武林中爲之戾氣盡除。」

前面這三位盟主，均屬四五十年前，武林中老一輩的人物；雖然石墩上的文字記載得很清楚，其在現今一代武林人物的心目中，可說大多數印象都很模糊。

不過，再過去的三座便不同了！後面接連排列着的這三座石像，年歲一個比一個輕，最爲引人注目的，便是三座石像的容貌均極酷肖。

依排列次序，三座石像下面分別這樣寫着：

「華廷揚：第四屆武林盟主，洛陽人，幼遭奇遇，曾從一無名老人處，習得一套精絕天下的『游龍劍法』；年未三十，即已名滿關洛。壯歲遨遊天下，偶過漢中，適值第四屆武林大會於本谷舉行，一時興之所至，憑着手中一支桑木劍，輕取五關，

第 307 期刊載慕容美《祭劍台》，是慕容美首度登場

曹若冰

結果真的找到了，由是我開始留意曹若冰的作品。《武俠世界》也曾連載過曹若冰的作品《玉扇神劍》，委實寫得不錯。一般武俠評論家在評論曹若冰的作品時，都說他並非一流武俠小說作家，一定要排，只能是二流之首、一流之末，但在內地，因為是第一本金庸、梁羽生以外進入內地的武俠小說《金劍寒梅》的作者，所以在武俠小說讀者心目中，一直擁有着較高的地位。《金劍寒梅》銷售一百多萬套（上下集），由於沒有版權，曹若冰一點好處都拿不着。曹若冰文采斐然，文字優雅，好看書，在其處女作《玉扇神劍》中有段寫關於看書的興致，完全可以從小說中抽出來作為優美的散文看，甚至可供中學教材。曹若冰寫作認真，可性格木訥，不擅表達自己，因而跟出版商的關係並不太好，不以他為一流作家。作家想上頂峰，要懂得自我包裝，這點，臥龍生、諸葛青雲、朱羽和古龍，都做得比他好。有人勸曹若冰不妨仿效，他搖搖頭：「我做不來呀！」很多人都會提到他的遺著《野和尚》，我看過，實在一般，不如他後期的《絕喉指》、《揚威京城》和《花豹子》。諸葛慕雲曾寫過尋找曹若冰遺孀的經過——「我曾經動用了所有的關係，得到了很多江湖朋友的幫助，終於在紅十字會數十年沒有找到曹若冰的情況下，找到了曹若冰先生在

孫玉鑫

台灣高雄鳳山的遺孀，並請曹夫人和玉明兄的母親、曹若冰的親妹妹通了視頻，他們從妹妹七歲分離後，此生未再相見，而妹妹一直記得哥哥，終於在曹若冰先生逝世後，才尋得到，略告安慰。玉明兄的母親在和若冰遺孀聯繫二週後，安然去世，血脈相連，夢繫魂牽，此之謂也。」

山東青島孫玉鑫，六十年代方開始寫武俠小說。我很少看，對他並不太認識。諸葛慕雲這位超級武俠小說迷，對他頗有研究——「不過，我個人認為孫玉鑫作品水年都蠻平均，故事有他個人思想，並非漫自敷衍了事。筆法較為樸實，在早期的台灣也許有一定的讀者群。可讓我們這班一開始就看古龍類型新派筆法的讀者回過來閱讀孫氏作品，還是感覺有點節奏緩慢。」孫玉鑫為《武俠世界》供稿，最早也要到六十年代末期、七十年代初左右，比起他的晚輩臥龍生、諸葛青雲、慕容美後得多。我拜讀的《血手印》、《絕命谷》、《仁劍天魔》，都是屬於可讀性強的作品，因而他廁身台灣武俠全盛期二十大名家之內，純然是有他出色當行之處。孫玉鑫生於一九一八年，幼受古文薰陶，肚子裏裝滿掌故逸事，加以本身是說書出身，作品豐盈充實，惜乎棄良木擇蔓枝，捨本逐末，至為可憾。若可稍作變更，以個人經歷入書，銷路更暢。孫氏寫武俠小說在四十二歲左右，屬最好的年紀，也許因為有說書的經驗，下筆較容易吸引讀者。一九八八年去世，留下二十多本武俠小說，據我考據孫氏武林版作品，全都在《武俠世界》連載過。

如來神掌的出處

「萬佛朝宗……」這一招，在六七十年代，幾乎所有香港人都能琅琅上口。這便是著名電影《如來神掌》中的其中一招。《如來神掌》出自何許人？便是柳殘陽！《如來神掌》最初的概念就是取自他的武俠小說《天佛掌》。柳殘陽的文筆異常古怪、粗糙野曠，缺乏美感，既沒慕容美的詩情畫意，才子佳人花前月下，更乏司空羽那種教人血脈沸騰的情色描寫。可他竟是台灣有數的名家之一，全盛時期，名作家排行榜中總在十名以內。其人吸引之處，鱸魚膾寫得好：「柳殘陽筆下的主角都是極具有性格的，是江湖的，是以眼還眼！跟當年那些軟綿綿的男女主角比起來，柳殘陽的武俠人物更接地氣。」諸葛慕雲每年都有一兩趟來香港拜訪著名作家，有一回在

柳殘陽

倪匡家裏跟老爺子聊起當年武俠名家，足有兩個小時。「老先生很高興，我也很興奮，畢竟能夠和倪匡先生用上海話聊武俠作家生平的，確實找不出幾個來。那天，聊着聊着，他忽然說金庸鑾喜歡看柳殘陽的。我吃了一驚，因為按照金庸的審美觀，無論如何不會喜歡柳殘陽這個類型呀！看出我的疑惑，倪匡笑道：『其實金庸很喜歡看各類武俠小說，估計他平常壓力重，看武俠能放鬆，柳殘陽小說非常乾淨俐落，快意恩仇，好多人一跑上來就死了，這種感覺非常刺激，所以他喜歡看，我也鑾喜歡看。』說到此，又加上一句：『你可有注意到，金庸很少在武俠小說中寫慘烈的以一對百的大戰，但《天龍八部》裏，蕭峰大戰聚賢莊各路豪雄，大開殺戒，就是受到柳殘陽暴烈筆法的啟發。』」慕雲非常喜歡看柳殘陽，棲住在德國科布倫茲修道院醫院時，每週日下午在關閉的園子裏，躺在椅上，一杯咖啡，拿着柳殘陽的小說，竟可以消磨一個永晝：《銀牛角》、《牧虎三山》、《七海飛龍》、《明月不再》、《起解山莊》、《斷刃》、《梟霸．梟中雄》、《拂曉刺殺》等等，都是在這段時間看完的。柳殘陽的小說優點是兇猛激烈，缺點是風格一成不變，到封筆時，還是一成未變，不是不變而是不懂變。柳殘陽出身黑道，直來直去，文化內涵不深，墨水有限，何能變也？出身黑道，不崇奢華，厭惡花天酒地，送了女兒去美國讀書後，經常和老妻周遊世界，是一位對自己生活很有安排的作家。柳殘陽是個愛妻家，在台灣武俠小說作家中，甚其為罕有。

名家客串寫武俠

一九六〇年金庸的《武俠與歷史》創刊，一九七〇年復有張維的《武俠春秋》，盪起小小漣漪，無法威脅《武俠世界》，銷路仍有二萬。最近翻看六七十年代的《武俠世界》，居然看到怡紅生的《八駿圖》，暗暗吃了一驚。怡紅生原名余寄萍，是《成報》編輯，香港著名的鴛鴦蝴蝶派作家，七十年代初，恩師鍾萍平介紹我前往謁見，希望他能提攜我在《成報》寫一點小文章。《成報》是大報，名家林立，豈容我一個少年，謀事不了了之。倒是余寄萍給我一個非常深刻的印象，西裝革履，皮鞋擦得鐙亮，說話不徐不疾，一派廣州文士之風，真沒想到他還能寫武俠小說。《八駿圖》是個傳統武俠故事，文筆新穎，不像老作家所寫。那時候香港作家興代筆，稱之為「捉刀」，往往是前輩帶徒弟的形式。另一個故事《飄零湖海一劍仙》，寫唐人風塵三俠遺事，採傳統武俠小說筆法，寫來文筆精練，留有餘韻。我僅見過寄萍先生一次，之後就未能再晤。

最教我驚奇的一回事，居然是過來人（蕭恩樓）用「南宮刀」的筆名在《武俠世界》寫過長篇武俠連載《雲海俠影》。慕雲搞不清南宮刀到底是「過來人」，還是「何行」？我一看原文，立即認定乃過來人之作。且看文章吧！「由於瘴霧巒烟，不辨昏曉，雲山重疊，道路險惡的阻撓，和春坪遠處偏僻，除有幾人家，因避世在當地自排閉關隱居外，早與世隔絕。」文筆凝練，非吃洋場飯的何行所能寫也。過來人是上海人，香港海派作家中寫聲色犬馬專欄第一把手，為人風趣、篤厚，長於點菜，善結人緣，為文壇眾人之友。

台灣有一位獨孤紅，河南開封人，原名李炳坤，一九六〇年前後寫了處女作《紫鳳釵》，一夕成名，轟動台港。《武俠世界》遂刊載其小說。獨孤紅偏嗜撰以明清宮廷為背景的武俠小說。五十多年以來，作品多達六十餘部，名列台港十大名家，跟其他作家不同之處，在於所撰武俠小說無不一版再版，此為古龍所不及。我看過獨孤紅的《丹心錄》，天份不差，若與梁羽生相比，當在伯仲間。近年大部分時間從事電視劇本的編寫，屢創收視佳績，近作《一代女皇》、《怒劍狂花》，已在大陸各地電視台陸續播出。最新作品為二〇〇二年九月出版的《關山月》。

一九五九年四月一日《武俠世界》雙週刊出版後，意想不到大受讀者歡迎。不獨本地銷路好，海外訂閱單也大增。不少讀者來函表示：「雙週刊時間相隔太久，連載小説看得不過癮。」要求改革。蹄風商諸羅斌，決定改出旬刊（十日刊）。惟仍不能滿足讀者要求，結果自第三十五期起，改為週刊。自此六十年來，《武俠世界》都以週刊形式出版，從未改變，定價亦由起初的八角，加至最終號二十八元。

中衰期的台灣作家

踏入八九十年代，《武俠世界》起了不少變化，台灣名家臥龍生、古龍、諸葛青雲、司馬翎等相繼去世，柳殘陽、慕容美等退休，才華衰落者亦不少，《武俠世界》銷路跌破二萬大關，只有一萬多，黃金年代失去光彩，步入中衰。這時候，台灣作家助陣的有朱羽、蕭逸和東方玉。先說妙人朱羽吧！

武俠作家中，有的高調，有的低調，原名朱譜森的朱羽就是一個非常高調的人，用上海話說，他有些兒滑頭，喜歡賭博，喜歡騙人錢，經常被人追債，卻不影響他在暢銷書作家中的名氣。我曾對倪匡說：「台灣有朱羽，咱們香港不差多少，有杜寧，兩人不分伯仲。」倪匡拍腿稱是。朱羽的小說水準極不平均，有時上佳，有時低下，有時則精彩得出乎意料之外，可要命的是更多時一塌糊塗。他是古龍的難弟，虎頭蛇尾的典型代表，可以開篇寫得精彩絕倫，引人入勝，然後好像是在夢囈中完成，不知所云。倪匡曾把他的《生死門》改編成電影，問過倪匡對朱羽的看法，按例哈哈哈三聲笑：「朱羽嘛，開頭非常之好，就是不努力專心寫，久而久之，讀者便會放棄。」朱羽曾用過「人畏」的筆名寫鬼故事，《武俠世界》登過幾篇，多用江南為背景，因為他是江蘇無錫人。故事並不如意，開始用朱羽筆名寫傳統武俠小說，《七絕女》三個短篇湊合一塊，一九六九年《武俠世界》刊過。同期還有《一夜風雲》，文筆流暢，思路活躍，只是傳統武俠小說大家太多，並未能為朱羽帶來什麼榮譽，遑論金錢。朱羽聰明，左思右忖，杼機別出，開創民初背景的武俠小說，漸入佳境，終成台灣名作家和編劇。民初背景的武俠小說，嚴格而言，應歸為動作小說，有鮮明背景，人物貼近現實，往往涉及抗日掌故，由於是現代背景，沒有什麼玄功罡氣，以硬橋硬馬、槍戰為主，有別於傳統武俠小說，有一段時期甚受讀者歡迎。朱羽不愧是天生的作家，口才了得，用心寫，必能吊住讀者胃口，沒走火入魔時，擁有龐大讀者群。《武俠世界》刊登民初動作小說，朱羽是一面皇牌，八十年代，幾乎每隔一期就刊登一篇。後來香港三少俠中的西門丁和龍乘風也開始寫民初技擊小說，由於負責認真，漸漸代替了朱羽在《武俠世界》的地位。朱羽為人熱情，可有點兒無賴，這點跟我的朋友杜寧很相似，我稱彼等為「港台搗蛋雙絕」。他的老友諸葛青雲曾經寫過一篇〈一支健筆話朱羽〉，對他愛恨交集。朱羽壽長，二〇一二年在台北過世。

不能不提東方玉，八十年代我看《武俠世界》，常常看到東方玉的名字，何許人也？不得而知。一九九六年我接掌《武俠世界》，問編輯葉競平，回說：「我也不清楚他是誰。」還是上海的諸葛慕雲耍家，查到了東方玉資料，乃浙江鸚山人。鸚山屬餘姚，所以不少人以為他是餘姚人。出身書香門第，精通琴棋書畫，尤擅書

東方玉

法，是公認的書法家，開過一個國際性的書法展覽。一九四九年赴港，住在調景嶺，在香港成立詩社，後往台灣撰寫武俠小說，寫出名氣後，成了職業作家。知道東方玉跟香港很有關係後，愛屋及烏，更留意他的作品。他跟蔣經國私交不俗，曾請他入仕，他婉拒。我看東方玉的小說，第一本是《青玉峽》，過得去。東方玉愛寫長篇，這麼多年來鮮有看到過他的短篇。東方玉原名陳瑜，文化底蘊極佳，武俠小說中經常出現一些地域性的掌故，尤為我所喜。有優點，自然也有缺點，便是變化不多，從處女作到封筆，風格幾乎一成不變，老先生真是執著得緊。慕雲由衷地說：「東方的小說，不能說是佳作，但如果心情平靜的夜晚，泡壺茶，沒有老婆的嘮叨，沒有孩子的吵鬧，是可以非常愜意地讀完的。」作品能看完，正好體現了作家的成功。東方玉的作品很早便進入內地，因而內地書迷對他極為愛慕，反之，香港讀者對他則不甚了了。江湖傳聞，東方玉不喜古龍，雙方很少往來。

蕭逸

蕭逸桃色惹禍

蕭逸這個人，怎麼說好呢？金庸去世後不久，台灣的蕭逸也跟隨而去。他是一個美男子，桃花運非常旺盛。我嘗言：「若有蕭郎貌，何懼楚留香。」可見其俊俏。梁實秋比蕭逸年長三十三，說也奇怪，兩人私交非常好。遠景沈登恩先生非常賞識蕭逸，為他出版《鳳點頭》，年過八旬的梁實秋破例為小說題字。遠景這套系列，模仿明河的金庸、天地的梁羽生，排印整齊，設計優良，插圖精美。如此得到遠景隆重推崇，頗令人感覺意外。彼之作品我看得並不多，《甘十九妹》開局不俗，迨看至三分一，即無法再看下去，讓我非常失望。至於名作《飲馬流花河》也是雷聲大雨點小，難言佳作，自此很少看蕭逸的武俠小說。後來有友人介紹我看他的《長劍相思》，寫遊俠關雪羽韻事，故事趣味盎如，文筆醇厚，誠乃武俠小說中的佳品，因而刮目相看。蕭逸自視高，曾豪言道：「續寫還珠樓主的《蜀山劍俠傳》，非我莫屬。」最後當然沒有續，也有人認為他並非大放厥詞，至少他是一個身體力行的武俠作家，若然能安下心來，好好地寫，未嘗不是《蜀山劍俠傳》的最佳接班人。倪

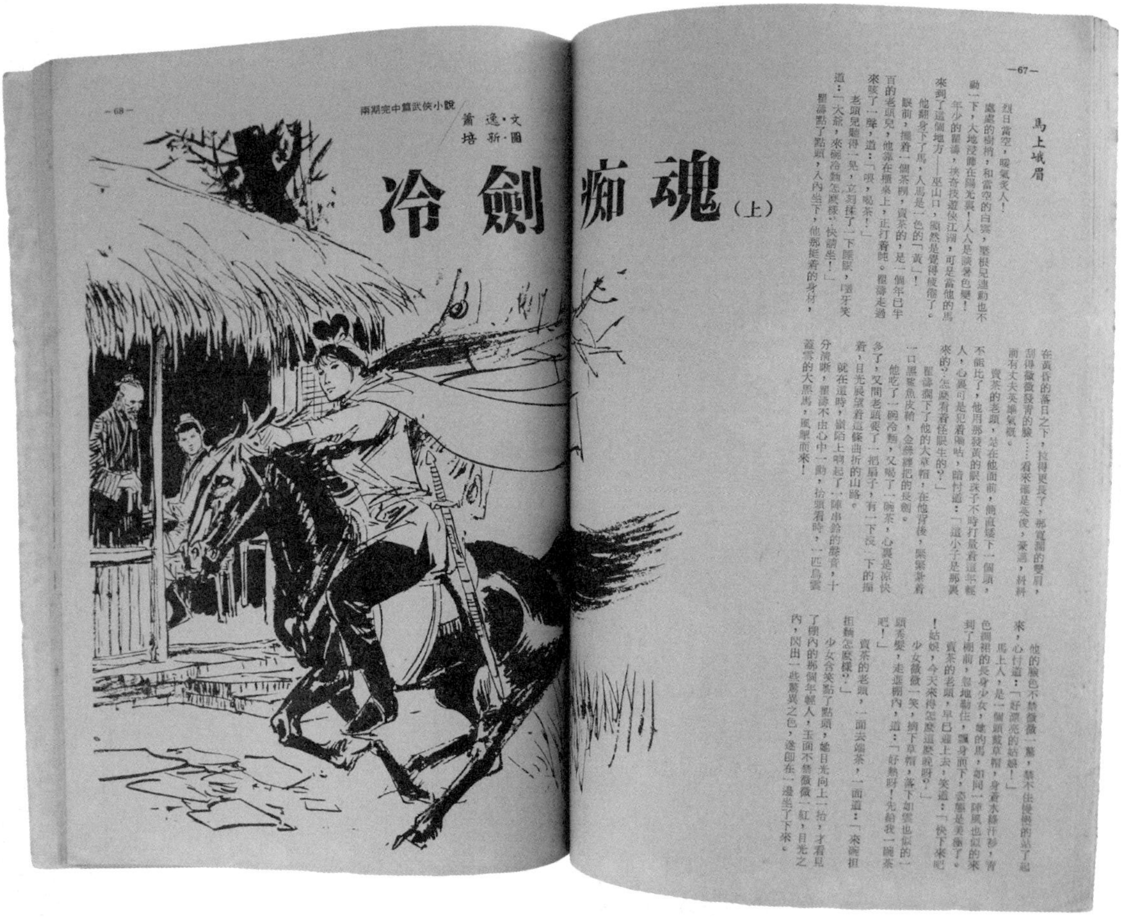

—68—

兩期完中篇武俠小說

蕭逸·文
培新·圖

冷劍痴魂（上）

—67—

馬上娥眉

第 356 期刊載蕭逸《冷劍痴魂》

匡跟蕭逸有交情，蕭逸幫過他不少忙，只是性格比較古怪，有時候和他說話，兩眼茫然，不知道他在想什麼。由於這樣，後期便少見面，交情不如他跟古龍。

我對蕭逸有很深的印象，原因是他牽涉了一樁風化案件，受害者魏平澳乃我好大哥，親口向我說出經過。原來當年，蕭逸落魄江湖，走投無路，投靠魏平澳。平澳憐憫他，讓他寄居家中，不料竟跟其妻勾搭上手，紙包不住火，平澳大哥大怒，揮刀向他狂斬，因而入獄，而蕭逸也受傷入院。李敖不齒其所為，在報上口誅筆伐，雙方展開論戰，李敖怒道：「媽的，今天被兒子咬了口。」可見對蕭逸的行為極為鄙視。正是曹操也有知心友，蕭逸離塵囂，馬鳴風嘯嘯，也有人追憶他，引述他這樣一段話：「對於作家來說，要逃避孤獨又要享受孤獨；沒有孤獨，就寫不出東西。有時候我安慰自己寫作是對孤獨的排遣。」正是孤獨過度，難免出軌吧！蕭逸早年生於抗日名將之家，家教謹嚴，長成後，定期寫作，六十年來，心無旁騖，煙酒賭毒，從不沾手。武俠作家，能生活如此規律者，實不多見，蕭逸怎會做出勾義嫂之舉？實在令人費解。

一代掌門溫大俠

我跟溫瑞安總算是有點交情的，一九八二年我寄居北角堡壘街的天聲出版社，從馬來西亞遠道而來的溫瑞安跑來找我，同行的還有他女友方娥真。他可能因為我寫過《金庸與倪匡》，認定我認識金庸，想讓我作曹邱。我告訴他金庸是前輩，我是後輩，沒有什麼交情。如果想寫小說，倒不如去找倪匡說項。他唯唯否否，沒說什麼，後來還一道去北大喝茶。溫瑞安，矮個子，英氣逼人，唇上留髭，兩目精光，一望，就知終非池中物。果然不久，他已有武俠小說連載於《明報》，由此可見金庸是一個愛才的人。溫瑞安的名作是《四大名捕》，他送了我一本，對追命迄今仍有很深刻的印象。在香港有了名，便往內地發展。三十年的奮鬥，溫瑞安今已是金、古、黃、梁後的第五家了。前年書展相晤，他給我的印象已非作家而是武林掌門人矣！在書展中不多說作品，反而公開打了一套拳，步法麻利，掌風颯颯，儼然溫派大掌門。燕青認得溫瑞安，這樣說他：「十多年沒有見過溫瑞安了，聽說他如今在大陸，大多數的時間生活在珠海。」近來國內將他的作品多次搬上螢幕，除了

第 31 年第 21 期刊載溫瑞安《金風細雨樓》

那部《逆水寒》，其他幾部改編自《四大名捕》。慕雲告訴我，看過這幾個電視劇，認為改編得太差，口水多過茶，不像武俠劇而像偶像劇。諸葛慕雲對武俠小說很有研究，他認為：「溫瑞安是繼古龍之後，最成功的新派武俠小說作家（這點筆者不盡同意）。筆下人物俠氣凜然，讓人蕩氣迴腸的友情是他的拿手好戲。可惜，溫瑞安九十年代定居香港以後，開始動筆的《少年四大名捕》、《說英雄，誰是英雄》，愈寫愈長，愈寫愈離譜，特別是他不斷反覆地將在台灣坐過冤獄所受的那股冤屈氣放入作品中，使讀者慢慢的覺得厭煩。」

慕雲傾向香港的西門丁，認定他的成就超越了溫瑞安。慕雲說：「溫瑞安的《四大名捕》固然是武俠小說史上里程碑似的人物，其實真正將名捕在香港發揚光大的，是一個叫西門丁的作家。溫瑞安當初只寫了《四大名捕會京師》的兩個故事，就開筆寫《神州奇俠傳》去了。而此時西門丁開始為《武俠世界》撰寫《雙鷹神捕》系列，一寫就寫了三十多個故事，在香港如果沒有讀者的擁護，一個作家是不可能寫同一個系列這麼多故事的。西門丁筆下的《雙鷹神捕》有個與眾不同的特色，主角並非傳統武俠小說上的風流倜儻之輩，而是兩位上了年紀的名捕頭，給人更有穩重的感覺。」

香港三少俠

八十年代台灣名家漸少，第二代老總鄭重費盡心思，東尋西覓，終於發掘出西門丁、龍乘風和黃鷹三位青年作家，合稱「年青三少俠」。別小看三少俠，他們努力不懈，終成為八九十年代《武俠世界》中流砥柱。西門丁，原名王余，福建人士，幼好文學，本身經營旅遊社。某趟出差看到報攤上有《武俠世界》，順手買了一本，翻看一過，遂萌寫小說之心。回家一氣呵成，寫了四萬字中篇投稿，很快獲得刊出。不久主編鄭重約見面，請他多寫。西門丁就一篇接一篇地寫下去，自此跟《武俠世界》結下不解緣。西門丁最出名的作品是《雙鷹神捕》系列，一共寫了三十多個故事，在香港可稱奇蹟。西門丁很自我，當時不少香港武俠小說作家都愛模仿古龍，他卻不屑為之，寧可採用傳統寫法，穩重篤實，有板有眼。諸葛慕雲評其小說云——「西門丁一開始就不願意跟風，用古龍類似的筆法去討好大眾，而是用其個人的穩重風格，奠定其在武壇地位。」故此西門丁在武壇有得也有失，得的是：得到真正武俠愛好者的好評，因為他的作品耐看，有深度；失的是：論名氣，西門丁尚不如同為《武俠世界》雜誌效力的黃鷹和龍乘風。黃鷹、龍乘風的新派武俠作品，都曾經搬上銀幕，而西門丁就少了這份運氣。其實，西門丁的作品若能拍成影視，也是頗可一觀的。

黃鷹（黃偉）曾經和燕青一起在環球公司共事過，他會畫漫畫，曾經為環球出版社的報刊雜誌和小說，畫過不少插圖和封面。董培新工作忙碌，未暇兼顧，黃鷹就代為補稿，逼真程度達九成，續古龍小說可稱假亂真，難怪馮嘉說他是《新報》的天才。黃鷹寫《沈勝衣傳奇》成名後，對電影非常有興趣，特別是殭屍類型的電影，凡他編劇的，都賺了不少錢，見獵心喜，黃鷹也來軋一腳。可黃鷹沒老闆命，自組公司後，財力不繼，更因付不起龍虎武師的工資，竟被某龍虎武師打成內傷，含恨而死。至於黃鷹膾炙人口的電視名作《天蠶變》，並非他個人構思，而是集一班人之力而成，劇本完成後，由黃鷹執筆寫成小說，哄動一時。

原名陳劍光的龍乘風，是我的好朋友，豪爽、熱情，只是不懂做生意以致一敗塗地。他是香港著名客家菜館泉章居的少東，一直視黃鷹為師兄，從小喜歡文學，對武俠小說尤為情有獨鍾。他最崇拜古龍，用古龍式的筆法創造了「雪刀浪子」龍

成壁這個人物，在香港被改編成廣播劇，更為台灣製片商看中，拍成電視劇集。龍乘風不但寫武俠，也寫科幻，自組出版公司，寫了一些言情小說，可惜這些小說均未能為他帶來應得的盈利。小友黃永盛曾助他開設錄像公司，投資巨，賠本快，結業收場，事業漸走下坡，欠債累累，菜館股份也以低價讓與胞兄，其後偕妻乘風而去，不知所蹤。古龍去世後，台灣風雲出版社將龍乘風的作品歸入《古龍系列》。古龍的後期作品甚為混亂，有些是請人代筆，眾所周知，黃鷹就為古龍代筆《驚魂六記》。風雲出版社出版古龍遺著中，有一套三本的《黑雁》，其實是龍乘風的時裝動作小說。龍乘風的民初技擊小說，大可媲美台灣的朱羽。只是龍乘風的武俠小說，初登台灣時，因為名字太過陌生，出版社便用了諸葛青雲的名字。一來是不需要付版稅予龍乘風，二來當時武俠小說在台灣已經開到荼蘼花事了，諸葛青雲畢竟曾經紅過，有一些剩餘價值，只需付給諸葛些少「借名費」便可以。據知古龍便收過不少借名費，不只是武俠小說，連電影都可以借名，只要給錢，不理劇本是誰寫的，都可以宣傳為「古龍原著」，作家淪落至如斯田地，殊堪可悲。

馬雲略遜倪匡

湛江馬雲（李世輝）跟我是老朋友了，開朗健談，有他在座，我不用多說話。他說他的，我看我的，洗耳恭聽。馬雲最著名的作品是《鐵拐俠盜》共一百六十多部，比衛斯理還要多，足可稱香港紀錄。另外還有科幻小說、黃飛鴻傳奇和《大地恩情》，後者搬上電視，打倒無線《輪流傳》，轟動一時。我看過其中一部《花地殲惡霸》，頗為出色。馬雲年少時，體弱多病，曾隨黃飛鴻徒孫朱愚齋習武，愚齋去世後，轉投關德興，積極參與扶貧，並助關德興成立寶芝林。一九六八年加入環球出版社，成為專業撰稿人，在《武俠世界》連載小說，由環球出版社結集出版。近年我們同住北角區，偶有機會，喝茶談天，今年八十二歲，筋骨尚健。

馮嘉是我摯友方龍驤大哥的徒弟，由於這個緣故，年齡大於我，卻是我的後輩。方龍驤跟我是上海同鄉，上海閒話一講，格外親切。他對我說：「馮大衛（馮嘉原名）好精靈，英文又好，我就叫他多看外國動作小說，從中偷橋，調轉寫小說。」說來你不會相信，方龍驤其實是香港科幻之父，所着《貓頭鷹鄧雷》，刊於《南華晚報》，大受歡迎。後來因工作緊密，就把地盤讓予馮嘉，馮嘉先以《龍約翰故事》成名，繼而《奇俠司馬洛》更上層樓。私家偵探司馬洛屢破奇案，馮嘉不住賺錢。跟一般作家不同，他很懂打算盤，積聚稿費買房子，又投資成人商店，目前已有四間，收入殊豐，早不必再以寫作為生。馮嘉的司馬洛有個特色，就是強壯的男性，該解放被禁錮女性的性慾。「馮嘉平鋪直述的文字，描寫頗為直接，故事情節的安排也略見心思，故能引人入勝。可能是因為產量太多，他寫的故事和人物欠缺周密的考證，人物的心態轉變平淡，背景過於單純簡易，故事的格局也因而局限一隅，無法創造出恢弘的氣勢。」燕青直指馬雲和馮嘉的奇情小說比起倪匡，略遜一籌，確是由衷之言。個人愚見，馮嘉寫得最出色的小說莫如用石崗筆名撰寫的情色小說，可跟韋韋（依達）媲美。

這時的《武俠世界》實銷不到一萬，比起六七十年代少了一倍有多。踏入九十年代中期，由我接手時，銷路僅四五千，漸呈衰亡之象了。

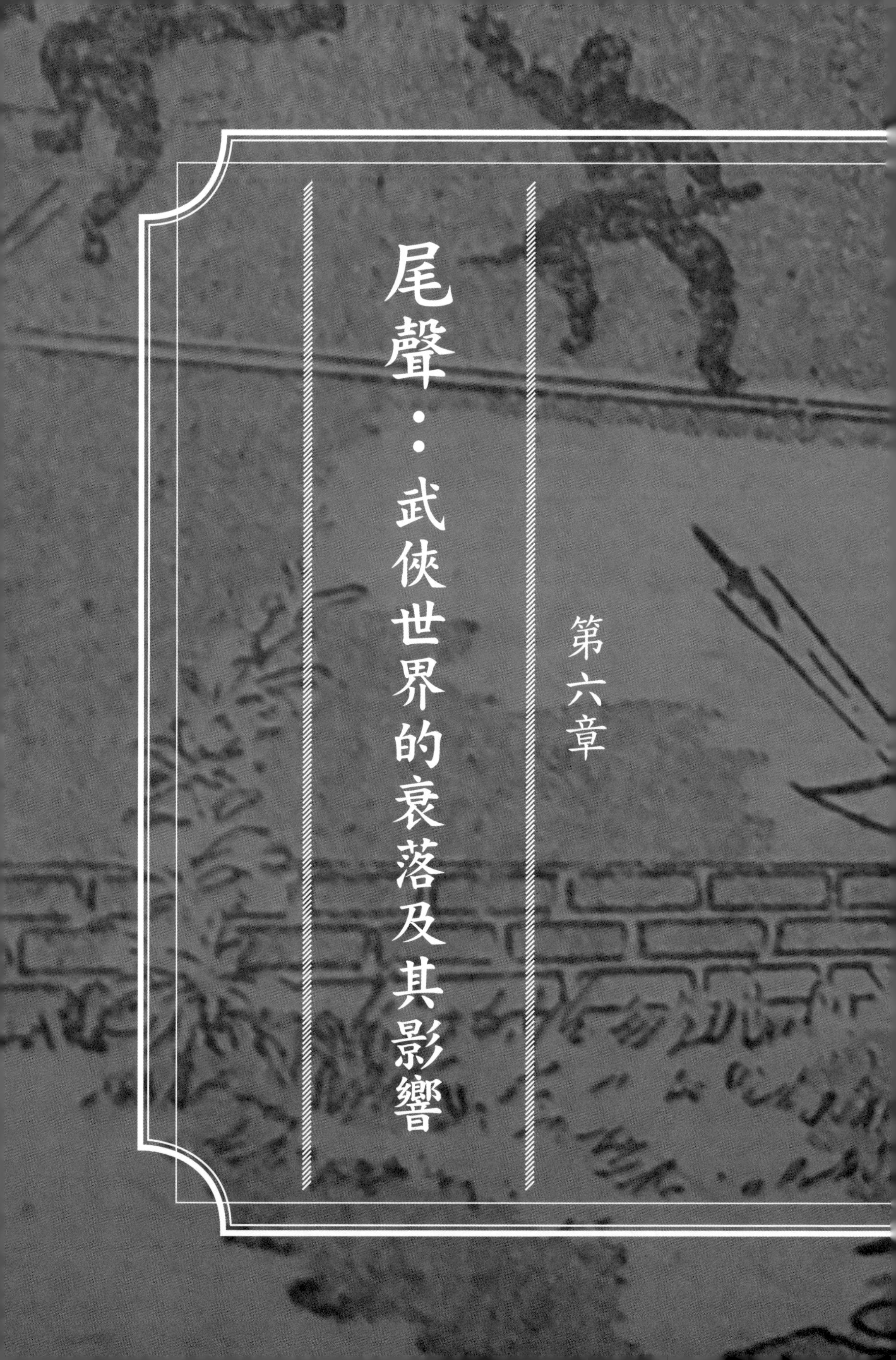

第六章

尾聲：武俠世界的衰落及其影響

一九九六年夏天我接管《武俠世界》，銷路四千餘，不要說遞升，保持平衡也不易。二〇〇二年，從羅斌手上買下《武俠世界》，王學文想方設法，欲開拓大陸市場。這個想法對呀！想想內地人口近十四億，只要有千分之一人看，也有數百萬；退一步而言，萬分之一吧，也數十萬。這樣一算，嘩！離發達之路不遠！我和學文幾乎笑出聲來。重慶的陳蘭蓀先生以前是國民黨特務，解放後經改造，成了愛國人士，身為重慶政府參事兼通俗文學會理事，通過陳伯毅先生，常為《武俠世界》寫稿。他告訴我四川和貴州人最喜歡看武俠小說，故在此間出版《武俠世界》，必大有可為。「有需要，我可負責聯絡。」挺胸凸肚，信心滿滿。其時，僅四川一帶，已有人口一億，有一個巴仙捧場，銷路已逾百萬。聽得咱倆心花怒放，喜從中來，險些兒想長對翅膀，立即飛赴重慶。一切安排妥當，半途殺出個程咬金，王學文認得一位廣州老作家叫陳欽然，曾為江澤民作過傳，很有文名。這時候恰巧有公務來深圳，住在麒麟山莊，可跟我們見面。我們告訴他將會到重慶搞出版，他聽聞過《武俠世界》，建議不如在廣州做吧，兩地相距近，言語又相通，便於控制。想想也有道理，同意了下來，不惜設法推了陳蘭蓀。陳老回廣州後，為我們聯絡了一個發行人小陳，在廣州頗有辦法，聆聽了我們的想法，一拍胸說包在他身上。廣州出版難產，幾經轉折，小陳方找到一家成都小雜誌，叫《貢嘎山》，願意出租刊號。不講你不會知道，內地出版，自由度不高，限制多多。首先外來期刊不能私自出版，須拿到刊號，可刊號不易拿，或者根本拿不到手。想出版，要跟內地期刊合作，先付一筆費用租刊號。《貢嘎山》開出條件，租用費二萬元，沒問題，於是不久《貢嘎山武俠世界》出版了，六十四開本，內容沿用港台武俠小說，銷路不俗。出了三期，我們要求結帳，《貢嘎山》施展拖字訣，山高皇帝遠，莫奈其何。結果壽終正寢，第一次內地發展，以失敗告終。

內地出版賠大本

買入《武俠世界》不久，我不幸患上抑鬱症，醫生説是「Panic in disorder」，這病很怪，就是常常會心慌意亂。舉個例子，坐的士看到司機不順眼，就懷疑是賊，雙手冒汗。在這樣的情況下，我逐漸把編輯權移交給王學文。因此二〇〇三年後，實際的掌舵人是王學文。學文出身《文匯報》，走突發，養成機靈乖巧的脾性，頭腦轉得飛快，只是做事有點兒心多，肖牛，倔强，不大聽勸，加以是「第一甜品——心太軟」，許多時犯錯。比方説出版，不考慮清楚，放棄重慶，就是錯誤的決定，為此賠了不少錢。又如聽從廣州發行小陳，用好幾萬元買下《花城》的書來香港特價場，以為可賺一筆，豈料這些書香港早已有售，平白又蝕一筆。

好了，常言道「吃過虧知苦痛」，我跟學文卻猶未死心。過了一陣子，機會來了，我的好朋友雷競斌曾將《大公報》在廣州發行，懂得門路，説可以介紹我們跟

《羊城晚報》接頭。《羊城晚報》是廣州大報，能跟我們合作，求之不得。雷競斌二話不說，介紹一位朋友作為中介人，由他跟《羊城晚報》領導接洽。一切談妥，哈哈！《武俠世界》將可在廣州復活。我們將《武俠世界》編輯部設在華僑新村一幢兩層高的別墅裏，以三十二開週刊形式夾於《羊城晚報》內發刊，心想這回總會有些收穫了吧？不料事與願違，仍然鎩羽而歸。這真是我們萬萬預料不到的事情。原來附於《羊城晚報》裏的《武俠世界》並不能在市區內發行，而只能擺在偏遠地區販賣。偏遠地方讀者少，知識低，如何會買？賠了夫人又折兵，又賠一筆。經過兩趟慘敗後，《武俠世界》元氣大傷，漸漸走入衰退之途。

說真的，《武俠世界》落到我們手上，其實賺到的只是一份工資，不必受老闆閒氣；公司沒有盈餘，遑論儲備。這時香港銷路又漸入困境，咱倆一籌莫展。可王學文也有優點，一是樂觀豁達，二是刻苦能幹，在他打掉牙齒和血吞的感召底下，葉競平、何順光和梁樹都無私無欲，鼎力輔助，《武俠世界》因而多做了十七年，這全都是王學文的功勞。

由二〇一二年到二〇一九年這七年間，《武俠世界》苦苦支撐，台灣作家幾乎全部銷聲匿跡，連辛彥五也影蹤不見。這期間，倚靠的全是內地網絡作家和舊稿重刊。內地新晉作家小鍛、林遙、趙晨光不計稿酬多寡，以佳作襄助，加上我的推理小說和葉孤桐的鬼故事，一段時間，還能勉力支撐。可這非長久之計，頭痛極矣！因為稿費太低，內地有名氣的作家根本都沒興趣供稿。世上也有雪中送炭的人，肇慶《西江文藝》前老總何初樹，捎來長篇《方世玉》，訂明不收分文稿費以作支持。還有香港的名作家周顯，情深義重，把作品《碳六十之劍》交予我們發表，小說寫得形神俱佳，很受歡迎，倪匡讚曰：「屬於好看小說，極好看小說。」可惜周君後來矛頭一轉，倒向金融，小說創作早已不在心中，今團團成億萬富豪。

香港新晉作家敖飛揚、女作家南海辰龍也曾寄稿來投，他們對武俠小說有一種使命感，尤其是敖飛揚，身患絕症，九死一生，留守家中，伏案疾書不停。敖飛揚原名劉惠軍，土生土長的香港人，約在一九九六年出道，為我一手發掘，乃《武俠世界》第四代作家。我上任不久，有一個青年跑上來找我，自稱「敖飛揚」，把一疊稿件留在我枱面，希望我能看看。我看了看，為鼓勵他，採用了。以後他常常來編輯部，每次都有一大疊稿子，可見寫稿甚勤。約略估計敖飛揚在《武俠世界》發表過二十多個故事，成績不錯。有一本叫做《飛揚的小說故事》，說出寫《如來神掌》是為了圓少年時期的夢，在《武俠世界》一期刊完後，由台灣出了書。我仔細看過飛揚的《名劍》、《保鏢》、《燕子劍》、《斷魂刀》，雖比不上三少俠，也是文情不俗的作品，可惜出道實在太晚。九十年代《武俠世界》逐漸式微了，基本名家只有香港西門丁、台灣辛彥五、重慶陳嘉祥，而且不少作品是老稿重翻，無甚苗頭。諸葛慕雲很欣賞敖飛揚——「一個新作家寫得像他一樣，已經很不錯了。不過，一個作家寫得中規中矩，水平平均，很難成為一位名家，也許個人格局使然，同樣在九十年代揚名的黃易，創作的人物就能一炮而紅，敖飛揚筆下就很難找出一個叫得響的名字。如果敖飛揚出道早十年，必定有其一席位，就算比不上古龍，跟東方英、秦紅等是可以一比的。」至於南海辰龍，無論寫作經驗、人物塑造都相差於前輩甚遠，即跟敖飛揚也是有所距離，不能比擬。

重慶雙陳仁義可風

夜雨靜思，緬懷雙陳：陳蘭蓀、陳嘉祥，前者的江湖組織文字，後者的歷史長篇，都是扛鼎大作。陳嘉祥老先生乃一九九九年蘭蓀兄給我信中說及的，並附彼之作品，要我看看。看了一過，覺得以大陸作家能寫出這樣的武俠小說，實在了不起，於是去信鼓勵他多來稿。陳嘉祥治稿甚勤，打二〇〇二年開始，陸續在《武俠世界》發表了《蘇州民變》，既是歷史感強，又有故事性，從中展現出豐富歷史知識，寓閱讀於娛樂。我和學文又連載了他一百三十多萬字的長篇小說《玉簫聲動四十州》的第一部《黃龍令》，四十五萬字，以歷史融入小說，除高陽外，能獲得不少讀者認同者，僅有陳嘉祥。一位美國讀者甚至來函，盼望編輯部能多登陳先生的新作。九十年代至千禧年代後，《武俠世界》除了西門丁，就以陳嘉祥作為主打。如果沒有他們，千禧年代的《武俠世界》將會失色不少。

有心人諸葛慕雲列出由六十年代到二千年時代《武俠世界》的主力作家：六十年代有蹄風、金鋒、臥龍生、諸葛青雲、柳殘陽、高庸、秦紅、高皋、甘棠；七十年代倪匡、古龍、司馬翎、獨孤紅、司馬紫烟、蕭逸、朱羽；八十年代馬雲、馮嘉、黃鷹、龍乘風、西門丁、溫瑞安、南宮宇、馬騰、狄奇、河洛；九十年代黃易、沈西城、宇文炎、吳道子、薛后、陳泰來、林蔭、蕭玉寒。純文學的文壇泰斗慕容羽軍，七八十年代也寫過《雌雄劍》。

踏入八九十年代開始，電視、電影、VCD、DVD、漫畫熱潮大興，報章、雜誌、小說已不討讀者歡心，武俠小說因乏高手支撐，無以為繼，漸次走向死胡同。到了二〇一七、一八年，《武俠世界》基本上已成強弩之末，只靠謝中欽苦苦支撐，減低印刷費，不收我們租金，勉強發行，我跟學文的工資也是一減再減。二〇一八年十月，王學文跟我商量：「沈大哥，我們看還是結束吧！不然，要破產了！」想想也就回答「好」。本意還想再支撐經營下去，向好友集資，可一想到前路茫茫，勝算毫無把握，隨時累及朋友，過意不去，也就作罷。天下無不散之筵席，接手至今，足足十七年，再加前六年，一共二十三年，也該歇歇了吧！想到當日從羅斌手上接過《武俠世界》時所承諾言：「我會做到一個甲子。」如今已兑現，社長！你在天上，大概也不會埋怨西城了吧？

近有論者歸咎《武俠世界》結束，跟其他兩本同類型雜誌有關，便是六十年代的《武俠與歷史》和七十年代的《武俠春秋》。根據資料，前者創刊於一九六〇年一月，是金庸獨力主編的雜誌，創刊號發表《飛狐外傳》頡頏《武俠世界》。初時聲勢頗盛，後來因要兼顧明系各種刊物，很早便宣告結束。至於一九七〇年的《武俠春秋》，老闆是《姊妹》雜誌的張維，雖有古龍的《蕭十一郎》坐鎮，只是七十年代中期後，古龍私生活不檢，小說水準大不如前，《武俠春秋》也就無以為繼，經營九年，關門大吉。因此這兩本武俠雜誌，對《武俠世界》基本上構不成任何致命威脅。

縱然香港人不再喜歡看書和雜誌，網媒發達，汰舊留新，無可避免，《武俠世界》告終，心痛也沒法子。六十年的長河中，無功也有勞，對香港還是有一些貢獻的。首先是章回舊體仍得到重視。得力於金庸小說的暢銷，優美雅潔的中文，尚能廣傳。聽過不少中學老師教學生作文要多看金庸小說，蒲韋老師便是其中一個。金庸文字脱胎自《水滸傳》，經消化改良，雅俗共賞。故讀通金庸，文章不會差到哪兒去。其次是武俠小説改變了香港電影生態，由陰柔之美轉化成陽剛之雄。六十年代，無論國、粵語電影，都是青春美麗、性感妖艷的女星掛頭牌。直至張徹用倪匡《獨臂刀》改編成電影，票房衝破一百萬，得了賣座冠軍，男明星從此抬頭。王羽、狄龍、姜大衛、李小龍、李連杰等，迄今片酬仍高於一般女明星。最後的影響，也是跟金庸有關，他武俠小說中的俠義精神感動了不少男明星，古天樂便是其中之一，他這樣說——「和許多讀者一樣，我自小已經沉迷金庸老師的作品，老師的每部作品，陪伴着我每個成長階段，在不同的年紀，不同的心境，都有不同的領悟，其中自己對《神鵰俠侶》有着最特別的感情，楊過的少年寂寞和反叛都像替我訴說面對成長衝擊的感受。沒想到成為演員之後，竟然有機會可以飾演楊過，這真是我無比的福氣，如果沒有飾演過這個角色，相信我的人生會截然不同，正如沒有他的小說，也會少了很多經典的影視作品。金庸老師的影響力是前無古人，後無來者的。金庸老師為『俠』定下很多形像，給讀者很多豪邁又浪漫的幻想，這種風範在不同的年代一直變化，成為我們心目中的理想。不過金庸老師所說的行俠仗義，不一定是在重大事件才能展示，其實在日常生活不難發現，只要我們每個人同樣尊重別人，維持公平及正義，每個人都可以是『俠』，即使我們不懂武功，但跟神鵰大俠是沒有分別的。」古天樂成名後樂善好施，相信是跟金庸的武俠小說影響有關。非僅古天樂如是，黃曉明、任賢齊、陳曉，你、我亦復如是。

「揮手自茲去，蕭蕭班馬鳴；往事雖依稀，思之更傷神。」胡謅一詩，作為全書之結，足見無奈。

跋

從五月初到六月底，足足六十天，我完成了這本《江湖再聚——武俠世界六十年》，是應中華書局副總編輯黎耀強之邀而作。時間短促，天苦熱，只能憑記憶，斷斷續續寫下過往的歷史片段。真的好吃力，年紀大了，不比年輕時。能完成這本書，一靠自己的努力（不忘誇讚自己，近年已成習慣）；二是復得到不少好友的賜，尤其是上海慕雲弟，沒有他，此書成不了；當然還有北京的鱸魚膾、蠹和顧臻三兄，不吝提供寶貴資料以富拙著；另亦有連民安先生撰文追述《武俠世界》早期面貌，並提供多期《武俠世界》以及環球系刊物與出版物；中大歷史系卜永堅教授，代為與中大圖書館牽線，才能出版到創刊號復刻版；港大社會工作及社會行政學系周永新教授，蹄風的公子，提供了不少第一身的歷史，以及蹄風的著作；資深報人鄭明仁先生，也代為搜集到藏書以及相關資料，在此脱帽謝過。志清仁棣提供封面並賜序，感恩感恩！願主佑君！

沈西城

二〇一九年六月尾日

附錄一

早期的《武俠世界》

連民安

《武俠世界》可算是香港絕少數的長壽雜誌，六十年甲子走過，到今年（二〇一九年）年初才光榮結束，隱入歷史洪流之中，出版年期之長，縱非絕後，也屬空前。

筆者初接觸《武俠世界》是七十年代中大約八百多期的事，當時每期都有一篇主打的一期完中篇小說，記得當時出現較多的是馬雲的《鐵枴俠盜》奇情小說，以及稍後黃鷹的《大俠沈勝衣》和龍乘風的《雪刀浪子》系列，記憶中前兩者都曾改編成電視劇，前者是「佳藝電視」節目，由白彪飾演俠盜呂偉良；後者是麗的電視武俠劇，沈勝衣由徐少強扮演。除「鐵枴俠盜」外，「沈勝衣」和「雪刀浪子」都是香港電台武俠廣播劇的皇牌劇集。

那時候的《武俠世界》除了一篇一期完的主打小說外，還有不少很精彩的中篇連載，例如馮嘉的《奇俠司馬洛》和上官庸的《小鬼子傳奇》，而古龍的《白玉老虎》、《碧血洗銀槍》更是不少讀者必然的追看之選，至於溫瑞安的《四大名捕》則已是再後期的事了。當時在《武俠世界》刊載的作者自不僅此，還有蕭逸、朱羽、秦紅、東方玉、司馬翎等台灣名家，堪稱陣容鼎盛，亦因此同期有一些倣效《武俠世界》的小說雜誌出現，當中較著名的有黃鷹主編的《武俠小說周刊》。

余生也晚，對《武俠世界》的認識只局限於中學時代那幾年熱捧的日子，八十年代起由於功課日重，同時因要應付公開試，實在花費不起長時間追小說這種興趣，故此在取捨之間只能放下。歲月流轉，直到年前偶然得到一批早期的《武俠世界》，當年的熱情又重新燃起，不過時移世易，筆者的着眼點已放在認識這雜誌的原來面目上，由於時間和工作關係，不可能逐本細讀，只能根據自己的一點粗略觀察，將這本長壽的武俠小說雜誌作一簡單介紹，以就教於各位讀者。

《武俠世界》創刊於一九五九年四月一日（《新報》要多遲半年即十月五日才面

世），由羅斌的「環球圖書雜誌出版社」出版，前此羅斌已先後出版了《藍皮書》、《西點》、《黑白》等雜誌，都是走通俗路線，迎合大眾趣味的刊物。《武俠世界》最初是半月刊，稍後改為旬刊，到第三十五期因應讀者要求再改為周刊，逢周六出版。

《武俠世界》早期主編是著名武俠小說家蹄風，原名周叔華，他也是五六十年代名馬評人「叔子」，長期主編《新報》馬經版。蹄風寫得一手好字，雜誌封面「武俠世界」和稍後出版的「新報」的題字都是出自他的手筆。作為主編，蹄風也有中篇《鐵掌雄風》登場，較後的《雙劍盟》更獲得甚佳口碑。同時間的武俠小說，還有金鋒的《虎俠擒龍》和馬雄的《三傑屠龍傳》。其實早期的《武俠世界》小說連載並不多，除了上述三人外，還有石沖、高天亮、張夢還等，其餘頗多篇幅是登載一些名家秘笈、武林實錄、江湖軼事和武術名家訪談等。「武俠」之外，「武術」也是《武俠世界》重要成份，不僅有傳統中國武藝如飛簷走壁的「輕功」，刀劍不入的「金鐘罩」、各式武器和其他拳腿棍法，也介紹外國的合氣道、空手道、西洋拳擊等搏擊功夫，由此可見，早期《武俠世界》並非我們一般人所認知的純武俠小說雜誌，這大概要過百期後，中長篇武俠小說才佔主要地位。

《武俠世界》創辦人羅斌辦出版之餘，六十年代初也涉足電影行業，成立電影公司，其創業作即為連載於《武俠世界》，由金童（臥龍生）所撰的《仙鶴神針》。《仙鶴神針》初刊於《武俠世界》第四十七期，但故事其實是踵接第三十五至三十七期、分上中下三篇連載的《群雄爭奪藏真圖》，主角馬君武和師妹李青鸞，以及天龍鏢局蘇朋海等人物，都續在《仙鶴神針》裏出現而有所發展，當時成為《武俠世界》一篇最受矚目的小說。小說受歡迎，改編電影上映更場場爆滿，成為一九六一年最賣座電影。三集《仙鶴神針》拍竣，羅斌見成績理想，再加拍「前傳」，一樣成績超卓，為電影公司奠定了穩健基礎，羅斌更因此把電影公司改名為「仙鶴港聯」，而這個品牌也成為六十年代粵語片的一個重要標誌。

金童是《武俠世界》的長期作者之一，本名牛鶴亭，是台灣著名武俠小說家，未用「金童」此筆名前，他早以「臥龍生」行世廣為人知，而「金童」則是羅斌衝着當時已成名的金庸而來，其時《明報》以金庸的武俠小說作號召，很受讀者歡迎，羅斌的《新報》向視《明報》為假想敵，就以「你有金庸，我有金童」來作抗衡，因此臥龍生才有「金童」這一筆名傳世。金童繼後所作的《玉釵盟》、《絳雪玄霜》

雖非在《武俠世界》連載，但在《新報》刊行期間亦得到廣大讀者追捧，小說未載完便分別改名為《碧血金釵》和《雪花神劍》搬上銀幕，成為「仙鶴港聯」武俠電影的代表作之一。

名滿天下的小說作家倪匡，其實很早便與《武俠世界》結緣，他的作品《冷劍奇俠》在第九十六期開始轉載至第一一〇期結束，續於第一一三期另一中篇《一劍情深》登場，然後是《俠血紅翎》等，而著名的《六指琴魔》在第一六二期起連載至第二二五期，再繼之是《玉女英魂》，兩部小說同樣被改編成同名電影上畫，主角是當時已走紅影壇的陳寶珠，其實「仙鶴港聯」多部武俠片都是由陳寶珠領銜演出，也造就了陳寶珠繼曹達華、于素秋這對「師兄師妹」後，成為年青一代武俠片的代表人物。

眾所周知，倪匡是一位寫作高手，除了武俠小說外，科幻小說更是他的招牌作，而在他未開始創作「衛斯理科幻小說系列」前，便以「魏力」筆名在《武俠世界》發表「女黑俠木蘭花」系列的奇情偵探小說。嚴格而言，早期的衛斯理脫不了女黑俠木蘭花故事的路線軌跡，故可以說，沒有木蘭花，未必會有衛斯理。「女黑俠木蘭花」

首現於《武俠世界》第三百期特大號中，第一集名為「巧奪死光錶」，除木蘭花外，高翔、穆秀珍等基本角色都已在本期出現，「巧奪死光錶」連載至第三〇七期完結，相隔十期《血戰黑龍黨》登場，再後是《火海生死門》以至其他多篇小說，成為六十年代《武俠世界》中不可或缺的重要作品。跟金童的武俠小說一樣，「女黑俠木蘭花」亦有拍成電影，共有三部之多，由雪妮、曾江和羅愛嫦主演。八十年代無線電視亦將之改編成電視劇，木蘭花由趙雅芝飾演，楊盼盼、黃錦燊則分飾穆秀珍和高翔。

一代新派武俠小說大家古龍，是六七十年代紅遍港台的作家，與金庸、梁羽生同譽為武俠小說宗師。他在六十年代初即登陸香港，並在《武俠世界》連載長篇《怒劍狂花》，由第一八八至二六八期，差不多有年半之久，繼後是《紅塵白刃》，由第二六九至三五八期，也是連載有年半之長，而為讀者津津樂道的《流星蝴蝶劍》在第六百期前後登載，七十年代邵氏兄弟有限公司將之搬上銀幕，並由楚原執導，這部電影不僅讓古龍的武俠小說更廣為人認識，楚原亦繼之開拍《天涯明月刀》、《三少爺的劍》、《多情劍客無情劍》等懸疑詭異的新派武俠電影，成就大名。由電影跳到電視屏幕，佳藝電視、無線電視、麗的電視先後開拍了《流星蝴蝶劍》、《陸小鳳》、《小李飛刀》、《楚留香》、《絕代雙驕》、《俠盜風流》、《浣花洗劍錄》等劇集。

無論是金童或古龍，都是羅斌從台灣引入的武俠小說作家，隨後不少台灣作家陸續在《武俠世界》登場，例如諸葛青雲，六十年代不少粵語武俠片都是改編自他的小說，他的《半劍一鈴》、《鐵劍朱痕》、《武林三鳳》、《荳蔻干戈》等，都是長一輩喜歡粵語片的觀眾印象猶深的電影。諸葛青雲在《武俠世界》第二三五期首度登場的作品是《芙蓉旛》，連載於第二三五至二八二期，後來續有《金鼎游龍》和《碧眼魔女》，而這兩部小說也被改編成電影，前者更是「仙鶴港聯」六周年的紀念作。諸葛青雲之後，還有慕容美的《祭劍台》（第三〇七期）、秦紅的《千乘萬騎一劍香》，以及蕭逸、柳殘陽等名作家，以上各人都成為《武俠世界》的長期作者。順筆一提，歷史小說家高陽原來早在六十年代中期已有作品刊載，名為《秦漢風雲錄》（第三五六至三六四期）記述秦朝興亡的故事。

不少人喜愛收藏環球出版的書籍刊物，其中一個原因是喜歡董培新繪畫的封面或插圖，《武俠世界》無疑是畫迷收集的重點。但原來最早期的《武俠世界》，其封面和插圖繪畫者另有其人，創刊號封面是畫家黃鳳籚的手筆，截取內頁一幅插圖而成。其他插圖多是丁岡（區晴）、高寶所繪，他們跟另一位著名插畫家章逸談幾乎包攬了五六十年代各報刊的插畫工作。至於董培新，他的插圖最早要到第二十七期才初次出現，至於繪畫封面則更要到二百期前後。前此絕大部分的封面毫無例外都是區晴手筆。

董培新在《武俠世界》先後用過不同筆名繪畫，據筆者粗略統計，包括有培新、倍新、宇昂、天心、董平、花千里、千里、老董、子敬等。明顯可見，由董培新執筆的封面無疑較前人可觀得多，特別是人物動作神態，每一幅幾乎可剪存收藏，而替書中所畫插圖既有工巧繪筆，也有粗線勾畫，而當中一些水墨畫圖，濃淡得宜，真教人耳目一新。大概在六百期以後，有一位畫家「盧令」也是負責書內插畫，其畫風與董培新何其相似，筆者一直以為是同一人，及後才得知這位「盧令」者原來是「沈勝衣」作者黃鷹另一筆名。一九七八年黃鷹出版《武俠小說周刊》，書內的所有插畫都是他的手筆。

羅斌是文化出版人，深諳宣傳之道，他旗下的雜誌刊物除為自家品牌宣傳外，「仙鶴港聯」不少電影都利用《武俠世界》作宣傳平台，特別是不少武俠片，多在《武俠世界》扉頁和封底刊登宣傳畫，有時甚至把電影特刊移植於《武俠世界》內；不僅武俠片，就是《老夫子》也能在《武俠世界》覓得「芳蹤」，當年羅斌籌備《老夫子》電影時，便曾在書中登載招收演員的廣告。六十年代是「仙鶴港聯」最輝煌的年代，《武俠世界》期間所刊錄的各部電影宣傳，間接記錄了「仙鶴港聯」十年的發展步伐。筆者是「仙鶴港聯」的忠實擁躉，看書之餘能夠回味「仙鶴港聯」那些精彩電影宣傳和劇透，真是無以尚之的享受。

年來重溫這幾百期的《武俠世界》，新舊回憶紛至沓來，既感陌生也覺親切。當知道沈西城先生要寫《江湖再聚——武俠世界六十年》一書，筆者不揣淺陋，嘗試把所知的關於《武俠世界》的事記下，以期為這本武俠小說雜誌留下一點紀錄。

《武俠世界》的結束，對長期捧場的讀者無疑有所不捨，但不諱言這也是一個閱讀時代的終結。今日是閱讀圖像的世界，閱讀文字可能已屬頗為「奢侈」的品味嗜好，一本重甸甸，裏面是文字佔大多數的《武俠世界》，當中可是滿載了不少寫作人的心血，但放諸今天已沒有多少人有時間和能力消費得起，而有耐性每期追讀的人也更形寥落，這當然不獨《武俠世界》如此，而是整體社會的普遍現象，既是現實，雖然可惜，卻也無可奈何。

附錄二

《武俠世界》第十期 綠鷹魔爪【江湖誌異】

鐵翅／文

（編按：為讓讀者一窺早年《武俠世界》作品風範，特選錄刊載於第十期，由鐵翅所著的短篇小說作品〈綠鷹魔爪〉，以饗讀者。）

周屋，在現在陝西省，明、清之時，屬西安府治，這個山環水曲的地方，曾經為綠林道出沒的所在地，由於山峰環繞，亂石嵯峨，在這種地方開山立櫃，既不易為官軍圍剿，也不懼為俠義之打擊，所以，有一個時期，周屋曾有十四股綠林巨盜，各霸一地，叫字號，兜賣買，不料在康熙四十年之時，江湖上出了一個著名俠盜，南極老人甄君立，就此將他們全都解決，獨樹一幟，成為綠林的對頭尅星，周屋總算回復了安寧，一直保持了數十年。

但是，這多年的平靜雖然不能算長，可也不短，不想今日，此地卻又出了一件血腥大事，城中富商黃效文全家十數口被殺，當案件發生之後，忤工驗屍呈報之時，口中全都訥訥，說不出話來，地保是滿面驚惶，三班捕頭也是目瞪口呆，縣

太爺親自踏查，一見死屍慘狀，更是手腳無措，一疊聲催叫回去。原來，死屍全是天靈被生裂，腦袋中空，腦漿全無，顯然是被甚怪物，生噬吸盡，見了這種怪事慘狀，那能不被驚得魂飛魄散，坐立不安呢！

縣太爺回到內廳，連忙派人去請本縣著名捕頭，活閻王焦循，共同商議破案辦法，本來，捕頭是應該隨案值班，為了焦循乃縣太爺的恩師介紹而來，而他的武功也實在有驚人之處，再加上老公事，辦案經驗豐富，臨事指揮若定，所以名為捕頭，實在當他是客卿、顧問一般看待！平常小案小件，本來就用不到他老人家出馬，今日出了這樣大事，他是無論如何要請其出手一次了！

焦循聽完縣太爺將案事說出，一言不發，沉思了好大一會，才陰陽怪氣說了聲：「待小老親自到現場看看，再來回報公台！」說畢，離了官廳，帶了兩個下手，直到黃宅。死屍還未移動，焦循一一視看，面容倏的大變，抬頭又見牆上血漬模糊中，有一點刺眼的綠影，細一注視，綠點乃是一只飛鷹圖像，好如用綠色繪就，焦循不由一怔，連忙離開現場，直抵衙門，求見縣太爺，只說了聲：「此事辣手萬分！看來我老頭子要栽在此地了！」縣太爺是莫明其妙！詢明原因，焦循只是搖了搖頭，起身告辭，回家去了。

焦循在回家路上，一路沉思，只聽見有聲音叫住他，他從沉思中驚醒，見前面一個少年在叫「父親！」焦循一看，不由驚喜交集，原來少年是他出門習藝已有十年未回的獨生愛子，焦循突見其子歸來，剛才的煩惱事，一掃而空，說道：「天寧吾兒，想不到你在今日歸家，十年不見，想必武藝大有進步！怎會來到此地？」焦天寧道：「我回家見娘，娘說你被縣太爺請去，我不耐久等，就跑來接你啦！」焦循一聽，不由掀髯微笑道：「為父這大年紀，難道還怕失迷路途，要你孩子家來接我麼？」說畢，哈哈大笑，天寧也微紅臉道：「孩兒十年未見您老，懷念情切，今日歸家，渴見一面，不想反被大人譏笑了！」父子邊說邊走，已來到家門，焦循進門一看，只見一個面目黃瘦，穿着陳舊的少年，在打掃天井，一見焦氏父子來到，低下頭一言不發，天寧連忙對老父介紹道：「父親，這人是我半路上救助的生病人，我看他孤身一人，怪可憐的，所以我就帶他回家！當他一個小廝使用，不知您老意下如何？」焦循聽兒子如此說法，他也看出，此人滿面病容，好像還未十分痊癒，焦循雖然有活閻王的綽號，因為由於他對付綠林的手段太辣，因此被冠上這個渾名，其實，他老人卻也十分同情弱小，性情和善的人，聽了兒子解釋，他微點了點頭，入廳與老妻、幼女團叙。讓少年打掃天井。

焦循在飯後叙談這件怪事，焦天寧聽得十分緊張，而焦妻與焦女，卻十分驚惶，最後焦循說道：「死屍為人用武林極高手法，抓破天靈，然後生吸人腦，這種行為，在卅年前，有一江湖巨獠，人稱天狼神魔戚道，有這種嗜好，不過他絕不吃不會武功的常人，大半是他仇家敵人，為其所擒、所殺，才會吸食，就這樣，也引起武林道一致公憤，雖仗其本領高強，黨羽又多，而且消息靈通，行踪飄忽，到底還是為南極老人甄君立，在延安碰上，老神魔及其黨羽，竟為甄老帶同三個生死之交，及三名得力助手，七人圍住，結果，甄老雖然喪失了二名得力助手，但戚賊及其十六名黨羽，全為他們所殺！無一漏網，除此獠外，我還未聽過有這種惡人，但是牆上的綠色鷹畫，卻不知是什麼記號了？」焦天寧聽說綠色飛鷹，他是稍為留了些心，天寧聽老父語氣，十分消極，他也知此事實在扎手，可惜自己的師父，醉老虎張伯翊，未在此地，離此又遠，遠水難救近火，否則不是一個極好的助手？再一想到自己的本領，心中暗暗打定主意，要代老父出一分力，解決此案，他那想到會為了此事，差些險送了性命！

自從出了黃效文一案後，有好幾日平靜，在第七日上，城中又發生了怪事，照舊如此，有一家人滿門被殺，天靈碎裂，以後，每逢七日，就出一件事，累試不爽，焦循已是出盡辦法，可惜兀自找不出一些端倪來，這日，他步入屋門，只見天寧由後面追來，叫住老父，拖了就走，焦循莫明其妙，隨了天寧來到一所大宅前，焦循低聲問其子道：「天寧，你是什麼意思，將我拖來此地？」天寧一言不發，來到後門，對其父道：「父親請看！」焦循看向天寧手指之處，不由一怔，原來後門楣上，有三根綠色長翎，焦循面色一變，眼珠一轉，再一注視長翎形跡，見長翎直似堅刃勁矢一般，深釘牆內，若不用心，艱難看出，門上有這種東西，焦循深明一切江湖行徑，他知道這種就是賊黨常用的「插標點號」之招牌，再扳指一算，今夜剛是又出案後的第七日，焦循連忙與天寧來到衙門，召集三班捕快，吩咐捕頭曹欽，包仁，帶同十四個能手，各帶隨身兵刃，到這大宅附近埋伏，聽其號令行事，焦氏父子則也各帶兵刃，找一隱蔽地方，注視動靜。

時間已是深夜，焦氏父子更是神態緊張，注視四面，突然，數條黑影，疾如奔馬，由屋面蹤躍而來，焦循一見，那肯怠慢，一聲呼嘯，埋伏齊出，黑影一見有人阻攔，其中一個身材高大，身穿綠色衣褲，外罩斗篷的大漢，一聲怪笑道：「併肩子：（弟兄們：）有狗腿子（差人）來兜糊啦。咱們迷忽（動手）服用！」四條黑影齊聲道：「唉哦！」飛身而下，焦循一見是五人，乃雙手一抱道：「不知五位當家的，尊姓高名！」為首一人道：「咱們沒名少姓，你也別發問！既然搞在中間，擾亂我們弟兄的事，這就算是冤家！咱們就得要你們的性命！你也就準備到閻王處報到吧！」焦循一聽對方如此狂傲，他是神色不變道：「這位兄台在說笑話啦！江湖上全稱小老為活閻王，要閻王向閻王報到，這帳很難算，也很難辦到，五位如此喪天害理，就不怕風聲外洩，引起武林道對你們注意，而惹出禍根來麼？再說你們人祇有五個，我們卻有十八個之多，你老兄想打羣架呢！還是一對一較量比劍，你就請示下，好讓老夫領教！」為首一人怪笑一聲道：「老焦，你以為人多就能招呼我們了麼！你在做夢啦！人多頂得屁事！還不是作我們口中之食，哈……」

焦天寧到底少年氣盛，又加自持本領，聽盜首之言，不由怒氣上升，一言不發，人如旋風，直轉而出，搶到此人面前，雙判官筆，疾如閃電，左上右下點到，上點「印堂」穴，下點臍下「天樞」穴，那人一聲冷笑，身形微閃，凹腹吸胸，雙手十指如鈎，上下相抓天寧之兵刃，好個焦天寧，不愧名家之後，招術突的一變，右手筆微用臂力一引，「靈蛇吐信」，筆尖如舌，一吞一吐，由下而上，換打此人左乳邊「封神」穴，而左手筆早已撤招回封，不料此人，乃邪派外道中，唯一有名能手，武技早已入於化境，見天寧變招神速，一聲輕嘯，身體平地拔起，在半空中，只一翻，變成頭下腳上，雙手凌空下擊，焦天寧見此人用如此身手，他是不慌不忙，雙筆下沉，頭微上抬，眼神直注賊人，身形一挫，施展師門心法，「靜尅動，定尅狠」的手法來與此人週旋。

賊人展開「飛鷹十八掌」的玄妙殺着，來對付天寧，還幸他深得其師張伯翊之心法，「旋風」筆中神奇招式，連綿不絕，使用開來，筆筆打十八大穴，招招臨三百百小穴，而賊人本是此中能手，哪能讓你得了手去，但見他掌風一沉，潛勁外吐，手法倏的一變，微聞賊人一聲斷喝：「還不徹招！」天寧見來掌已帶勁沉入，自己一招「潛龍震飛」竟被他卸去直勁，而右手筆也感壓力大增，焦天寧雖然吃驚不小，但是心神不亂，一咬牙，施出師門絕技「敗中求勝」的救命招數來，左手筆突的先行脫手飛出，斜打敵人，然後右手筆用大力，順勢抽回，一伏身想避過其勢，不料賊人掌法展開，身形早已似影附形，在十丈方圓之內，絕對逃不出此賊手掌，但見他身如輕烟，疾如流星，勁力已如巨浪而臨，天寧這一驚，真是非同小可，一倒身軀，「黃龍滾」全身貼地一翻一滾，滾出老遠，但是來賊比他更快，搶先一步，早已守定，天寧發覺人還在此賊掌風之下，心知不妙，一咬牙，「鯉魚打挺」一掙起身，右手筆也脫手飛出，順勢雙手一錯，全身撲上，賊人見天寧打法如此潑悍，也出乎意外，一面雙足找地，避過來筆，一面雙掌一封門戶，見招拆招，焦天寧總算脫出了第一步危機！

現在天寧是更加危險了！賊人是勝券穩操，掌風已團團圈住天寧，使他無法奪出他的禁圈，焦循行家眼中，早已看出，愛子武藝雖然不錯，祗是這個對手，更是厲害，時刻提心吊胆，恐愛子落敗，他又不敢發令圍攻，荒怕其餘四個，更加難鬥，可惜形勢越來越不利，愛子看來就要喪命在此，心中一急，就此步驟大亂，狂叫一聲：「上！」曹欽、包仁會同十四個捕快，四面兜上，各舉兵刃，圍攻四人，其餘四賊一見如此情形，怪笑一聲，各展身手，與眾捕快交上了手。

焦循是先一步搶上，劍訣一領，想替下天寧，不料賊人果然了得，雙掌翻揚，竟將焦氏父子，一同圈住，不過這樣卻可勉強支持一長時期而已！

但是十六個捕快，圍鬥其餘四賊，平均四個打一個，還是不能佔得一點上風，這四個賊人因對手較弱，所以數個照面下來，竟然有八個為他們點住穴道，倒在地上，這一來慘事發生了！但見三個會鬥其餘八個，而其中一個，竟就地抓起一個捕快，一爪抓向天靈，一聲慘呼，又聞一聲獰笑，但見一捕快，頭骨粉碎，腦漿血水外溢，而賊人張口就吸，不一會，又見他手一揮，將屍身擲出，就勢抓起第二個，依法泡製，吸盡腦血，然後哈哈一笑，加入戰圍，替下其餘一個，讓他享受！

在場諸人，見了這種慘事，個個心悸神驚，有說不出的難過感覺，其中曹欽差些就嘔了出來，其餘捕快是更為心驚，拚命搶攻發招，人人自危，會遭到這種後果，但就在這樣一來一往，八聲慘呼中，為他們解決了八個捕快，一方面焦氏父子咬牙應戰，焦循展開數十年的的純功夫，「游魂劍法」沉着施出，劍走輕靈、點、刺、扎、挑、閃、砍、劈、搠、攔、削、截，十一種進手神招，長劍舞起一重劍山，想將來賊圈住，不料倏聞一聲怪笑道：「大哥，這兩個交給我，咱們已代你辦了兩個，你去受用吧！」語聲未畢，人已加入戰圍，將他替下，接住焦氏父子！

焦天寧回頭一看，果見又有兩個捕快，被點翻在地，而此賊來到，照他們的辦法，吸食人腦，天寧見賊人背後有兵刃外露，他想起自己腰中，還有一柄匕首，乃是父親當年由外帶回，留給自己當暗器學習用的，後來從師之後，因張伯翊最恨使用暗器，所以，他是沒有什麼鏢啦，釘啦等等東西，這柄匕首，卻是永遠備在身上，今日他想若不設法，擊傷其中一個，看來無法脫出此危，他心機一動，竟然取出腰中匕首，突的一揚，一縷寒光，直打來賊，就在賊人閃身躲避之際，而天寧早已雙腳一挺，雙掌各駢雙指，直打賊人，賊人見天寧，猝然雙管齊下，未免呆得一呆，就在這一怔之間，連念頭還來不及轉，焦循的劍鋒也已削到，賊人兩面受敵，知道不掛一些傷，是難脫此危，不由怒嘯一聲，用毒手硬架天寧雙掌，就在勁風相撞之際，天寧突感雙掌被賊人封住，重力陡增，寸關尺如被刀削，齊腕折斷，而賊人也已為焦循一劍削去右肩一片，血光迸現中，又見一條綠影，如飛而到，只一把，抱起此人，奪路就走，邊走邊叫道：「併肩子，扯胡（走吧！）」其餘三賊，一聞招呼，各各跳出戰圈如飛而去……

焦循連忙探視愛子，見天寧雙腕腕骨折斷，傷勢雖然不輕，只要療養得法，至多吃些小苦，不妨甚事，不過這一仗就已喪失了十個同事，又傷了愛子，並且，此事方興未艾，後面還有麻煩存在呢！焦循心事重重，憂慮萬分，那能放得下，曹欽，包仁也是喪氣萬分，對焦循道：「老大爺，咱們看來，得同這一般好朋友，訂個生死之交啦！我活了這大年紀，還沒見過這種人樣呢！這簡直像畜生！唉……」在場餘下六個捕快，個個是心有餘悸，見到地下橫躺的屍體，曹欽第一個就吐了一大泡，而包仁等，也是在乾嘔作惡，實在，這種景象太可怕了！

這一次交手下來，總算又安頓了好多日子，不料在八月下半旬，又出了類似事件，第一個遭難的，是曹欽全家六口，他夫妻倆，連一個老娘，加上二子一女，除老娘胸中一掌擊斃外，其餘五個，全是腦袋中空，屍橫在地。

第二個是包仁，第三家是黃方，（捕快中一名），焦循是深知這五個惡魔，又重新來到，自己這方面，人手越來越少，這種做法，全是向他示威！他是憂心如焚，愛子手傷雖已痊癒，恐怕也難抵敵，看來也得跟他人一般，為五個魔頭慘殺！

就在黃方死後第三日，焦家門口來了一個高大紅面老人，帶同二個壯漢，直入焦家，焦循一見，不由驚喜萬分，高叫：「張大哥，你來幹嗎？」原來老人就是天寧的師父，醉老虎張伯翊，兩個壯漢，就是他最心愛弟子，紫旋風邢藻，奪魂判官歸耕農，張伯翊是接到信件，上面寫着：

「伯翊兄：近來敝縣，為綠鷹神魔邱清健擾亂，喪人無算，犬子也被傷腕骨，此事我父子正處火熱水深之中，希老兄即速來此，相助一臂之力，為禱為盼！

焦循上」

張伯翊一接此信，立即帶同兩徒，由山西太原，專程來周屋，與焦循父子見面，焦循聽說無此事，不由大為奇怪，叫張伯翊取出來信觀看，張伯翊道：「擱在家中，沒有帶來」，焦循以為天寧所為，天寧回答也是沒有，這一來焦、張兩人全都驚訝萬分，最後，張伯翊道：「既然真有此事，我來得也不冤，咱們別討論此事，商量對付這惡魔綠鷹才是正經！」焦循道：「老大哥，我是不想麻煩你，累你捲入這漩渦，這惡魔本領高強，恐非我們能敵呢！」張伯翊是不加可否，只笑道：「反正來已來了，你就準備酒菜，讓我一醉，這是正經中的正經！」焦循深知此人性情，非酒不食，非醉不歡！既然來了，只能強作歡笑，暫拋煩惱，陪了張氏師徒，歡飲一醉！

就在當夜，張伯翊與焦循兩老弟兄飯後敘談，突聞怪笑一聲，一道綠影，由外打進，好個張伯翊，不慌不忙，右手一抬，指用潛勁，只一撮，接在手中，就在一瞬之間，只見一縷紫烟，飄疾如飛，由廳後現身，騰身上屋，跟踪而出，屋外已傳出呼喝聲，張伯翊與焦循，連忙飛身追出，只見紫旋風邢藻，已與眾人交上了手，來賊哈哈一笑，手法一緊，蕩開邢藻之雙掌，奪路就走，邢藻還想施展旋風身法追去，張伯翊卻已出聲阻住！

回到房中，張伯翊拿了來信，對焦循道：「老弟，看來惡魔已知我們到此，故而漏夜派人來送信，這次是約期比鬥，勝者為強，作個了斷，你想到他們可有其他惡計毒策麼？」焦循道：「我剛才已想了好久，可能有人在暗中相助我們，也未可知，本來，我們沒一個知道這惡魔的姓名來歷，而老兄的信上，已說出此人之姓名、渾號，不過就不知此人是誰？至於今日，惡魔來信，要我們明晚在古城外森林中，一決雌雄，我主張留下二人作萬一之備，我與老兄，帶同一人，連同幾個高手捕快，我想也該夠了，假使我們不能抵敵，帶多了人去，也是照樣挨打，上次十八個，只剩下八個，現在，我以為在精不在多，只要求能應付，招呼就成了！」張伯翊點頭贊成！決定由歸耕農與焦天寧留守家中，兩老則帶了邢藻，三個快手去踐約。

到了這夜，城外林中，果然見邱清健帶了兩個黨羽，早已到了，一見面，邱賊哈哈一笑道：「想不到你兩老賊，這樣不怕麻煩，尤其是張伯翊，更是好好平靜生活不想過，反而不遠千里，趕來送死，爺爺不送你們上路，也太對不住你們！焦循，你是喜歡打羣架的，你就發令上吧！」焦循還未開口，張伯翊笑道：「邱大爺，你真是快人快語，我老頭子那能不聽你吩咐，我是不遠千里而來送死，請你就送我老頭子上路，免得活在世上多麻煩！不過，我是喜歡一個對一個，他們喜歡打羣架，是他們的事，我可管不了，你就陪我玩幾下如何？」張伯翊語聲一頓，身形一閃，來到邱清健面前，雙掌齊下，立即與邱賊搭上了手！

張伯翊展開醉八仙中的酒形醉步，但是他腳步虛浮，歪歪斜斜，身如弱柳，人如醉漢，身子跌跌撞撞，雙手抓舞亂揚，看着那像在打拳，實在，卻是最上乘的身形手法，邱賊本是外道門中，鷹爪派下來的健者，深得其師天山神鷹的神髓，為了天性好殘，嗜殺傷生，不料在數年前，偶聞朋友說起，數十年前的咸道，喜食人腦，觸動他的興趣，竟然將常人拿來一試，果然覺得辛辣新鮮，不可名狀，就此上了癮，因此之故，將其餘四個師弟，也帶上了路，在遼寧作過幾次案，為其師好友鶴夫子元清揚捉住，押至其師天山神鷹宮三畏處，宮老本當立即廢了他們武功，其中有一徒弟宮有，乃宮老之侄，老人幾次考慮之下，僅將他們逐出門牆，不許他們再在新疆居留，五賊輾轉來到陝西，見周屋地勢奧僻，就此打算在此立足，因之引出這一件事來，今日見張伯翊身手不凡，不由也是驚奇萬分，他們總以為捕頭之類的武功有限，一個焦循，他們已看出是武林名家，再加上一個張伯翊，身手比焦循更可驚，這一來將他們的輕視之氣一斂，用心與之交鬥！

焦循則會同三名捕快與邢藻，分鬥其餘兩賊，這一來因餘下三個捕快，全是好手，邢藻的武功，在張氏門下，算是最高深的一個，所以倒也形成均勢之態。

邱清揚與張伯翊兩人，則一時也難分高下，邱清健獰笑一聲道：「老焦，你雖然在此陪住我們，你們家中，可能已家破人亡，單賢弟吃了你一劍，到現在才痊癒，他是恨你刺骨，現在恐怕已與章賢弟入你屋中，擇肥而噬了！哈……」焦循一聽此言，不由機伶伶打一冷戰，一想若是盜首之言是真，倒是一件頭痛之事！他是很清楚他們的武功，天寧與歸耕農，很難守得住，正在此時，邱賊又道：「看來他們也該回來了！」半空中突傳來一聲清叱道：「你料得不錯，他們來了！」語聲一畢，只見半空中，兩條長大黑影，直擲到鬥處，焦循已看出是兩賊屍身，接着，一條黑影，如飛加入，焦循一見，不由驚叫一聲：「你不是我兒所救的：：」少年是一言不發，雙掌一翻，一探，將身上所揹兵刃取下，一看乃是兩柄短槳，但見他舞動如飛，來鬥邱賊，邱賊一見少年，面色大變，喝一聲：「夏侯錦，你還沒有死？」少年冷笑一聲道：「你這惡賊，想我為救你，而為毒蛇所傷，等我問出你的來歷，也不過略略指責你兩句，竟敢向你四先生下毒手，第一次雖然我在病中，功力依然未失，你差些喪在我的子午釘上，第二次竟然聯合四賊，向我羣鬥，你四先生人手孤單，又在病中，為恐死前受辱，乃奮身跳下危崖，總以為我無生還之望，不料天不喪我，被一獵人所救，且照我意思，送我上城中客棧，請醫祛毒、補氣，後為焦天寧路過帶回，我聽說他是此地人，又知你們在此盤跡，故而跟踪而到，以前讓你橫行，由於我病體未復，今日，是你們報應到了！」邊說邊打，焦、張兩人一聽，此人乃中條八俠中，第四位劍客，神童子夏侯錦，全都一呆，一聽前情，恍然大悟，而三賊也覺此人武功，更為獨特，全都不敢戀戰，一聲呼哨，全都奪路而走！

夏侯錦尾追而去，邊對焦循道：「你們可以安居樂業了，這三個魔頭，與我有莫大仇恨，我一定要手刃三賊，令郎，及歸朋友均已受傷，好在我已放下靈藥，不久當可復原，再見了！」最後一句話，人已在數十丈遠，但是字字清晰，於此可見，此君的內功真力，沉厚渾固一斑，令焦、張兩老，驚服不已！

夏侯錦窮追三賊，邱清健深知他的厲害，其餘兩賊，宮有、陳須卻是不服起來，尤其是宮有，他乃宮三畏的嫡侄，武功與邱清健不相伯仲，上次圍鬥夏侯錦之時，他也沒看出此人有多大能為，現在，因感人孤勢單，所以隨了老大，奪路而奔，現見只有夏侯錦，單身一人，他那裡放在心上，一聲怒吼，站定身軀，戟指罵道：「不要臉的傢伙，上次差些送命，現在卻狐假虎威，誰還怕你一人，我姓宮的，就來見識見識，你有多大能為？」手一探，將獨門武器，練子鐵鷹爪，取出使用，陳須為宮有提醒，他也加入上手，兩賊就此圍住夏侯錦，大戰起來！

邱清健也是心靈奸詐，見兩師弟不服，心知不好，想出聲招呼，一同遠走高飛，不料就在此時，面上覺得一陣劇痛，大牙也有些搖動，耳又聞一聲怪笑道：「什麼樣？滋味不錯吧！清脆大耳光一個！嫌不夠，再來一下如何？」邱清健不由大驚，心想：「什麼人，這快的身手？」定睛一看，只見前面站了一個矮小身材，混身黑衣褲，頭載人皮面具的怪人，正在指手劃腳的笑罵呢！邱清健那吃過這大的虧，一聲怒吼道：「好小子，竟敢偷襲你家邱太爺，照打！」這黑衣人笑嘻嘻道，「剛才是假打麼？好！現在，我又要打你啦！記住，老地方！」邱清健急怒交加，心想豈有此理，打人還先招呼的，這不是在討死，他覷準來勢，想趁機給他一下重的，不料就在他注意面門之時，突覺勁風襲到，眼前黑影一幌，邱賊忙揚掌想格，耳聞一聲清叱，感覺兩臂如被千斤閘所格，一陣劇痛中，面上又是吃了一大耳光，這次打得更重，而黑衣人道：「如何？這次不是假打了吧！現在，我得要你命啦！」語聲一歇，身形隨起，施展威震武林的「梅花落葉」掌法，掌風虎虎中，卻夾雜着「拂穴」、「點穴」、「接穴」及「打穴」的手法，邱賊交鬥之下，數十照面一過，身上已吃了不少零碎苦，他不由心驚胆戰，他那知來的乃是夏侯錦性命之交，中條八俠中，最蘇姑的一位，黑衣神童，妙手善才，翁元釗，他是追尋夏侯錦來到此地，也虧得他趕到，夏侯錦將前情說出，這一來翁元釗也恨極這一批魔頭，他倆計議停當，翁元釗預先埋伏在此，專等夏侯錦趕他們到來，出手邀擊，邱清健就這樣吃了大虧！

而一方面，夏侯錦是仗雙槳，大戰宮、陳兩賊，夏侯錦是中條八俠中，最和易的人，輕易不下殺手的。這次卻是恨極他們，一出手，就用「十八激蕩手」來對付他們，這種有絕大威力的武林神技，加之全力發出，宮、陳兩賊較你本領高強，也感到應付困難，而吃力非凡了！宮有是施展師門心法，「神鷹卅六爪」法，勉力支持，陳須則從旁策應，希望能打開僵局，那料到夏侯錦的槳法，虛實相生，陰陽相扶，專長以巧降力，而且是用你之力，散你之勁，這種武林絕技，豈是兩賊所能理解，滿以為，一輪搶攻，就可以打開出路，不想反而反制於反彈之功，數十回合一過，宮有、陳須全是氣喘如牛，精神不支了！

其時，夏侯錦卻更加邁進，一槳緊一槳，一招重一招，突聞夏侯錦一聲清叱道：「宮賊，拿命來吧！」宮有聞聲一震，練子爪突被纏在夏侯錦之鐵槳上，又聲一聲：「脫手！」虎口黃燙，兵刃那能把握，就此一鬆手，不想爪尾有護手鎖住腕間，一被重力牽引，就覺骨痛如裂，一聲狂吼，右手竟然齊腕折斷，眼前一黑，腦門又中一下重的，就此一命嗚呼！

陳須是見機不佳，拔腿就跑，夏侯錦見陳須脫身，他是那肯放過，緊隨不捨，陳須見他陰魂不散，死釘猛追，不由亡魂皆冒，手一揚，三只鐵爪釘直打夏侯錦，夏侯錦是一舉雙手，揚雙槳，蕩開暗器，冷笑一聲道：「你家四先生，有一規條，你不打暗器，我也不出手，你先施展，那麼對不起，你就準備接住吧！避得過，就放你逃命！」語聲完畢，雙槳交左手，右手一抖，三點寒星，成品字形，直擊陳須，陳須將練爪子舞起一團寒光，想抵擋開暗器，不想夏侯錦的子午釘，有名勁猛力沉，只能躲避，那可招架，陳須不明就裡，用軟兵刃相格，子午釘帶勁風而到，竟然擊斷練索，直進中空，一枚也沒白費，陳須連中三釘，看來是難保活命了！

夏侯錦擊斃兩賊，見翁元釗在遊鬥邱清健，邱清健早已吃了不少苦，耳聞慘叫連聲，就知陳、宮兩賊送了性命，再一細想自己，師兄弟五人，一夜中送了四個，只剩下自己單身一個，夏侯錦又撲身來到，橫算豎算死路一條，他不由獰笑一聲！回手一抓，抓中頂門，血光迸現中，屍身倒下！翁元釗見他突然自盡，也是一個兀突，見邱賊屍橫就地，不由怪笑一聲道：「這倒乾淨，省得污我手腳！」

夏侯錦與翁元釗，誅了五賊，設法消滅屍骨，然後奔回中條山，與六俠會面！

（本文完）

江湖再聚

武俠世界六十年

沈西城 著

責任編輯｜黎耀強、黃懷訢
裝幀設計｜霍明志
排　　版｜陳先英
印　　務｜劉漢舉

出版｜中華書局（香港）有限公司
香港北角英皇道四九九號北角工業大廈一樓 B
電話：（852）2137 2338
傳真：（852）2713 8202
電子郵件：info@chunghwabook.com.hk
網址：http://www.chunghwabook.com.hk

發行｜香港聯合書刊物流有限公司
香港新界荃灣德士古道 220-248 號
荃灣工業中心 16 樓
電話：（852）2150 2100
傳真：（852）2407 3062
電子郵件：info@suplogistics.com.hk

印刷｜美雅印刷製本有限公司
香港觀塘榮業街六號海濱工業大廈四樓 A

版次｜2019 年 7 月初版
2021 年 6 月第三次印刷

規格｜16 開（240mm×170mm）

ISBN｜978-988-8573-70-7

歡樂趣 離別苦
就中更有痴兒女
江湖傳聞
武俠世界上
不知多少年後
有人看見
他和她的俠影
在江湖上繼續闖蕩……
戊戌 李志清
（全書完）

江湖再聚

武俠世界六十年

三傑屠龍傳

浙江英雄掌故…………………… 馬 雄 3

虎穴救嬌娃

中國奇俠海外鋤奸錄…………………… 凌 魂 9

武俠電影縱橫談

銀色內幕報導…………………… 石 冲 15

俏女俠單棍服群霸

名伶肖麗湘之妻揚威省港碼實錄…………………… 六 榕 17

鐵掌雄風（武俠中篇）

第一回：露頭角林玉拜名師…………………… 蹄 風 21

胡就勝大破飛斧黨

國技揚威錄…………………… 伯 樂 27

劍聖下山記

日本武俠小說…………………… 綠 汀 31

獵頭族奇遇

世界獵奇…………………… 文 風 44

虎俠擒龍（武俠長篇）

第一回：一劍西來黃鶴樓頭聚雙俠

第二回：三賊夜襲內衙院中門師徒…………………… 金 鋒 35

陳錦泉勇挫莽教頭

武林名家秘笈…………………… 丁 冲 43

玩弄小刀的人

美國都市黑暗面…………………… 江 帆 45

西洋拳王爭霸戰

西洋拳經…………………… 長 人 49

都市老鼠的伎倆

黑社會揭秘…………………… 文 雀 55

武俠世界

第 1 期

1959 年4月 1 日出版
本刊逢1及16日出版

督印人：羅 緝
主 編：蹄 風
編 輯：華 樹

出版者：武俠世界出版社
香港新街九號三樓
電話：四四一三四六
承印者：環球印刷所

定閱價目
港澳連郵：半年港幣九元
一年港幣十七元
外埠連郵：半年港幣十二元
一年港幣廿三元
半年（12期）一年（24期）

Boxing Magazine
9 New St. 2nd fl.
HONG KONG

·每册八角·

屠龍傳

馬雄文
丁岡圖

是滿清中葉年代的一個春天。

浙江安平鎮的鎮外，還是破曉行人稀少的時候，一陣急驟的馬蹄「嗒，嗒，嗒」之聲，劃破了黎明前的清晨。蹄聲漸漸自遠而近，祇見一頭渾身赤紅似炭，四蹄如雪的高頭駿馬，由一個妙曼無雙的少女，駕御着風馳電掣地飛馳而至。這少女修眉美目，笑靨如春，襯着一搦柳腰，櫻桃小口，銀牙整齊，體態娉婷，身上則穿着一套窄腰束袖的春季獵裝，背揷弓箭寶刀，在嬌嬈可人當中，別顯着一種剛武的英姿。

當那少女馳馬到鎮前向石門樓之下，恰與一個面貌英俊的青年打個照面，這青年乍驚麗質，不自禁向她呆呆注視，爲之目眩神搖，那少女爲這青年目光所懾，似帶羞顏，粉頰霞緋，微含慍意，乃在有意無意間，把一雙玉腿輕輕把馬一夾，一抖手上韁絲，驅使駿馬直向這青年所立處橫衝而來，芳心裡本欲藉此向之威嚇，聊示薄懲儆其輕薄，不料再抖韁絲時，此馬已如落地生根般，完全失去自由，一動也不動，少女乃大吃一驚，知到在自己馬前站立這青年，具有過人武功，自己所坐的馬兒，受着他一股內勁吸住，以致絲毫不能動彈。少女見心愛的駿馬被吸住，不能動彈，爲之既驚且怒，一恐愛馬受不起對方勁道，以致內臟受傷；二來自己正爲父親賽尉遲完成一樁重要使命，匆匆趕返家中，若使歸去稍遲，誠恐有誤，于是更不怠慢，向着這青年橫一怒目之後，跟着暗暗運勁，把全身氣力，盡萃兩臂之上，使出「拔茅連茹」一式，手執韁絲，向上一提。只聽活的一聲巨响，隨之掀起一陣勁風，駿馬振鬣長嘶數聲，扇耳踏蹄，已能恢復一切自由活動，少女恐再受他惡纏，誤却正事，惹來無窮煩惱，于是更不打話，再抖韁絲，伸手向後把馬臀輕輕一拍，微側身子，往斜刺裡狂衝出去，那匹馬兒就如風馳電掣般絕塵而馳，轉瞬之間，經已沒入鎮中，去得很遠。

原來剛才馬上那少女名叫宋英娥，是安平鎮杳

三傑

浙江英雄掌故

花村人，男的則是剛從少林寺下山的少林三老曇宗、佛宗、悟宗的愛徒王唯一。宋英娥的父親宋宗武，爲一久巳封刀歸隱的北五省著名鏢師，綽號人稱「賽尉遲」，擅使一條九節連環蛇頭虎尾銅鞭，早歲憑着那條銅鞭，縱橫大江南北，使到各地黑道綠林中人，皆爲聞風喪胆，所向無敵，在他手底下不知打翻幾許豪傑英雄，他原是武當派開山之鼻祖張三豐再傳弟子，名滿江湖鐵頭怪道沈妙眞的入室高足，武當派素以獨門劍術一百三十六路「廻風飛絮」招式著稱，此一劍式乃屬張祖師從少林拳術精髓點滴變化創悟而成，運用起來，似柔實剛，似散還密，眞有靜如處女穿針，疾若迅雷閃電之妙。彷彿廻風飛絮，散漫空中，絕無一些漏隙，他既獲傳張的衣缽，乃就轉將此種劍術，轉授與宋宗武，宋更別出心裁，把此一手劍法用來練鞭，鑄成一條九節連環蛇頭虎尾的怪兵器，那怪鞭蛇頭的部份，突出一具三叉利刃，象徵蛇舌一般，而鞭身的九節連環皆有着稜稜耀目的芒刺，故此無論任何一處沾到敵人身體，不死則傷，使人無法倖免。九節環子，復能逐節打出，可長可短，運用隨心，收縮起來，無異一柄短劍，將之挺直，可作棍用，平日把來圍束腰際，絕不碍眼，時刻隨護身旁，專鎖各般器械，厲害無比。

宋年老無子，愛妻早逝，只遺下這一個獨生女英娥，故此對之不啻掌上明珠，非常溺愛。自從結束鏢業，歸隱故園之後，便將畢生所學向愛女傳授，且復以易筋經法，將她的身體朝夕以藥水浸鍊推磨，英娥家學淵源，又復苦心習技，因之對內外家各種奇秘武技功夫，都能窺堂奧。宋宗武歸隱後，即偕愛女卜居故鄉杏花村內，優遊田園之間，以爲可以與世無爭，終老鄉土。

杏花村內，約有佃戶百餘家，村中居民以近水之湄，類多以捕漁爲活，陶宋兩姓聚族共處，一向相安。宋宗武退隱園林之後，家居多暇，時以武當各種絕技，向兩姓子弟悉心傳授，因之杏花村內雖婦人孺子，均具有一副好身手，技擊精通，宋在村中極得居民敬仰，無形中儼如一村之長，領袖羣倫，泉下優遊，度其愉快歲月。

半年以前，恰值魚汛時期，紅葉渡畔的那道「銀帶河」，雖屬一條內河，但它的源流原是出自長江，經紛歧的港汊融滙灌輸，流瀉而入，故每在秋季魚汛一到的時候，有着許多鱸鯉，順流游入，盈千累萬，充塞着這一道小河。杏花村裡居民，以利之所在，且一年之內，全靠着這一個漁季爲生，無論老少婦孺，皆披簑笠，或棹小舟紛紛出動，前赴河中捕魚，捕得後將之醃製曝乾，販賣市中，轉運往京滬等地銷售，每季收穫之豐，足供一年衣食，尚還綽有餘裕。

賽尉遲宋宗武早歲從事鏢業，威鎮北省與關外，生涯鼎盛，收入自豐，勞碌半生，積得資財亦頗不尠，況又祖遺田產甚厚，華屋多椽，即衣租食稅，也足够他父女一生安享受用不盡，故在漁季裡，他原不用隨衆出河捕魚求售，亟亟作升斗之謀，無如宋夙性勤儉而英娥又活潑酣姬，且欲藉此訓練其女水上功夫，父女二人，乃亦每夕隨衆出發。只見銀帶河上，紅葉映水，月照波心，各漁民歡聲震天，把一尾活刺刺潑潑跳的赤鯉艮鱸，手不停揮，紛紛拋擲竹籃小舟之內，蔚爲奇景，宋英娥則浸身水裡，隨各鄰居追來逐去，水功精嫻，身手敏捷，活像一條海上人魚，使賽尉遲不禁顧之大樂，老懷彌慰，怎料其女英娥在水裡正玩得好好的時候，忽然發出一聲尖叫，高呼有人向她輕薄。

使宋在河畔樹下聽到，不覺爲之大吃一驚，即在河裡工作的兩姓漁民，也詫愕非常。覺得事出意外。蓋以此杏花村內，銀帶河中，只陶宋兩姓聚族而居，河上漁民，除兩姓子侄之外，絕無外處閒雜人等可能混跡于此。陶姓之子弟又皆一向守禮，素無輕薄之行，而況高呼受人非禮者，復出自宋女英娥口中，以賽尉遲在村內之地位聲威，及阿娥具有過人武技水功，任他是吃了狼心豹子胆的人，縱是色胆包天，也不敢自討苦吃。當女尖呼過後，隨即見水面上有着一條瘦削人影掠波而起，快似飄風疾如鷹隼般，一刹間經已飄上紅葉渡頭左便尖峯之上，賽尉遲何等眼利，一瞥之下，暗暗失驚，他的輕身術原也不弱，于是立刻挨身貼住石壁，展開壁虎游牆輕功，以老猱升木之勢，隨着那黑影之後，飛上峯頭，即把脚跟站定，游目四顧，此時只見峯巔之上，寂靜如死，萬籟俱悄，四無人踪，唯風嘯松濤，與澗水交流，混成奇响。

河上黑影賽尉遲悚然憶往事

賽尉遲至是不禁詫異萬分，轉覺滿腹狐疑，暗念此一來者身手高超，輕功之俊，其造詣令人無可估計，蓋以己雙目在少年習技的時候，曾經下過非常苦功，頃間固會親見水面上有着一條黑影隨着自已女兒，發出驚呼之聲。飛上峯頭，自信老眼無花，斷無看差之理。何以隨後跟踪至此，竟渺無形跡，如此離奇，就那人能够自水面掠波而起的超卓輕功看來，測他的輕功造詣已屆頂點尖峯，實遠遠超出于「登萍渡水」「八步趕蟾」等功夫之上，就彼之身法如此輕靈快捷，已屆神行無影，飛騰絕跡的境地，自顧闖蕩江湖歷時四十餘載，其所遇者，除關外一個著名馬賊薩天雄之外，已無人能具此超卓輕功，回思壯歲在東北保鏢爲業之時，嘗在關外護送一批貴重人參皮草等物，運往北京，與此一名獨行馬賊深深結下一段牢不可解之仇怨，彼曾一度敗在已之一百三十六路武當獨門招數一條蛇頭虎尾鋼鞭之下，臨走時聲言于十五載後，再來決個勝負，誓雪此恥，如今屈指計之，恰恰已屆十五個年頭，倘薩果眞實踐宿諾，間關南下，找晦氣上到門來，則其技藝輕功，再經十餘載苦練精研，定必更臻化境，實誠不可忽視。

賽尉遲想到此處，不覺悚然魄動，心膽皆寒。可是，在一轉念之間，當已結束鏢業，封刀歸隱時，據江湖上到處傳言，薩天雄已在關外一次疫癘流行中，染病死亡過去，已之耳目靈通，消息準確，若無其事，當然不會誤傳，況薩在黑道武林中，有着响當當的名頭，他的死訊一傳，斷無以訛傳訛，濤張爲幻之理，從此勁敵已去。心安理得，高枕無憂，又怎知變起非常，今夕竟然有此怪事，究有誰敢在虎頭捋虱，混跡漁人隊裡，向愛女橫施侮辱，宋呆立峯巔，結想爲勞，如痴如醉。

這時，遠望山下河畔，有着一條黑影跟踪緊躡，如飛般直竄上來，宋宗武一看那苗條的身影，已辨出來者，係屬其女英娥，故即撮唇發出長嘯之聲，與之聯絡，及英娥飛抵峯巔，見其老父呆呆痴立，四週並無異朕，亦感到詫愕非常，乃縱聲嬌呼，向其父詢詰此行究竟，宋未及答，迨女行近彼之身畔，即首詰女以頃者在銀帶河下遭人怎樣輕薄情形，女謂當她方在河上練習「登萍渡水」輕功，突發覺有黑影一條，在水面馳達已之身旁，遽伸手力撫已酥胸，瞬即以「燕子掠波」一式，翻上峯頭而去，身段奇快，簡直連面目還未看眞，這人舉動如此粗蠻，把他擒住時，定必將之碎剮凌遲，斬殺千刀，以洩心頭之憤。

詎女之言尚還未畢，陡聞咫尺之間，一聲怪笑，隨着笑聲之後翻起一陣勁風，霎時石走沙飛，滿山樹葉受此勁風所摧，紛紛亂墜，沙沙作响，迨風定塵息，突見有一裝束奇古，頭挿鵝毛，臉目猙獰，顏容醜陋之青年漢子，裂開血盆大口，攤張兩手，橫梗于其父女身前，賽尉遲睹此情形，以勁敵當前，更不怠慢，迅即自腰際把蛇頭虎尾九節連環鋼鞭解下，迎風一抖，緊緊握在手中，極力注視此一突然出現之怪人，靜觀其變，只見此醜漢若不介意，呵呵大笑，操半鹹不淡的關內口音對宋說：「賽尉遲，看不出爾這老頭認眞有福，能够養活着這樣一個標緻的女兒，今夕無意之中，救回爾這一條老命，倘不看在你那美貌女兒的面上，在銀帶河畔，老子經早已出其毒着，送爾歸陰，爾究知我係屬何人，我固關外首領薩天雄之入室高足。二十年前，吾師栽在爾鋼鞭底下，至死猶不瞑目，對于此事，向吾叮嚀致囑，耿耿不忘，往事猶新，爾當尙能記憶，吾今不惜千里跋涉，走遍大江南北，始獲找到爾之踪跡，與爾算此一塲舊賬，本欲將爾毀于掌下，以慰吾師在天之靈，怎料五百年前孽債，驀地相逢，一見爾之愛女在河上練其水面功夫，卽把我之視線深深吸引致情不自禁，向之遽施輕薄，然後引爾父女至此，細述一切來由，現在吾欲與爾消除夙怨，共結姻親，但爾必須將此心愛女兒，配我爲室，挈之同返關外長白山中，渡其愉快歲月，則爾便成我之丈人，我當不復向爾爲難，否則任爾將畢生本領施展出來，看爾能否逃出我掌底之下，言盡于此，還希卓裁。」

黃杰苦練神行無影輕功，及一套閒雲拳，以備他日破武當門的一百三十六路風迴飛絮絕招之用。

怪漢言時，侃侃而陳，聲色俱厲，可是，當其言甫畢，賽尉遲已氣炸胸膛，面紅過耳，因憤怒過度，此身亦幾搖搖欲仆，站立不牢。英娥自旁聆之，以此醜漢大言不慚，也當堂爲之無名火高三千丈，爲着欲報一撫酥胸之辱，更不打話，一個箭步，標向怪漢身前，兩手叉開，使出武當派太極門，八卦拳術六十四招中之「飢鷹攫兎」一式大擒拿手法，直向怪漢頭頂兩旁「海暈」穴，迅速拿去，拳挾勁風，有若雷霆萬鈞之勢，銳不可當，女得家學淵源，曾下長期苦功鍛鍊，而此式又爲武當太極門之最辣絕招，實不輕易將之抵擋。可是怪漢，原是山海關外馬賊首領薩天雄之入室得意弟子，薩本系出自長白派初祖「九爪神魔」葛懷天門下，得長白派之獨門武術眞傳，以前此嘗受賽尉遲宋宗武一鞭之辱，時刻不忘，于遭到頓挫後，深知天下能人之多，已對武技修養功夫，猶未到爐火純青境地，從此在黑道洗手不幹，結束半世綠林生涯，在長白山豹隱蛟潛，養晦韜光苦心孤詣，閉門練技，誓雪此恥，故在悠長十餘載之過程中，薩之技藝突飛猛晉，已至高深莫測之境，正擬摒擋一切，踏遍天涯海角，找賽尉遲報却前仇，無如老天爺有意爲難，長白山一帶猝然奇旱非常，到處流行癘疫，傷害人畜無算，薩雖具有絕頂超人武功，但終不能與天地疫癘之戾氣爲敵，染着此症，終日神思昏鶩，四肢不安，雖極力推宮活血，運求寧神，及勉强支持病軀，親往峯頭搜集各種草藥治療，惜中毒已深，迄無少效，薩乃自知不起，故在病榻彌留之前，將己與賽尉遲一段夙怨前事，對愛徒「怪面狼」黃杰，詳告一切，並把已未傳之畢生絕技及長白派獨門暗器盡行口授其徒，囑黃學成之後，登長白山東南面之「晴雲」絕頂高峯，訪謁一位世外高人綽號「閒雲玄姥」之女劍仙，請列門牆，更求技藝之深造，然後方可下山雪恥，閒雲玄姥隱居長白山中歷時不知幾許，原早不問世事，無拘無束，有如野鶴閒雲，以晴雲絕頂高峯，四週懸崖萬仭，削壁千尋，倘非具有過人武功，而輕身術又有非常造詣之人，輕易亦不能登臨此地，以黃杰不忘師訓，專誠到此，鑑其一片赤誠，卒勉如所請，將之列爲記名弟子，再行授以飛行絕跡之神行無影輕功，及一套閒雲拳，以備他日破武當門一百三十六路風廻飛絮絕招之用。黃杰自從閒雲玄姥學成技藝下山，恃其輕功，卽在湖海縱橫，所向無敵，今次千里入關，尋仇雪恨，幾經鐵鞋踏破，始在杏花村內，訪到賽尉遲隱居踪跡，暗裡已經發覺賽尉遲閒坐樹下，看其女練習水功，乃隱伏樹杪窺伺，這時黃欲向之施行襲擊，只消在樹上運起內勁，以「隔山撼樹」之閒雲拳法，拳風所到，任爾賽尉遲鋼筋鐵骨，勢必斃于其一雙銅拳之下，至死不明。但怪面狼自恃練就過人武功，不願在暗裡鬼鬼祟祟，出手傷人，及在樹巓正擬聳身躍下之際，始發現宋女英娥有如凌波仙子，在水面來往飛行，怪面狼此時乍覩艷質，不禁色授魂與，骨軟筋酥，立刻將一腔怨毒之怒火按捺下來，就情形觀之，此少女似爲宋之女兒，倘獲得在已懷抱，眞不知艷福幾生修到，繼竟情不自禁，覷個正着，自樹杪飛掠而下，運起「海鷗逐浪」之絕頂輕功，自水面直薄女之身旁，以手撫其酥胸，橫施輕薄，一經得手獲償心願之後，隨卽以「燕子掠波」姿勢，一直飛上峯頭，其勢之捷，有若閃電奔雷，使人目不暇給，在彼之意料，賽尉遲闖蕩江湖，久經大敵，對于已之舉動，閒坐河畔，定然看得眞切，勢必隨後追踪而來，那時始現身其前，細說來因，向之提出要求，然後化仇爲親，消除宿怨，以此作爲要挾，諒宋老兒之技藝功力遠非已敵，彼如不允，再加强迫，不達目的，誓不干休。

誓報師仇怪面狼逞强杏花村

乃果不出黃之所料，當彼正隱身在峯巒絕頂一個岩洞之內，早見賽尉遲以「壁虎游牆」功夫，獨自翻上峯前，後來宋英娥亦踵之而至，父女二人佇立峯嶺之上，指手劃脚，絮語不休，遂卽展開武當派九翻十八滾之下門佼俏輕功，勢挾風雷，在砂飛石走中，猝然馳至，一經露臉之後，卽對宋自白此行目的，千里追踪至此，爲雪師仇，言時睥睨自豪，大有旁若無人，目空一切之勢，宋半生縱橫湖海，未嘗受到他人對已如斯侮辱，爲之氣炸胸膛，當下臉色一沉，正擬與黃拚個死生，但英娥已行出手，當女突以武當門之大擒手法。向怪面狼橫施襲擊，行將得手之際，只見黃不慌不忙，不特不縮身閃避，反一聲長笑，迎上前來。

時宋女一雙玉手已揷在黃之頂上兩旁海暈穴間，以宋女之勁力不凡，倘在武功稍差之庸手當之，將必頭顱破碎，腦漿迸流，當堂斃其十指之下，但黃係屬長白派之嫡傳弟子，又獲閒雲玄姥再加指點，授以過人內功，在閒雲玄姥養晦韜光，高峰面壁，在數十載悉心苦練之下，翻造出一種喚作「絮棉」全靠內家眞力而成獨有武功，一經運用起來，渾身柔軟如棉，不畏腿踢拳擊，刀斬斧砍，一着其體，如擊敗絮，反爲黏住難脫，受到制肘，轉處于劣勢下風，故在宋女向之拚力進擊時，有意賣弄本領功夫，立運「絮棉」功把她的纖纖十指牢牢緊吸不放，從而暗用內勁，貫于頭部，卽覺有一股勁力由彼之頭頂傳透宋女十指之上，使女遭受重壓，熱如火灼，疼痛非常，宋女不禁一驚，額際汗珠如黃豆般大，涔涔下滴，苦不堪言。

賽尉遲久歷江湖，對各家各派獨門絕技功夫，見多識廣，乍睹黃露此一手，不禁大驚失色，蓋已看出其所用者係展驪外超塵絕俗「閒雲」派風聞天下不使秘技之「棉絮」功，在五十載前此技早稱雄武林，使各派內家中人，羣皆向之低首，已尤遠非其敵，但以愛女性命攸關，舐犢情深，萬不能近在咫尺之間，眼光光忍看女兒，便遭敵手，乃不顧一切，狂吼而起，揮動手下所持九節連環鋼鞭，向黃直冚過來，勁風呼呼，有若倒海排山之勢，黃一見宋以狂風掃葉之勢，舉鞭向已迎頭冚下，隨卽一笑把「絮棉」功煞住，將女釋放，繼復輕輕卸馬，一手緊執宋之鞭梢，宋老頭向日馳名鏢業，憑此一條蛇頭虎尾怪鞭，打垮南北各省黑白兩道好漢英雄，未嘗一逢敵手，由武當門一百三十六路「廻風飛絮」劍式變化而成鞭法，一經施展開來，眞有鬼神莫測之機，雷霆萬鈞之勢，但不知如何，今與怪面狼黃杰相遇，將鞭法打出「天師蓋印」一式，迎頭冚下，豈知竟遭其緊執鞭梢，無法動彈，同時更有一股巨大無比之勁力，自鞭身直透而下，使宋之整條臂膀感到無限酸麻，漸而覺得黃之壓力加重，終于撒手扔鞭，一躍退開數步，手上怪兵器，已落在敵人手中。只見怪面狼黃杰奪過此條鋼鞭後，將之向空一揚，面有得色，隨着以鞭梢向宋遙指，顯露一派驕妄神態，桀格而笑曰：「宋老兒，向聞人說爾此鞭如何了得，估不到如此脆弱，純然徒盜虛聲，在俺視之，殆與小孩所弄之玩具無殊，眞所謂聞名不如見面，見面勝似聞名。玆與汝約，限汝在十天期內，攷慮淸楚，將女兒給我，帶返關外，則萬事皆休，吾師之仇，亦一筆勾消，結成姻緣，倘若屆期反悔，爾命固然不保，爾女亦必屬我，任令揷翅也難飛去，而宋家莊上爾所畢生慘淡經營之基業，將必隨之蕩平，孰重孰輕；一死一生，悉憑尊便，吾已言盡于此了。」

怪面狼言罷，一聲屆期再見，復以激矢投林之勢，將銅鞭向宋擲還，隨運起神行無影輕功，暑暑將身一閃，卽杳無踪跡，不知從何而去。此時巓峰之上，回復先前一片寂靜，唯見滿山明月，四野虫聲，賽尉遲遭逢勁敵，百感蒼凉，只有偕同愛女英娥，懷着滿胸惆悵，頹然下山，徐圖對付之法，及歸至銀帶河畔，各漁民羣相爭前問詢，宋以各人無法爲已助力，空言無補，沒精打彩，只唯唯以應，父女二人，急足還家，時已夜靜更闌，超逾寅刻，將屆黎明之候，廻溯今夕所歷種種經過，彷彿做了一場惡夢一般，不特數十載之威望掃蕩無餘，而在此旬日之間，尙有性命之憂，毀家失女之痛，但以技不如人，徒喚奈何，因之不禁神思如醉，呆坐廳上，亟籌解救之方，蓋以十日之期快臨，斷無任人臠割，束手待斃之理，賽尉遲原屬武林成名人物，況自其師銅頭怪道沈妙眞死後，彼就無殊武當派第三代現目之掌門人，且向在湖海稱雄，交遊廣濶，武林高手，交好至多，今既有此難題，自知無從解決，對黃所提之苛酷條件，實屬無法忍受，以其見色起意，行同盜匪，所請越出常理範圍，轉念武林人士主持正義者大不乏人，以黃之武技雖高，倘能邀集南派各地拳豪，或可將之制裁，挫折彼之銳氣，焦思及此，悠然意動，乃即就燈下將經過種種，分書各紅封柬上，分向各友通告，天甫破曉，即命其女英娥持之乘坐所蓄心愛千里駿馬，棗騮名駒，趕赴各地散發英雄帖子，請諸人于十天之內，齊集紅葉村宋家莊上，以便對此事分判曲直，羣起聯合對待怪面狼，女以事不宜遲，又以諸人分散各方，故奉命之後，別過老父，卽疾馳而去。依照其父所書地址，分別將英雄帖散發完妥，各南派武林名宿，接到賽尉遲此帖之後，以此屬武林一件大事，關係于南派名家存亡，爲起兎死狐悲之感，實屬不容忽視，故皆欣然應命，一致答允于屆時依約涖臨，女旣完成任務，獲得要領，隨卽兼程馳返杏花村中，以便向其父覆命。

下山行俠王唯一義救宋英娥

不期竟在安平鎭外，與王唯一邂逅，爲王運千斤墜將之戲弄，阻其馬足不前，幸女以金剛大力氣功，急行解脫，更無暇與之再行爭論，怒馬越出安平小鎭，趕急回家，迨後王唯一依循馬跡追踪，迷路叢林，致與賽尉遲散發英雄帖子應約而來之南方各派武林高手相遇，憑着螳螂步絕頂輕功緊緊追躡諸人之後，穿過此亂樹林後，到達杏花村口之紅葉渡頭，陡覺景物怡人，眼界一新，如入武陵勝境，使王神思爲爽。此時諸人至此，紛紛躍下坐騎，勒馬河畔，佇立渡頭，似在候渡模樣，過了片晌，只見對岸杏花村港口河畔，聲聲欸乃，開來一艘沒有篷蓋的瓜皮小舟，以人馬衆多，故去而復還，經數次後始能分別把此十餘騎一一渡過對岸，沒入杏花深處，王就觀察，知村內今日必有着一件非常事故發生，且照已跟踪馬跡看來，剛纔在鎭前所遇之能武女郎，亦必在此杏花村內，忖思及此，尋思渡過彼岸之法，以王所練絕頂輕功，對此濶僅數丈之小河，本可運用登萍渡水功夫，隨手擷取橫梗一枝，拋擲河中，卽能踏之直登對岸，但以時將近午，行人衆多，倘顯露此種不凡身手，未免驚世駭俗，惹起人注意，不唯煩惱隨生，且向聆師訓，懷抱絕技，不可隨意顯露人前，非到萬不得已時，切勿輕於使用，故爾不敢。乃正當進退狼狽，在河畔高聲喚渡，忽聞身畔有縱聲長笑，笑聲响亮，有若洪鐘，急回首視之，則見己之身後，赫然站着一鬚髮皆白之龍鍾老兒，王唯一暗念正可藉此與之結交，于是立刻滿堆笑臉對此怪老兒，抱拳當空，爲致一武林同道拜見前輩重禮，隨卽與之打話，請問姓名，一經展結宗派之下，知此老洪姓，名天鵬，外號人稱「南天怪叟」，爲關外鷹爪門崇陽派之南方掌門人，威鎭南天，彼今次現身於此，亦是接到了賽尉遲散發英雄帖子邀請，應約而來，乃將武當派老鏢師賽尉遲今次着其愛女英娥四處散發英雄帖子之事，源源本本，對王詳細直說，王聆聽之下，恍然明白一切，念天下間竟有怪面狼恃技凌人，如此無理橫蠻之輩，不禁義形于色，爲之氣憤不平，自願隨洪參加，前往宋家莊，拔刀相助。

南天怪叟默計時刻，以此際赤日當空，氣清天朗已近晌午時份，將屆約定時期，而怪面狼黃杰，當必依時抵達宋家莊，以時間急廹，于是更不怠慢，謂王旣願參與其事，請隨之行，洪天鵬至是立刻展開水面飛行之絕頂輕功，雙足就地一蹬，整個身軀卽隨之懸空而起，同時高舉兩手，一雙濶長大袖，迎風飄拂，恍似一頭怪鳥，直掠江心，只靠雙足輕輕一點浮于水面之浮萍，用一「雲裡翻身」家數，早已飛達對面港口河岸，意料王唯一雖爲曇宗長老之得意弟子，但其輕功技術，當無如己之精，及在岸上站穩身形，向紅葉渡頭引目遙觀，看王如何渡此小河之法，怎料游目所及，唯見渡頭紅葉，隨風下墜，佈滿河面，而王之影踪全無，方怪詫間，瞥睹河畔有紅葉成堆，蠕蠕而動，初本誤爲隨風落葉，滙流至此，畧不介意關懷，詎知竟有一陣笑聲出自紅葉堆中，隨見王自葉內一個「江魚逐浪」架式，隨着笑聲躍登岸上，至是洪乃始知王眞不愧少林嫡系，彼之輕身造詣，實與己無分軒輊，知王隨己渡河所用係屬「聚葉流江」之一種輕身技術，能將人身笨重肢體藏于一堆敗葉裡頭，偃臥其中，抽起渾身氣勁，隨波逐流，亦不愁墜下河內。不禁對之亦感暗暗私心佩服不已。乃由南天怪叟洪天鵬前行引導，二人一先一後，施展陸地飛騰本領，雙雙趕急撲奔宋家莊而來，片刻間已見一所建築瑰麗之宏大莊房，湧現眼底，莊院四週水流環繞，廣濶無垠，前面有着一道護院莊橋，直通院落，及二人越過此一護院莊橋之後，卽隱聞莊內發出一片刀劍交鏑之聲，而週遭護院之莊丁，無不深鎖眉尖，顯露異常不安之神色。不出所料，原來先前馳馬而來，引舟爲渡依時赴約之各南派武林高手，包括崑崙、峨嵋、五台、武當各派，黑白兩道，水旱兩路英雄人物，共計有十一人，方團團把一個形容奇醜，臉目猙獰可怖之青年壯漢困在垓心，刀劍交加，向之還擊，但見此醜怪漢子微微含笑，兀立圍中絕不稍動，每一刀劍碰到彼之體上，不特絲毫無損，且遭其反彈互撞，致發出金鏑交作之聲。莊主賽尉遲宋宗武則與其女並立於院內演武場前，屛氣凝神，靜觀諸人各運絕招，與此醜漢展開死生之搏鬥，一派憂形于色，及看到南天怪叟與王聯同行入，隨之趨前迎迓，喜上眉梢。王之視線隨着洪宋全神貫注場內怪面狼與諸人繼續比武進行，在王之眼光中，覺得怪面狼在十一把刀劍齊下各武林高手聯合環繞中，祇憑一雙鐵掌銅拳，運用長白派徒手搏刃功夫，閃展騰挪，往來馳騁，時或動如脫兎，巧妙輕靈，時而植立如山，靜賽止水，且每一出手，除長白派之絕招毒着之外，復雜以名震天下之「閒雲」拳功，神態安詳，雖以寡敵衆亦覺游刃有餘，南派拳師人數雖多，倘果酣戰下去，終必慘敗收場，實誠遠非其敵，不怪宋以武當名宿，與彼不過走了一招半式，卽遭其所創，栽在彼之手中，以怪面狼具有如此驚人技藝，實爲一不可多得之人材，因之在王心目間，也爲引起一片好感。

（下轉五十三頁）

虎穴救嬌娃

凌魂文
丁冏圖

電唱機在播着輕快的調子，每一張面孔都掛着歡笑，餐廳裡洋溢着喜悅的氣氛，從表面上看，張亨利這次從香港老遠地跑到波斯頓，在姨母的家裡作客，已經受到熱誠、親切的欵待。

但是，張亨利在坐着吃餐時，姨丈蘇大雄和姨母雖然不斷地向他問這問那，這時他雖然摟着熱情的表妹蘇莎，在跳着華爾滋，他的心裡，却感到怪不舒服的，他覺得有些害怕，也有點迷惑，因爲他發覺有一雙露着兇光的眼睛，一直在盯牢着他。

盯着亨利的人是威廉，他是蘇莎的朋友，蘇莎曾這樣介紹給亨利認識，但亨利經過這半天來的攷察，他可以這樣斷定：威廉是蘇莎的情侶，不祇表妹正深愛着他，連姨丈和姨母也已經把他作爲未來女婿般看待。

威廉是美國人，他長得漂亮、英俊，和蘇莎相配起來，正好是一對兒。但亨利看見他的碧藍眼睛中，不斷地把兇光射到自己身上，他初時當然摸不着頭腦，不知道威廉爲甚麼無端端要惱恨自己，但和蘇莎跳了一會舞後，從她那邊傳來的陣陣女兒香，使他的腦筋逐漸醒覺過來：「呀，這是妒！」亨利找到一點線索了，跟着便往下想去：「大概他看見姨母的一家，都這樣熱烈地欵待我，以爲是來了一個强勁的情敵吧？」

亨利想到了這一點，恐怕自己一來，便破壞了蘇莎和威廉的感情，和姨母一家的寧靜，所以他自然地便把蘇莎從懷裡微微地推開，雖然樂曲還是沒有停止，但他的舞步，已經放緩下來，跟不上樂曲的節拍。

「對不起，讓我也玩一會！」威廉實在忍耐不住了，他的嘴巴雖然還很禮貌地對亨利說話，但他的動作，却老實不客氣，話還沒有說完，已經把蘇莎從亨利的手上，搶了過來。這時候，電唱機正播了一隻牛仔舞曲，蘇莎對威廉的醋意攻心，還沒有發覺，雖然是換了一個舞伴，她還是玩得一樣開心。祇有她的媽在冷眼旁觀，看見威廉的胸懷，是這麼狹窄，把自已初來作客的姨甥，冷落在一邊，心裡感到老大不高興。

「亨利，你也玩，三個人玩在一堆，不是更熱鬧嗎？玩呀！」亨利本待要走回餐桌上去的，聽到姨媽這樣慫慂他，他自己一想，跳牛仔舞是不貼身的，祇是扭呀，轉的，根本兩個人或三個人跳在一堆，也是一樣有趣，所以他果然又回過身來，把兩隻手提到胸際，擺動着屁股，在蘇莎和威

廉的中間穿插。

蘇莎是一個天真的姑娘，她看見三個人舞在一起，果然熱鬧了些，心裡一感到快活，便把一雙微笑着的眼睛，一時朝着威廉掃射，轉眼間又回過來向亨利拍着無線電。蘇莎這種態度，實在是個—火種，它把威廉的妒火，烘得逐漸表現出來，她自己還一點也不發覺：當威廉看見亨利要插身在他們的中間時，威廉一閃身，便擋着亨利的來勢，更順手捉着蘇莎的一

隻手，轉到別處去，把亨利冷冷地扔在後面：亨利給威廉這樣冷落，初時還極力耐着性子，避免發生不愉快的事情，但一次，兩次……給威廉連續扔了幾次後，他也有點惱了。假如這是在香港遇到的事情，亨利早就要不客氣，和威廉動起武來了，因爲他在香港長大，混得慣熟了，結識了不少九流三敎的朋友，還練就了一副不凡的身手，打將起來也不會吃虧；但他想到自已已經離開了地頭，這時是初來姨母家中作客，倘若和威廉動起手來，就算把威廉打倒了，也不免要受到表妹蘇莎的埋怨，和姨丈姨母的責罵，所以他雖然滿肚子是氣，還是沒有發作，衹是把這一膛冤屈氣，向那一架不懂人性的電唱機上發洩。

亨利朝它揚了一揚手，電唱機像很和他合作，立刻便歇了聲。「好！來一個一拍兩散，誰也不能再跳！」亨利心裡暗暗得意，一聲不响便走回座去；電唱機爲甚麼會頓時不响呢？威廉背着亨利，不知這是亨利做的手脚，他以爲電唱機壞了，便放開了蘇莎，走到電唱機前看視。當威廉走近它時，他明白過來了，他瞧見有一團香口膠坭，正緊緊地黏貼唱針和唱碟，所以使它變成一個啞巴。

「這是那臭小子做的手脚，倘若不給他一點顏色看，事情便糟定了！」威廉也沒有把香口膠坭取了下來，讓電唱機能够復活，他這樣打定了主意，臉上呈着鐵青的顏色，也一聲不响朝餐桌這邊走回來。

「威廉：是電唱機壞了嗎？」蘇大雄看着這兩個年青的小夥子在暗鬥，他也在暗暗躭心，但他不敢罵威廉，因爲向他一罵，便會使掌上明珠似的蘇莎不開心；同時他更不敢說亨利不對，因爲亨利究竟是遠道初來的客人，是太太娘家的親戚，要是一罵，準會給太太埋怨半天，所以他祇得輕輕地問了一聲。

「蓬！」威廉的回答，不是說話，却是閃電似的出拳，瞧準亨利的下顎打去，發出了一聲清脆的巨响。

「呀——」蘇莎不明白威廉爲甚麼要動手打亨利，她看見蓬的一聲响過了後，表哥的鼻孔，便冒出血來，情不自禁地這樣驚叫；亨利捱了一記重拳後，屁股還貼着椅子，隆的一聲，便倒在地上，他的眼前，像閃着無數的金星，但他是一個硬漢，連哼也沒有哼出一聲。蘇大雄的夫婦看見不愉快的事情，終於爆發了，便連忙撲身過來，扯着威廉，制止他，敎他不要再行動手。僕人們也圍攏過來了，餐廳裡就這樣變得鬧哄哄的一片。

亨利不是一個膿包，他祇是料不到威廉在蘇家也是一個客人，竟有胆這樣動手行兇，畧一疏忽，便吃這一趟眼前虧。他在倒了下來後，他對這裡是香港或是波斯頓？在蘇家抑或在總統府裡？他管不了這許多，他心裡的怒火直往上冒，他已經再不能控制自已，就地橫腿一掃，便把威廉掃倒在地。

威廉在波斯頓稱得上是一個輕量級的拳王，但他習的西洋拳，下盤的工夫，實在沒有紮下根基；亨利的腿子，是經過多年鍛鍊的，短跑、跳高，他都曾創下打破世運會記錄的成績，衹是他還沒有機會出賽，所以還不會受到外國人的注意，而且他在香港時，從小學時起，便精研了十年少林的腿法，所以他出腿準，更難得的是勁力奇大。

亨利和威廉都倒在地上了，跟着便像一雙倒地葫蘆似的，互纏起來，誰都希望能跨在對手的身上，在對手的頭上，狠狠地搥上幾拳，但誰都沒有成功，祇是變成了一會兒上，一會兒下地打滾，其他的人，都看得呆了，要揷手進去，又恐怕會給沒有眼睛的拳脚打着；要合力扯開其中一個嘛，又恐怕把人按着了，打鬥還沒有停歇，給按着的人，一定要吃上大虧。

論氣力，是威廉佔盡上風的，他終於騎在亨利的身上了。但拳脚的敏捷，亨利却佔了很大的便宜，他雖然給威廉壓在身上，他的兩條腿子一抬，又使威廉打了一個跟斗，倒了下來。這一剎那間，亨利本來可以趁勢返過身來，壓着威廉的，但他恐怕打傷了威廉，會使姨媽和表妹都要羞惱，所以他撇開了威廉，跳起身來，順手在餐桌上拾到了一根牙簽，又隨手擲到威廉的身上去。

別瞧那是一根微不足道的牙簽，給亨利使用起來，和袖箭、飛鏢有着同等的威力。當亨利揚過了手後，威廉便像殺猪似的，發出了一聲慘叫，衆人初時還摸不着頭腦，及走近看時，才知道威廉的一隻指尖，正給一根牙簽貫穿了，牢牢地釘在地板上。指尖是人體最敏感的地方，它給牙簽貫穿了，雖然不會傷得很厲害，但却使威廉感到痛得要命。

威廉耐着痛，用另外一隻手把被釘着的指尖，拔了出來。他看見牙簽竟能够貫穿他的指尖，還能够直鑽到地板裡有五分的深度，這一份暗勁，他知道自已再沒法和亨利比較了，假如不是亨利手下留情的話，這一個虧可能還吃得更大，所以他漲紅着臉，站了起來後，掉頭便走。

「威廉！」蘇莎看見他的手指也淌着血，不知道他是否傷得厲害，便撲前追着威廉，口裡也喊着他，要他留步。當然，威廉受傷是另一回事，他對蘇莎，仍是不能忘懷的。聽到了蘇莎的叫喚，威廉本能地便停住了脚步。蘇莎走近了，她捉着他那淌血的手，本待要說話的，但她却慢了一步，給威廉搶去了機會：「蘇莎：我愛你，請你送我回去，這可能是最後一次了，行嗎？」他說。

威廉的問話，惹出兩個回答：「蘇莎：你就先送威廉回去吧，看他的指頭是不是傷得厲害，小心給他先敷點藥吧！」這是蘇莎媽的囑咐；「媽：我先送威廉走，等會再回來！」這是蘇莎的聲音。這母女倆都同時想到這是解決眼前這個僵局的唯一辦法，所以說出了同一的意見。

威廉恨恨地走開了，亨利看見他那漸去漸遠的背影，心裡也泛起一陣難過。「亨利：這是你學好的唯一機會了，到姨媽處後，別再闖事呀！」這是他媽在送他到機場時的囑咐，這一句話又在他的耳

威廉想不到亨利在手槍威脅下，還是這樣倔强，捨命反擊。

邊响起來。他想到這樣一鬧，不祗違背了媽的教訓，同是也對不起姨媽和表妹蘇莎。他本待要說些什麼，請求姨丈姨母原諒的，但他一時又不知道該怎麼說，所以祗呆呆站着不動。

「亨利：你傷得不要緊吧？咦！你的鼻孔還淌着血呀！」姨媽沒有責備他，看見了血，便忙了手脚，教僕人們拿這拿那，來給亨利治傷；蘇大雄對事情發生的經過，也全看在眼裡，他認為先動手打人的是威廉，亨利祗是被迫自衞，所以也沒有責怪他，還安慰着他，不要把這次不愉快的事件，記在心上。

亨利實在也沒有什麼傷，祗是鼻上捱了一記重拳，所以冒出血來，一會兒便止了血。他看見姨丈姨母都對他沒有惱意，他的心情也漸漸安定下來了，他打算等會表妹回來時，向她來一番道歉，便可以把這事一筆勾銷。但是，他把話題扭轉過來，正在向姨丈姨母訴說這次來美，是打算攷進哈佛大學，再求深造，和父母們在香港情形，等了好一會後，回來的不是表妹，而是一個失魂落魄似的威廉。

蘇大雄一看見了他，以為他又要回來和亨利算帳了，便上前迎着他，站在威廉和亨利的中間。「蘇莎呢？」他問。威廉喘了一會氣，這才答出話來：「她……她給歹人擄去了！」

「什麼？蘇莎給歹人擄去？」蘇大雄夫婦和亨利都同聲追問。

「是本地的浪人，他們有五個人，先是揚手教我們停車，我們以為是警探循例檢查，但停了車後，他們便一窩蜂似的，湧到車上來，把蘇莎制服了，把我推出車外。我要和他們拚命，但他們馬上便把車子開動，連我的車子也駛了去！」威廉說出了遇事的經過。

「先打電話報警！」蘇大雄說着，便走向電話機去。但他拿起了電話，正要撥動號碼盤時，又停住了手，因為威廉在制止他：「不要報警，若是警方查得急了，歹人便會把蘇莎毀掉！依我看：他們擄去蘇莎，目的是在勒索些錢，我趕到這裡來，是希望邀他一道追踪去，能夠把他們找到了，我們打得過他們便打，打不過便跟他們談，這樣或許能夠討得蘇莎無恙歸來。」威廉指着亨利說。

雖然這是冒險的嘗試，但蘇大雄夫婦都急壞了，他們都想不到更好的主意：亨利也在替表妹担心，自願要跟威廉一道去，寧冒一次險，也要把表妹找回來。事情就這樣決定下來了，蘇大雄自已的車子便由威廉駕着，載了初來波斯頓的亨利，一直向北郊駛去。

亨利坐在駕駛座的旁邊，他在暗自盤算着，這一次出陣，將要以寡敵衆，勝負實在難以預卜，假如和威廉在陣中失了聯絡，自已將怎能返回蘇家呢？他想到了這個問題，便留心車子行徑的路線。好在車子在市區裡，祗是拐了兩次彎，便駛出了北郊，沿着第五號公路前進，亨利不用花什麼精神，便能夠記清楚了歸路。

就在亨利呆地想着的時候，車子突然戛的一聲，在荒涼的公路上，停了下來，跟着亨利的耳邊，還响起了一聲吆喝：「別動！給我滾下車去！」待亨利看清楚時，方知道這時自已已經在手槍的威脅下，握着手槍，對正着他的胸膛的不是別人，正是坐在身邊的威廉。「哈！看你的牙簽厲害，還是我的手槍厲害？老實告訴你，你若是要死得痛快些，便滾下車去，讓我賞給你一顆子彈；假如你不願意呢？這是你自討苦吃，怪不得我要把你磨折。」「威廉：你瘋了嗎？你恨我，可以在回程時把我一槍打死，但現在我們是要去救蘇莎呀，你忘記了你的愛人正在危難中嗎？」亨利的意思，是要藉愛情的魔力，挽救這危險局勢的，怎知道他的說話，卻引起威廉發出一連串哈哈的笑聲。「去救蘇莎？哈！她好好地在我的家裡，用不着你耽心了。」

威廉獰笑着對亨利說。一面更把槍口抵着亨利的心窩，連聲喊着：「滾！滾出車去！」

第五號公路這時已經進入了睡眠狀態，兩旁豎着高大的有加利樹，像把公路隔開成另一個世界，張亨利處在這劣勢中，實在沒法可以找到援手。車門由威廉打開了，祇要他再在亨利的身上一推，亨利便沒法不跌在公路上；祇要亨利的身體離開了車廂，威廉的手槍，也一定要跟着怒吼：亨利在這危急的關頭，想到反抗、掙扎，固然是死，給推出車外呢？也難逃得性命，所以他把心一橫，拚死把身軀捱向車外，騰出腿子可以活動的空位，使出一招從敗勢中救急的鴛鴦連環腿，右腳朝威廉握着手槍的手腕踢去，左腳也跟着踢向威廉的下顎。

威廉想不到亨利在手槍的威脅下，還是這樣倔強，他準備待亨利滾出車外後再罵他一頓，才結果他的，等到亨利的連環腿攻到時，他還來不及扳動槍機，手槍已不再受他的控制，甩手飛過座位的靠背，跌在車子的後廂裡，同時他的下顎也捱了一腿，使他呆了一呆，不能翻身跳到後廂去拾回手槍。

雖然亨利的威脅已經解除了，但這時他自己也跌在公路上。他恐怕威廉再次拾到手槍，便再難有生機，所以他一翻身，又站了起來，拚着捱打，也要探頭到車廂裡，雙手箍緊着威廉的身軀。

「蓬！」亨利捱了意料中的一拳，但總算達到了目的，能夠把威廉也拖出車外，威廉再要發拳，但他的身體重心已經被亨利拖斜了，打亨利不着，反被亨利在他的臉上，狠狠地摑了一掌。

這是亨利意想不到的，威廉原來還是一個日本柔術的好手，他給亨利纏下了車，便要借力用屁股撐起亨利的腰肢，使出一記可以摔倒對手的「背負投」，但亨利卻沒有上當，他也及時使出太極拳法中的推拿手，先抵消了威廉的攻勢，然後一聳肩，還他一記掃堂腿，一個百多磅的威廉，便給他掃得四腳朝天。這一次不比在蘇家裡，亨利得手不饒人，跟着再踢出了「旋風」、「追魂」兩招，威廉便完全失去了知覺。

在荒涼的公路上，亨利對着這個不省人事的威廉，心裡記掛着被擄的表妹蘇莎，他呆了一會，反不知該怎樣應付。他對波斯頓的地方，還不熟識，他怎樣可以追踪歹人，往救表妹呢？他想了一會，便先在後廂中，拾到了威廉的手槍，然後把威廉拖到駕駛座旁，開車駛回蘇家去，在路上，他一直在

槍的匪徒，用天雨散花的手法，抓一把牙籤飛射過去。

就心，一面怕威廉甦醒過來，又要再費手脚；也怕途中遇上了警察，因爲他還沒有領得駕駛牌照，在未知表妹下落前，他不想把事情讓警方知道。

　這兩個難關，總算渡過了，但當亨利回到蘇家後，在把威廉從車裡拖出來時，又使他嚇了一跳：「糟了！原來他是紅鷹會的壞蛋！」蘇大雄在搜威廉的身上，看他再有沒有兇器時，在口袋裡，發現了一隻徽章，竟是一隻紅鷹，他便這樣厲聲尖叫。

　什麼是紅鷹會？初來的亨利當然不會知道，經蘇大雄說了一個大概後，他才明白過來，原來紅鷹會在波斯頓是一個出名心辣手狠的不法組織，他們的一向作風是擄去富家的婦女勒贖，雖然被擄的家人願意出錢，被擄的女人，也要被輪姦了方得放回家去，若是不出錢的話，便乾脆來一個先姦後殺。

亨利知道了紅鷹會的秘密後，先把威廉牢牢地綑着，再取了一把牙簽，在威廉的身上行刑迫供。

　當第一根牙簽插進威廉的臉頰時，一陣劇痛反把威廉從暈迷中弄醒過來，亨利在他的另一邊臉頰上，再插上二根牙簽，便從威廉的口中，取得了他要想知道的秘密：「蘇莎給禁在水仙花酒吧裡。」威廉捱不起酷刑，供出了眞話。亨利祇記着表妹蘇莎還在危難中，可能正遭着歹人的侮辱，所以向蘇大雄問淸楚了水仙花酒吧的地址，和從蘇家往水仙花該怎樣走，便一陣風似的，消失在黑暗中。

　亨利估量囚禁着蘇莎的地點，一定有嚴密的防衞，當他走近了水仙花時，一點也不敢大意，他躲在一個可以窺探內面情形的窗口下。

　「哎唷！」亨利聽到了蘇莎的叫聲，待他抬頭起來，看見裡面的情形時，他的頭髮，也一根根地豎了起來。原來裡面正有五個歹人，有人在迫她寫信回家，要家人獻出五萬塊來贖她回去，也有人動手在撕她的衣服，企圖在她的身上，進行非禮。

亨利不顧一切危險，為了營救表妹，他奮身跳

　突然，遠處傳來警車的警號，五個歹人聽到了，都立刻神色慌張起來，警車愈來愈近了，歹人都準備立刻開始疏散，但他們在逃走時，還先打算幹掉了蘇莎，留給警方一具屍體！五個人都掏出了手槍，但他們在準備把槍口對準蘇莎時，齊聲喊了一聲「哎唷！」都把手槍丟在地上。原來在窗外窺探的亨利，恐怕蘇莎遭毒手，情急起來，便掏出了用剩的一把牙簽，用天雨散花的手法，一揚手，便貫穿了五個人的掌心，使他們再握不牢那根手槍。

　「舉手！」亨利喝着，更跳進裡面去，制止着那五個人，不容許他們在蘇莎的身上肆虐。跟着，警車已經開到了，警察像一窩蜂似的，湧了進去。

　「表哥：快救我！」蘇莎見來的是亨利，便喜歡得叫出聲來。亨利撲向她的身邊，替她解開了縛着的繩索，這才把她從魔王們的手中，救了出來。

　五個歹人都給警察扣上手扣，動彈不得了，這時亨利才知道在他走出了蘇家後，蘇大雄恐怕他好漢敵不過人多，連忙打電話報警，召來這一批歹人的尅星。這五個人當然也是紅鷹會裡的壞蛋，就這樣毫無反抗地，都給帶到警車上去。

　蘇莎從虎口中溜了出來，蘇大雄夫婦對張亨利當然是極口的稱讚，但亨利却老老實實地告訴他們，他的一身功夫，都是在香港瞞着爸媽，跟師傅偸偸地躲起來暗練的，爲了丟開了書本，暗練功夫，他已經捱盡了父母的責罵。亨利憑着這一身功夫，在香港時常闖禍，所以他的父母才把他遣開，要他到波斯頓來，想不到他這次一出手，便制伏了紅鷹會的歹人，把陷在虎穴的蘇莎，救了出來。

　事情大白了，蘇莎這才知道她深愛着的威廉，本打算用軟功迷住了她，在佔有了她後，才着手詐財的，後來撞來了一個亨利，威廉恐怕好事會給亨利弄糟，所以才改變了主意，搬出這一套擄人勒贖的硬功來。

——完——

武俠電影縱橫談

·石冲·

一部成功的武俠小說，其中「英雄」，往往能够成爲家喻戶曉的人物，此無他，人類崇拜英雄主義的本性使然，舊小說中的黃天霸、展昭、歐陽德，較新的如黃飛鴻、方世玉，外國的如羅賓漢，蓮蓮安等皆因小說的渲染，「活」到今天。武俠小說的動人，亦由此可見。本港近年來，由于生活的苦悶，武俠小說又大行其道。這從各報副刊的內容，以及單行本，電台廣播的情形，可以見到。隨之而發生的情形，便是武俠電影的興起，文學作品與電影事業本有不可分開的密切關係，武俠小說既然興起，武俠片自然應運而生了。

事實上，在廣東話電影事業中，武俠片早已佔據一個極重要的地位。關德興所主演的「黃飛鴻傳」，連續數十部，幾乎片片都能收得，這實在是一個令人驚奇的事實，也可以見到，粵籍同胞和海外的華僑，對于武俠電影有多大的興趣，至于國語片，由于市場的關係，一直不敢嘗試，雖然早年的「王氏四俠」等片，均有顯著的成功，可是海外市場，情形特殊，國語片的基礎，又不深厚，所以歷年來沒有人敢于嘗試。直到最近，金龍公司拍攝了「呂四娘」，一鳴驚人，在賣座上獲得了極大的成功，這才引起片商們紛紛籌拍「武俠片」的風氣。

武俠電影"十三妹"劇照之一。只見樂蒂微幌嬌軀，平地飛上屋頂。

在「呂四娘」中，有幾場戲，贏回了「蒙太奇」的特殊効果，使「飛簷走壁」等武技，逼真異常，遂挑起了觀衆的興趣，此外，扮演呂四娘的李麗華，以前學過武旦，本身有「武技」根基，打鬥的場面，眞刀眞槍，很是刺激；這也是特色之一。再加上呂四娘這個角式，久已是時下流行的武俠小說中的「有數人物」，無形中拉來很多觀衆，造成盛極一時的情況。

經過「呂四娘」的嘗試，片商知道，佔香港人口大多數的粵籍同胞，對此頗感興趣的事實後，開始籌拍國語武俠片了，聽說邵氏公司已在拍攝「十三妹」，電懋的秦羽小姐，早已爲林黛寫了一個「青萍劍」的故事，聽說已在編劇中。新華公司亦拍攝武俠片，如果這三家香港影業公司，順利完成他們的計劃的話，則今年香港國語武俠片，將有一番熱鬧了。

其實，新華公司在張善琨先生尚未逝世前，久已有一套「武俠片」的計劃，及後張先生的逝世，擱了下來，童月娟女士爲了實現張先生的遺志起見，自然極希望能够拍成該套武俠片。客觀環境的有利條件，更刺激她的興趣，所以積極展開了籌備工作。

新華公司擬拍的武俠片，定名爲「青城十九俠」，唯非還珠樓主以前寫過的「青城十九俠」。內容已完全廻異，因爲還珠樓主的「青城十九俠」，完全是神話性的，基本上雖然一樣表揚俠義精神，內容却嫌荒誕無稽，尤不適合海外環境，而海外讀者，對于帶有神話性的武俠小說，絕不歡迎，電影也是一樣，很少人歡喜看飛刀飛劍的。

「青城十九俠」，顧名思義，可以知道其中有十九名俠義之士，故事部份根據拙著「雲海爭雄記」與「劍底鴛鴦錄」（以上兩書，目前分別在工商晚報與眞報刊載，後亦歸環球出版社印行），主要人物，乃是曾經得過東南亞最佳童星獎的蕭芳芳。

前面已經說過，「呂四娘」的成功，李麗華的演技佔有很大的關係，事實上，叫一個不解「武技」爲何物的演員，去演身手矯建的俠士，不容易討好。因此，武俠片的主角，往往受着客觀條件的限制，而不是任何一人可以易為之的。至少，在拍攝前必須經過一番鍛鍊，當然，鍛鍊之意，並不是真叫演員去學武技；基本上的身段，刀劍的出手，以及縱高竄低的姿勢，一定要像，否則便不逼真。蕭芳芳曾經在海外唯一武旦粉菊花處學過「幼功」，年前在「樂宮」戲院演出「頭二本東方氏」時，以巧快的出手，博得內外行一致的讚揚，爲此，以蕭芳芳來演武俠片，基本上先佔了便宜。何況，她會演戲，「青城十九俠」在角式的安排上，無疑是成功的。

另一部業已開拍的武俠片「十三妹」，選用樂蒂爲主角，也是異常適合的，蓋她出身于一個喜愛平劇的世家，幼年時亦曾學過旦角，同時她本人的外型，又是典型的中國美人式，自屬上佳之選。開鏡前二月，樂蒂更下一番苦功，單日練武技，雙日練騎馬，由此可知道，拍武俠片是多麽的不容易。

目前，因為攝影器械設備的日新月異，在攝製的技巧上，毫無問題的可以達到武俠片最高的需要，較成問題的還是內容本身，由于時代的續往前進，新的武俠片除了在性質上：形式上，與舊的相同外，其內容必須隨時代而進步的；這種情形，正同于目前的武俠小說。新的武俠小說作者，大部份來自「新文藝工作者」。除了對舊的武俠小說有一種了解與認識外，另外更具備新的寫作技巧，以及新的意識和觀念。「舊瓶裝新酒」，保留了一切舊有的觀點，而另外滲入新的東西，唯其如此，所以能夠跟上時代，爲一般人所接收；也唯其如此，在海外的文壇上，另創一風格，發揚光大了中國的俠義精神。

新的武俠電影，也應該走這一條路，必須用新的觀點，新的意識來宣揚中國古有的俠義精神，這一種精神，和日本的「武士道」，歐洲的「騎士精神」，美國的「西部英雄道義」是同一性質而且遠遠超過。近年來，歐美以及日本電影界，有過好多部優秀的電影，介紹了他們的「精神」，如日本的「羅生門」，「販馬英雄傳」；歐美的「新三劍客傳」，「美人如玉劍如虹」，「龍城殲霸戰」等。一般的批評，予以極高的佳作，我國的新武俠片，如能走這一條路，自然也能夠獲得無上的榮譽。

站在武俠小說作者的立場，我個人自然很希望國語片能在這一方面打開一條出路，配合新的武俠小說，宣揚我國舊有的俠義精神。另一方面，則很担心有一天，當武俠片的營業情形，同時盛興時，會發生粗製濫造的傾向，即不啻宣佈武俠片的死刑，因爲，凡是在一窩蜂的情況之下拍成的電影，其內容的貧乏是可以料得到的，這樣便會使觀衆對武俠片起一種反感，從而破壞了武俠片的前途。

所以電影界在嘗試這一條路時，必須時加驚惕，我們極願見到，武俠電影在海外市場大放光彩，因爲它是最具有民族特性的精神。

"十三妹"女主角樂蒂，爲了拍攝這部武俠片，對於國術和騎術曾經下過一番苦功，難怪她有這麽好身手的表演。

俏女俠單棍服羣霸

名伶肖麗湘之妻揚威省港碼頭實錄

自從清朝乾隆年間，少林宗匠至善禪師避禍南遊，駐錫佛山瓊花會館，將武技分授給粵班的武生黃華寶、紅船水手梁二娣兩人，由是遞嬗傳播下來，伶倌中大都精通武藝，其中如花旦馮小青，武生大和、福成，小武倒眼順、新錦諸人都是名重一時的武林人物。

所以，伶倌懂武，原不算什麼一回事，倒是伶人的妻室武藝高強，竟然一介婦人，能夠力挫過百的惡漢，那就不能不令人認爲是件奇蹟了！

大約距今五十年前，粵班中有名旦角「肖麗湘」的，聲、色、藝三者都冠絕當時，尤擅演閨秀和苦情的戲路，無論男女觀衆，都極端欣賞他的劇藝。湘伶當時正掌着省港第一名班「人壽年」的正印花旦，跟名生角「小生聰」拍演對手戲，一齣「夜送寒衣」，不知瘋魔了台下幾許觀衆，一時真個紅得發紫。

湘伶妻子蔡氏，生得端麗賢淑，平時兩口子甚是親愛相得，為了蔡氏獨個兒留在家中太過寂寞，所以湘伶至各地上演，她也出入相隨，親逾鶼鶼。

一次，人壽年班從廣州「拉箱」到香港開演，湘伶是個大老倌，除了私伙衣箱交給班中紅船儎運之外，他夫妻兩口，另乘行走省港航線的日船「播寶」號趕去，抵埗時候，剛交下午兩點多鐘，距離晚間登台的時間尚遠。他們過去每次來港，慣在「陸海通」旅店居住，這一次當然也不會例外，而且，船未泊岸之前，早就想定先到那裡開下房間，沐浴稍憩之後，再作別的行動。

陸海通旅店跟碼頭相去不遠，當下夫妻兩人上了碼頭，就把兩個隨身携帶的皮篋暫放在地上，準備小休片晌，卽便繼續起程步行前去。不料旁邊一個挑伕突然一手就把那兩個皮篋拿過來，聲言代他們托運。

當時地方上的交通秩序管理欠善，碼頭上那一大羣挑伕，良莠不齊，有一部份壞人，就乘着這個弱點，倚仗人多勢大，暗裡還有黑社會的組織包庇，往往於中撥草尋蛇，欺壓良善，覷着一些生得土頭土腦一點的外來人客或老弱婦孺，便幾個人圍攏起來，七手八脚的把囊篋行李搶過了手，假稱代搬運，乘混亂中逸去，簡直成了白晝公然搶掠，萬一對方躡伺得緊，此計不售，到時又平白勒索工錢運費，肆意訛詐，不得不休，這班人總是無惡不作。

肖麗湘身是伶倌，也算得是個江湖子弟，平時跑慣碼頭，見聞已廣，所謂「眼眉毛挑通孔」的人物，什麼道兒不懂多少，這兒一見那挑伕突如其來

，早忖量他不懷好意，趕忙加以喝止，着他先訂明了運費才好動手。那挑伕却滿臉狡笑的說道：「隨便好了！何必那麼瑣屑，難道等歇你先生還會短給我們，要我們這些苦力窮人吃虧嗎？」湘伶堅持原議，那挑伕被廹不過，果然也就開出價錢來，只不過，他開的已經絕不是搬運行李的工錢，只是一種乘機敲詐。

湘伶於是一口將他回絕，要他馬上把行李放回原處，自行携帶，省得多事。那伕力眼見狡計左右也不成，便憤然把皮篋擲回地上，湘伶夫婦接過拿起，就想起行。誰想那挑伕瞧着肖麗湘兩夫婦文縐縐的，便認爲可欺，竟搶上前攔住蔡氏，放起刁來，跟她討運費，硬說這是他們的老規矩，行李一經過手上膊，中途不管你僱用與否，以及走了多少路程，都得一樣照數給足，不容短缺分毫。蔡氏情知他分明藉詞訛詐，置諸不顧，仍然邁步向前；不料那挑伕越弄越兇，覷着蔡氏是個女流，故意做出些下流動作，動手動脚，要把她扯住，不許她走。怎知他那一只手掌還未沾得上蔡氏的衣袂裙裾，便「哎唷」大叫一聲，跌翻地上，當堂面青唇白，額角冒汗，看樣子似是十分痛楚難受。

原來蔡氏爲蔡忠幼女，蔡忠過去在班中充大花面一角，藝名「高佬忠」，他的開山師傅蒙祁采正是粵劇界裡一位老叔父。據說祁采爲黃華寶的再傳嫡系弟子，所以精於「永春派」武術，功候湛深，不但在戲班中首屈一指，就在當時百粵武壇上也很有名氣。蔡忠自幼師事他，頗得其寵愛，除劇藝外，更不惜盡畢生平本領相授，一脉相傳，因此蔡忠的內外武功也相當了得。只惜他格於面貌、身材、嗓子這些天然條件，僅獲充大花面的角色，往後粵劇日漸革新，連這一類角色也日就淘汰，蔡忠覺得長日浮沉，屈屈不得志，索性及早「收山」，專以課徒（劇藝武藝兼教）行醫爲業。晚年再生下這個幼女，愛逾掌珠，自幼便敎她練武，因她聰明勤懇，極肯用功，及笄之年，竟能盡傳蔡忠的本事，一應內外拳棒功夫，十分精嫻，後來將她許配了肖麗湘。

這兒那伕力不知高低，向她妄自動手拾脚，恰巧當時蔡氏左右兩手各挽住一個大皮篋，一時騰不出手來應付，一怒之下，竟施展出「武松脫銬」中的「抛肘」絕技來，直待那人貼近身旁，才運上陰勁，突然飛起一銲向他脇下的「血池」「氣海」穴道頂去。這一套手法，原是當年武松被解行經野豬林地方，解差事前受賄，中途欲加害於他，當時武松披枷戴鎖，無法施展，人急智生，竟利用手肘、臂彎、胳膊膝蓋等關節來拒敵，那兩名解差不特始終無法迫近他身前，倒給武松打傷了身體上好幾處，終於碰上梁山泊的好漢把他救去。過後武松默憶前情，再加以精研，發明了這一套「抛肘飛銲」的絕技，全部三十六點，後人稱它做「武松脫銬」。如今那挑伕正給蔡氏用上其中最厲害的「抛肘」一式頂着，渾身血脉經絡當堂閉厥，倒在地上，呻吟不起。

那兒還有另外好幾個挑伕站在旁邊，他們不消說都是一黨，眼見同黨失利受傷，自然一起撲上前來動手。爲首的一個，雖然瞎了一隻眼睛，倒襯起相貌更覺獰暴可怕，當下這人一劃馬標前來，右手一「冲搥」來一勢「黑虎偷心」，就向蔡氏兜胸撞擊。

蔡氏此時已放下兩個皮篋，教丈夫肖麗湘緊站在她身後四、五尺遠的地方守着，自已却蓄勢以待。一眼瞥見那人揮拳打來，勢疾力沉，忒是兇狠，立刻扭馬偏身，先行卸過急疾的來勢，跟住返手一搭，一下大擒拏手法，恰恰攫住來拳腕脉，同時左手更抓住他臂部順勢輕輕一拖，一式「帶馬歸槽」，便將那人整個送出前邊，一連踉蹌前仆了六、七步才俯跌在地上。

可是，蔡氏剛巧擋過這個「獨眼龍」一陣攻勢，左旁有一個身材特別高大的已直撲過來，催動「連環級搥」，用上「天師蓋印」的招式，雙拳朝蔡氏連頭帶項一齊劈下，勢如瘋狗拚命。說時遲，那時快，但見蔡氏一蹲身子，人矮了小半截，斜斜讓過，「雙弓手」向上一分一抓，一把抓住那人雙腕，突站起來，一勢「游僧背包」，用肩膊向那人胸口一抬一頂，早給她頂得整個飛起，從頭頂翻過，跌出丈外。其餘還有多人，一聲發喊，便大舉上前圍攻，蔡氏藝高胆大，毫無怯容，但見她展開「永春派」的精異武功：閃、展、騰、挪、貼、纏、掛、劈，各法交施，跟那幇人打得落花流水，瞥眼之間，又多六、七人受傷倒地。

詎奈「猛虎不及地頭虫」，那裡正是他們一班挑伕、苦力的地盤，一聲呼援，便越打越人多，轉瞬間已糾集了過百人，紛持扁担、竹杠作武器，上前助戰。蔡氏這兒手無寸鐵，甚是吃虧，一時心裡也有點惶急起來，正在游目四顧，尋取器械，一面相度突圍的門路。恰巧離身不遠，有個艇戶，將一條六、七尺長，粗如兒臂的竹篙插在岸邊，準備繫艇之用。蔡氏一見，正合心頭，覷準包圍人叢中最弱的一方，突然將「亂紅掌」與「水波拳」互用起來，一拳一掌，左右交揮，舞成恍如一陣陣的落花或一重重的巨浪，再瞧不見她的人影。這樣向前一衝，果然各人頓時爲之辟易，蔡氏乘機衝出圍外，步一箭搶上前，一手把竹篙拔起，這時一械在手，胆氣更壯，重又回身接戰。

原來蔡氏在兵器方面，更精於一套「六點半棍法」。所謂「六點半棍」，也是少林絕技之一，其中六點爲攻，半點主守；每一點當中又暗含四節，七四二十八節，全按翼、軫、箕、張、心、房、亢、角、柳、尾、井、斗、牛……等二十八宿的星盤宿度，諸種運行以爲變化，每節再擴爲四招，共計一百二十八點，眞是招裡藏招，式中套式，生生不盡，變化無窮。蔡氏幼得乃父真傳，再復琢磨了十多年，使來更是吞吐自如，得心應手，當下就把竹篙作一根鼠尾棍使用，一連展開「大展黃旗」「怪蟒翻雲」「大洒金錢」幾招棍法，但見一桿長棒，在空中往來滾動，虎虎風生，迎風畫了幾個大圈子，跟住一連串「霹靂卜碌」之聲過後，那班挑伕許多人手中的竹木棍棒，早已給蔡氏掃得脫手飛出。蔡氏因爲惱恨這班人欺愚逼善，平地生風，早已打得動了眞火，這兒更得理不饒人，手中一緊，催動竹篙，點、扎、鞭、割、削、挑，各訣互用，一輪急攻，有如驟雨狂風，打得那批苦力挑伕頭破血流，馬翻人仰。

肖麗湘一套六點半棍法，力挫百餘

上文說過，那班挑伕暗裡還有黑社會的組織，坐館那個頭子綽號「虎頭炳」，也以棍法見譽一時，素日雄踞上、中環海旁和十王殿果菜欄一帶地方，坐地分肥，作惡稱霸。當時正在得雲茶樓喝茶，聞訊連忙回館取了一根鼠尾棍趕來助戰。當下氣冲冲的趕到，一手撥開衆人，冲入圈裡，再不打話，逕跟蔡氏接戰起來。須知武技上如果雙方同屬名手，力量銖兩悉稱的話，一經交手，便測得出對方功力，所以這兒蔡氏跟他兩個，棍甫交柯，旋又滑開，大家都只有凝神蓄勢相待，在場中逐步移動，身形峙立，眼光正對，互相窺伺，像煞貓兒捕鼠一般，誰都不肯放鬆半步。

這樣互相眈眈虎視了好一會，陡聞虎頭炳大喝一聲「看棍！」一招「霸王上弓」，運棍直取蔡氏胸臆，出手迅捷，勢如疾矢，蔡氏固非庸手，馬上解以「披身伏虎」一法，垂棍往外平推，迫開來械，跟住回馬順手發槍，反戳敵人心窩，爲勢亦相當險狠。虎頭炳也能及時解卸。蔡氏見一擊不中，發狠起來，改用「白龍過江」「烏龍擺尾」「烏雲蓋頂」接連幾式，節節搶攻，上打腦門，中點胸膛，下截兩腿，全是重手。好一個虎頭炳，確有兩手，不愧身為坐館，當下也盡展生平所學，使出「橫架金樑」「上步掛劍」等絕招妙着，連消帶打，兩人就此來來往往，轉瞬便拆了二、三十招，仍然難分高下。

只不過，雙方酣鬥多時，蔡氏則越戰越勇，攻、挑、攔、割、彈、吐，每一下都使得棍花如碗，棍挾寒風，忐是眩目驚心。反視虎頭炳則鼻滲汗珠，胸膛起伏不停，顯是呼吸短促，疲態漸露。鬥到中間，虎頭炳有一招乘着蔡氏棍尖迎面點來之際，突卸左馬，縱棍往外一推，封住來勢；這一式棍法，名叫「金鈎挂玉瓶」，除了迫開來棍之外，還可以運棍上打頸項，下撩陰部，爲法至稱狠戾，他滿以爲這一下必能得手。豈知蔡氏剛用的只是虛招，並未打實，等到虎頭炳發招進攻，忽地手中棍一沉，人隨下蹲，半路變招爲「梅花落地」，長棒貼地捲掃敵人雙脛，虎頭炳本能地騰身上避，只惜遲了一步，脛間早已着上，蔡氏用勁又大，肢骨也爲之折裂過來，當堂痛澈心脾，冷汗直標，仆地不起。

那班挑伕，眼見坐館教師也受挫敗，餘下來各人自更無作爲，紛紛逡巡引退，恰在此時，大隊員警已聞訊趕來彈壓，各人一閧而散，湘伶夫婦也挽回皮篋自去。當時有認得湘伶的，便把這事傳播開來，一時茶樓酒館，資爲談佐，蔡氏能武之名，由此不脛而走。至於那些碼頭伕力，經過這次的挫折，往後也爲之斂跡許多了。

（完）

鐵掌雄風

文　風　蹄
圖　青　偉

第一回：露頭角林玉拜名師

前清末年，廣東武風盛極一時，尤其在少林子弟胡惠乾打機房一役之後，一般人給這壯烈事蹟的鼓勵，都開始崇拜武術，訪尋名師，不因清廷之嫉視而裹足，因此武術名手人材輩出。當時最得人崇拜的拳師，前後共有十位，他們每個人都擅長一種絕技。這十個名拳師是：鐵橋三、王隱林、黃林開、黃澄可、黃麒英（黃飛鴻的父親）、鐵指陳、譚濟筠、蘇乞兒、周泰，其中又以鐵橋三是十虎中坐第一把交椅的人。因他是少林派洪熙官的嫡傳，本身姓梁，單名一個坤字，原籍番禺：約生於道光年間，歷咸豐、同治、至光緒中葉才去世，鐵橋三自七八歲時起，便隨洪熙官（一說是洪的兒子洪文定）習南宗少林拳，苦練外功，得洪家武技的精華。最成功的是一手鐵線拳，硬橋硬馬；他的橋手（即臂肱以下）堅如鋼鐵，運拳擊石，立即粉碎，武術中人都稱他鐵橋三（因排行第三），反把本來姓名隱沒了。

當時廣東十虎，對鐵橋三都尊稱前輩，因他的年紀較長，而且老成練達，受武術中人擁戴，十虎裡的鐵指陳，曾有一個時期走過江湖，到處賣技，他表演的多是挺掌琢磚。往日舊城牆的磚塊，一片有尺來長，五六寸厚，經他併指削下，能隨意削成各種形狀；有時興到，也偶然表演「抓蠔牆」的絕技。三角洲一帶，地下產生蠔殼，許多大厦用蠔殼築砌圍牆，拿石灰嵌進蠔殼，比現代的三合土還要堅硬。鐵指陳運指一抓，便從牆裡拑出一個蠔殼來，觀衆莫不震驚他的驚人指力。

黃飛鴻是黃麒英的兒子，從小跟隨父親走江湖賣技，但他的師傅，却是鐵橋三的得意弟子林福成，所以黃飛鴻也傳得洪家的虎鶴雙形拳和無影脚，叫鐵橋三作師公。鐵橋三門下得意弟子，武力出色的計有林福成、孖指添、李聰、蔡贊等，其餘學了

武藝的還多，可是大都隱居商場，不露頭角。

如今說的是光緒初年，廣東附城一條鄉渡，正在三山河面駛着之際，突然一聲鑼响，兩岸駛出七八條長龍艇，飛掉而來。長龍艇是尖底的小船，船身狹窄像龍舟，十人分在兩邊掉槳，在河面來往如飛。那時候，渡船還沒有小汽船拖帶，船尾裝了鄉間水車一般的舵槳，用十多個壯夫踏着，推動舵槳前進的，遇到順風時也借助風帆之力，所以走的十分遲緩。

當下渡船上的人已知遇到了賊刼，一陣號哭喊叫，船上護勇响了幾聲土槍，但那裡會有效，長龍艇上的盜衆早已兩邊扒上船來，幾個持刀的小頭目把守着艙口，喝令搭客退到船尾去。他們大掠了一番，然後捉出搭客逐個端詳，看到了皮膚白皙，手足沒有生繭的人，便選了其中衣裳穿得光鮮的作了肉票。這批不幸者當中，有一個十歲左右的小童，生得眉清目秀，白淨面皮，他是林頭村裡的人，名叫林玉，父親早死，家裡貧窮，讀了兩三年書，母親也染時疫死了。他沒法把書再念下去，這次隨族人到省城當學徒，不料因為面貌生得俏，也圈入了盜匪擄贖的目標。

那時鐵橋三的弟子「孖指添」，剛在廣州河南一家輾米磨坊裡當買賣手。買賣手的職責，每月總有幾次到附城各鄉收購穀粒。一天淸晨，他在一艘渡河的小船上，看到水面上浮着一個人，抱着一條木，載浮載沉地隨着潮水流過來，看淸楚時却是個小童，孖指添一時動了救人之念，立刻着船家掉前去，拿竹篙把浮在水面的人鈎着，然後拉到船面來，看這小童還有氣息。

經過孖指添和船家的施救，那小童不久便醒過來，自稱姓林名玉，剛從匪巢裡逃出，在河岸找到一根枯木，已在水裡飄流了半晚。孖指添看這裡還是郊外僻處，怕有歹徒的耳目，當下也不便多問，把阿玉帶到河南近郊漱珠崗，找一間茶寮歇下，讓阿玉飽吃一頓，又給他把衣服弄乾，才細問他的鄉貫姓名。阿玉精神回復，便把身世說了一遍，又謝過孖指添救護，稱他作阿伯，孖指添本來姓鍾，見阿玉生得不俗，而且口齒伶俐，聽說在鄉間已是個孤兒。問道：「好孩子，你叫我作添叔罷，看你小小年紀，却有這樣胆識，不願隨着强盜同流合汚，將來定有一番作爲的，如今我把你送回去林頭村好嗎？」阿玉眼睛裡忽然吊下淚來，凄然道：「添叔，你若把我送回鄉裡去，莫說沒人照料我，而且林頭村裡也有不少壞人，形同强盜，那時我的性命還是不保的呢。」

孖指添覺得這孩子很可憐，一時動了仗義的心情，撫着阿玉的頭道：「這樣，你願意跟我學些買賣嗎？」阿玉喜得眉飛色舞，孖指添把他帶回那輾米的磨房，說林玉是他的世姪，就着他暫時在磨房裡暫充一名小厮。

輾穀的磨房廣東人叫作「米機」或「米絞」，香港米行中人稱作「磨口」。說也奇怪，林玉在米機裡從沒把自已從匪巢裡逃出的事告訴別人，但磨房裡的人叫他「靚仔玉」，「靚仔」二字是廣東俗語，即「小白臉」的意思。他在米機裡，閒時要幫手搖動脫殼機，阿玉幹的比大人還快，每天總要把手臂推動幾萬次，漸漸練成了臂力，也不自知。過了些時，靚仔玉弄破了廚房裡許多碗碟，店伴吃飯時，所用的烏梅木筷子，常常在夾菜時一動便斷。但他洗滌的箸子，却非常潔淨，沒有一點油膩沾上，廚子添置得碗箸多，便告訴孖指添，意思是想他暗中告誡阿玉，在浣洗時候小心一點。孖指添是有武技的人，細看箸子外面完好，但執上手時很容易折斷，那些烏梅木本來堅實不過的，那裡會一拿上手便折斷了呢？

他想了一會，暗中留心阿玉怎樣洗滌碗箸。他看見阿玉蹲在河邊，把幾十雙箸子浸到水裡，雙手抓着來回搓了一頓，箸子互相磨擦得惻惻發聲。等到箸子滌淨了，阿玉拿着抹布把碗碟一個個擦乾，就在這時，那些豆青粗的碗子，瀝一聲又碎了兩個，孖指添心裡明白了幾分，也不想責靚仔玉，不過他還有點思疑。過兩天買了幾十雙新的筷子回來，把一半交給阿玉，着他拿到河裡洗淨了才用。吃飯時孖指添隨手拿了幾根，輕輕在桌上一敲，立即折斷；他又把未洗過的拿出來，照樣地敲一下，筷子動也不動。他暗暗地吃驚：「這孩子幾時練得這指力的？」他須要一試阿玉的指力。

原來阿玉自從來到輾米店工作，天天在磨房裡攪動脫殼機，手橋練慣了，無形中已增加了他的掌力，兼且他每天早晚洗滌碗筷時，拿竹筷出力地搓，搓時又是雙掌合着來回磨擦，不知這正是練軟硬功的初步功夫，叫「合盤掌法」。合盤和拳法裡的「搓切手」有點相同，初時用竹筷三四十根，用力搓擦，一兩年後，漸改過用鐵筷練習，到了相當時日，指力已藏着暗勁，遇到堅硬的東西時也可以一搓便碎了。

孖指添立心要試阿玉的臂力，那天他帶着一枚胡桃（核桃）回到磨房裡，見了靚仔玉，驟然拉着他的手一握，像今天朋友見面時握手一般。暗中用了些力，看他有何反應。阿玉並不像別的小孩航喊痛。只見他順手一捽，竟然把孖指添的手甩開，錯愕地瞪着。孖指添便道：「阿玉，你不要驚，我是試一下你的手力，店裡的人說你時常弄破了碗碟，怕你自已也不知道是什麼原因吧。」阿玉還是詫異地問道：「添叔，我有什麼手力呢？那些碗碟却是它自已破裂的，不是我不小心打碎的。」孖指添道：「我知道，不是你有心弄破的，一會我再向你解釋明白。」他把那一枚胡桃拿出，叫阿玉用掌握着，說道：「你用力緊握，看看胡桃能否碎裂。」阿玉果然出力抓着，那胡桃依然完好。孖指添知他不會使力，輕輕把他的小拳一抓，在他的手指上一按道：「你要把拇指頭用力壓下去，胡桃才會碎的。」說聲未畢，阿玉手裡的胡桃已瀝的一聲裂開。他還訝道：「我怎麼能够抓破胡桃呢？」孖指添解釋道：「這樣你明白了，碗箸經過你的手裡，便會破裂，你有天生練武的根底，資質比別人高，加以你幹什麼東西都肯賣力，所以指力又比別人强，那些碗箸經你的手指揑過，已有點裂痕，一經用力便立即破損，便是這原因了。」

阿玉從這時起便跟孖指添習武，磨房裡本來有一些人跟着學技的，孖指添除了教他們練洪門初步習馬出拳的功夫外，還特別給阿玉一些練掌功的方法。洪門的習馬初步，必是「踏中宮」。單這一項基本步法，就要練三個月，所謂「踏中宮」，乃是少林子弟必經的練習階段，寓意反淸復明，動作時先退三步，正身拱立，右手握拳，左手附掌，初時拳掌向內，漸漸向外。這個開拳步法雖是簡單，但內含五形，變式特快，退可守，進可攻，它的用意：退三步是人行虎步（老虎入洞時的姿勢），大丈夫能進能退，暫時忍辱負重的意思。進三步是到了時機，起來埕走胡虜，還我山河，那開拳姿勢，更是少林子弟交手時的作式，也是起碼的基本功夫，且不必細表。

如今說的是靚仔玉童年怎樣練掌功，孖指添從鐵橋三學來的是少林練功裡的軟硬功，他知道阿玉長於腕力，因此選了幾種方式，不假外求的。一種是「紅砂手」，本來是用沙盤，裝滿了細砂，天天用雙掌磨擦，按着練功的步驟練好指力的，孖指添覺得磨房裡隨處放着穀粒，便教阿玉把穀粒來練習，每天抓着穀粒合掌搓擦。阿玉因有了根底，穀粒在掌裡捽了幾下便脫殼了，不到一月，穀粒再不適他練習了，孖指添教他初練「龍爪功」。這種練習初步，只是在米籮上面運指抓進米粒裡。又經過兩月，孖指添在店後坭土上豎了一些小木樁，教阿玉拔出，最初只能搖動，漸漸可以拔出一些，等到指力可以一拔便起時，那木樁又由植在地面一寸改爲二寸，力量便要增加。

這樣又習了半年，「拔山功」完成，進一步練「排水功」。這一種練功並不是真的在水裡練習的，道具是兩排茶桿竹，這是人家用來晒晾衣服的竹竿，韌性很大，兩排竹竿上下連着鐵線，密密地並排着，練習的人把隻掌合着插進，用力向左右一分，用能撥得多遠。如果每邊二十根一排，能够用掌一撥便張開，而每根竹竿都屈曲了，臂上已有五百斤之力。

瞬已兩年，孖指添辭了米機的買賣手，受聘到香港一家機器廠當工目，他覺得阿玉的功夫已有了根底，雖然體質較弱，但臂力已不是普通習武的人能够抵禦了，若果中途停輟，實在可惜。他想起了鐵橋三正在白雲山上能仁寺，這天他帶了靚仔玉上山，拜見了鐵橋三，說出自己要到香港去，特來辭行，同時把來意道達，着阿玉上前叩見師公。事有湊巧，那天鐵指陳也到了能仁寺，見孖指添竟然收了門徒，便道：「添哥，原來你已收了門徒，我應向你道喜。」鐵指陳雖然和鐵橋三是武林朋友，但年紀比孖指添大不上幾歲，往日拳師收門徒是一件大事，許多還要設酒請朋友吃的。鐵橋三也道：「阿添，我只聽過你收了一個英俊漂亮的門徒，如今才知道就是這孩子，果然生得不錯呢？今年怕有十六歲罷？」孖指添忙應道：「師傅，弟子不是有心收徒兒的，只是一個偶然的機會便了。」當下把怎樣救了阿玉和後來發覺他的指力過人，爲着作育武術人材着想，所以用心敎他，現在自己要離開省城了，想阿玉到來跟隨師父深造下去，這樣細細對鐵橋三說了一番。

鐵指陳在旁聽得頗感興趣，又見孖指添說這小孩子已練過了幾種軟硬功，他想起自己也是練這一門的，便要試阿玉一下，看看桌上有一具香爐，約有五六斤重，底下三隻爐脚，僅一寸高。於是着阿玉用食指和中指拑着，放平了手臂舉起來。這一動作叫四兩博千斤，不要看那銅香爐不過幾斤重，但要平放變臂伸出兩指拑起，實在並不輕易。靚仔玉站了馬步，手臂一伸，已把氣力運在臂上，跟着施出兩指夾着香爐脚，移了一移，然後放平手臂舉起，離開桌上。鐵橋三在旁，出手一揑阿玉的手橋，按了一按，阿玉連忙把香爐放下，面色通紅，稍見氣喘。

鐵指陳嘖嘖稱讚，說道：「這小孩子可以造就呢，三哥，你老人家就接手栽培下去罷。」鐵橋三搖首道：「我正有話要和你說，想我這幾年來，東奔西跑，許多人要來拜門的，我都推辭了，如果我答應了阿添，會受到別人怪責，老弟剛才正說你担箱小童走了，不若着阿玉跟你出門，練一下見識，閒時你可以敎他循序把掌功練下去呢。」鐵指陳心裡暗暗歡喜，但不便就此答允，仍推辭一番，孖指添聽得他師父這樣說，立刻叫阿玉上前叩頭，要他叫鐵指陳作師叔公。鐵指陳喜得笑逐顏開，把阿玉拉起來站在身邊。

靚仔玉飛身上前，一脚踢開他手裏的槍，伸手便向他頸項抓下。

鐵橋三在旁道：「老弟，阿玉無疑掌力有些造就，但我適才看過他橋手，還未够功夫。怕將來出手時不够快、不够勁，老弟回去敎他練上一年沙包，然後再給他「仙人掌」和「觀音掌」的兩種練功，這樣不上五年，他便可在江湖上混點飯吃了，也不致說我們敎出來的小孩子，吃不上江湖風浪呢。」原來那時靚仔玉的功夫，實在還很膚淺，要和外間武館中人較量，自然談不上。鐵橋三也是看到阿玉體質平常，身材細小，恐敎他練拳脚功夫，將來不會成材，所以想鐵指陳把本事敎給他，來日長成，也可以在江湖上賣技糊口。

作書人對靚仔玉的出身，不想多費篇幅，因他後來的事蹟還多，學技期中，沒有什麼可紀的事。鐵指陳當日是在西江一帶走江湖賣技的，他帶着靚仔玉，有暇便敎他練功，幾年間沒有停輟，阿玉的武技漸漸到了升堂入室，同時也獲得許多見識，年紀雖然上了十九歲，可是生得身材細小，面目白凈，不像是個懂得武技的人。

世事就像白雲蒼狗，變幻無窮，第二年，鐵指陳因替朋友出頭，在省城「旗下街」（旗人住的街道）鬧出人命案子，星夜逃遁，連靚仔玉也來不及通知了。那時靚仔玉住在大北直街的三聖廟裡，知道之後，徬徨失措，跑上白雲山謁見鐵橋三，那知梁坤（鐵橋三）也去了別處。他不敢再回去三聖廟，在外流浪了半月，還不見鐵橋三回來，身邊的錢也用光了，想起了矜指添往日帶他住了幾年的輾米店，那裡的人總會對他認識，於是跑到河南那間輾米店，想找往日相熟的同伴，那知事隔七八年，店件大部是新人，只有三幾個舊日的工人在處，還幸靚仔玉的面貌沒有多大改變，大家見了他，殷殷話舊。住了兩天，那店的司理知道他是鐵指陳的夥件，怕官司惹到身上來，這天送給靚仔玉二兩銀子，把他打發離開，店裡的舊件也覺愛莫能助。他懷着二兩銀子，正不知投奔那裡是好，走過小港橋，聽到有人喊他，回頭一望，只見幾個江湖賣技的人，挑着旗幟行頭，行前的正是武師梁祺。這個梁祺綽號「黑面祺」，是鐵橋三的同鄉族人，因爲也是走西江一路賣技的，出售少林跌打丸，所以不時在各地和靚仔玉碰上。黑面祺見鐵指陳是個有名拳師，而且和鐵橋三相好，特別拉上交情，每逢同抵一地，設檔完畢，閒着便帶靚仔玉出外喝茶，友情也頗親密。這天黑面祺剛在河南設檔回來，見了靚仔玉踽踽獨行，因此喊他一聲。靚仔玉在舉目無親，前路茫茫的時候，好像他鄉遇故知，忙上前叫聲：「祺叔是你嗎？」眼淚不覺吊下來。黑面祺驚問原由，靚仔玉告訴了一遍，哭喪着臉道：「我今時不知往那裡是好。」黑面祺是個走慣江湖的人，認爲靚仔玉可以利用。便道：「阿玉，你何用憂愁，我們走江湖的最重義氣，今後你隨着我一起，有飯大家吃，你師父的官司，不會牽連到你身上來的。」這晚把靚仔玉帶到一家下乘客寓裡，靚仔玉感他收留，願意替他効力。從此靚仔玉便跟着黑面祺在江湖裡闖了。那時候，正值前清光緒二十六年（一九〇〇年）八國聯軍攻入北京的前後，中國各地充滿着黑暗、腐敗、和悲哀；生命財產沒有絲毫的保障，百姓過的是動盪不安、風雨飄搖的日子。

廣州附城的某處鄉村，本來是三角洲出名穀米集散地，可是那時珠江流域，隨處是盜匪出沒的地方，因此村裡一些殷富都遷到城裡居住，如今這鄉村中雖然也是熙來攘往，惟不時仍有刼掠之事發生，村外來往孔道，一般不法之徒，居然在此大開烟賭，正當商人，碰了面便搖頭歎息，時常憂慮到總會有一天給盜賊們侵害到自己身上。

一天，村外的一間茶寮，是築在荷池之上，篷窗竹椅，別有一番景緻。過午之後，寮裡茶客已是寥寥可數，比往常太平時座客常滿的情形不同了。臨荷池一面，一個穿了黑短衣的漢子憑窗踞坐，這人年約廿七八，身材瘦小，白凈面皮，是個俊俏男兒，只可惜一雙眉毛太粗，和他秋水傳神的眼睛有點不稱，此外便是顴骨高聳一點，單看他的外貌，不似是個鄉間勞苦的人，但他的衣着舉動却像個當日出來閒蕩的漢子，一雙袖管摺得高高地，沒有扣上鈕子，露出白色襯衣，腰間束了手掌兒濶的黑縐紗帶，愈顯得他不是個老實的商人。他把一條腿踏在板櫈上，支持着身子，面對茶寮外看得出神。

這時來了一陣脚步聲响，門外進來兩個高大漢子，面目兇狠，一望便知不是善男信女，其中一個額上留着一道疤痕，像給利器削過似的，其餘的長了一臉短鬚，似多時沒有修剃過的。他們進來把眼四望，看見那黑衣漢子獨個兒坐着，立刻呼道：「玉哥，我們找了半天，幾處賭棚都去過了，想不到你躲在這兒喝茶。」說了一起坐下來。黑衣漢子沒精打彩的應道：「你兩位找我幹什麼？這兩天來我的手氣不佳，如今正躲在這裡想法兒翻本呢。」那兩人笑道：「玉哥，你的辦法却多呢，二根和老木兩處賭棚，不是你來撐腰子的嗎，你要錢用時，只要開聲便行了。」漢子苦笑道：「你們說得這樣容易，那兩處地方，都已借下了不少錢，怎好還去開口呢。」

那兩人互看了一眼，其中一個有疤痕的湊近黑衣漢子面前低聲道：「玉哥，我們今次來找你，是『貴人初』老總叫來的……」還沒有說完，漢子瞪着眼道：「不要說了！我明白你們的意思，就算初哥自己來，今天我也沒法還他賭賬的。」他豎在板櫈上的一條腿也放下來，面上微有怒色。兩個大漢見他發怒，忙道：「玉哥不要動氣，我們不是『貴人初』叫來向你催賭賬的，而是有一宗買賣要和你合作呢。」漢子聽了，不耐煩地答道：「什麼？我靚仔玉雖然不是循規蹈矩的人，但要我和你們一起去打家刼舍，我怎樣也不會奉陪的。」

那兩人立刻陪笑道：「玉哥，你且聽我們說下去，才回絕未遲。你當日欠老總的一百兩銀子，是你親筆立回欠單，明天不還，便要把榕樹頭那一處賭棚讓出，但你却收了二根一筆銀子，把賭棚賣斷了，明天除非你還給老總一百兩銀子，否則你那能把賭棚交出來呢，難道你不要信用了嗎？」

那自稱靚仔玉的漢子一時默默無言，那時候，綠林裡雖是黑吃黑的世界，但也講一點信義，比方鄉間的賭館押店，向匪徒繳納過「保護費」之後，他們眞的不會再來騷擾。靚仔玉在賭館裡欠下劇盜『貴人初』一筆欵子，說過把自已的一家賭棚抵押，後來他輸光了，又拿賭棚賣給別人，想起來自已道理有點不通。當下兩個漢子又低聲說道：「你不要爲難，我們老總知道你近來手氣不佳，所以想替你設法，也不要你隨我們幹什麼買賣，只要你給他幹一件工作，那麼，你那筆賬便算作罷，還有點好處孝敬你呢？」

靚仔玉問道：「我不明白你二人說什麼，打開天窗說亮話，我看過幹得的便幹，不要再在處吞吞吐吐了。」兩人回顧寮裡已沒有人，把嗓音放低唧唧喁喁的說了一番話，靚仔玉定着眼兒細聽，搖頭道：「這樣我也是不能幹的，雖然不要我露面，也算和你們一起行動了。」兩人強笑道：「你眞想不開的，試問我們不說，又有誰知道呢。玉哥，你想想，如果你清還了老總那一筆賭賬，以後你就無須再去幹了，就算幫忙我們一次，又有什麼影响的。」靚仔玉始終沒有切實答應，那兩人還是百般奉承，且帶着央求的語氣。最後，靚仔玉只得答道：「如果我明天沒法籌得現欵還給貴人初，再行商量好了。」

這一晚，靚仔玉跑到幾處朋友借欵，有些避不見面，有些回絕了他，最後他在一家米店裡，那掌櫃的給了他十兩銀子，說道：「阿玉，你是好好的一個有爲的人，怎麼離開了鐵指陳，便和這處的無賴混在一起呢？你沉迷在賭博裡，連賣武的『行頭』也輸去了，這樣你怎對得起你的師父和鐵指陳！如果我不是念着交情，也不會三番四次的借錢給你，如今這十兩銀子，你就拿去贖回『行頭』，若果你是騙我的，以後也休要再來相見了！」他應了一聲，匆匆出門。一路想這十兩銀子，連贖回『行頭』也不够，若果離開這裡，貴人初定把二根的賭棚奪去，自己便落得個不好的名聲。他一面想，已望見村外的賭棚，燈光照耀，不經不覺又踏了進去。棚裡的人正在呼盧喝雉，見了便道：「玉哥，你來得眞巧，莊家正在派錢呢。」過了半個時辰，他的口袋裡已空着走出來，迷惘地向前走去，只覺面前是一片的黑暗。

這是一個星月無光的黑夜，在另一條大的村莊上，一家築了圍牆的巨厦，有幾條人影扳過了牆頭，落在一間院子裡。一個瘦小的人剛一躍下，黑暗裡飛出一團黑影來，吠出一聲，直撲他們咽喉，張口便噬。那人很快向側一閃，一手抓着那巨犬的頭向下一按，這一頭猛獸就在地上四足一伸一扒，喉裡像塞了東西一般，咯的一响便咽了氣。原來這巨犬頸上已五指深陷，直貫進頸喉裡，鮮血流了一地。那黑影在草地上揩去手裡的血污，和進來的同伴一起伏下，靜聽一會，屋裡已沒有人聲，也沒有亮出火光，才蛇行來到屋旁。這間大厦牆脚全是石塊砌叠，大門緊緊關上，二層樓上才有窗子，窗框是幾根水喉般粗的鐵枝隔着，防備算得十分嚴密。這時進來的黑影共是四條，有兩人站到窗下，叠着羅漢，讓那瘦小的漢子攀椽身近窗口，只見他雙臂抓着窗框，那兩根鐵枝漸漸向左右彎曲，中間距離已擴大了一倍。他又換過了一個姿勢，左手頂着一根，右手抓着另一根拉到身旁，像是開弓一樣的動作，一霎間，他右手抓着的一根彎的更曲，整根成了半圓形，已够一個人身穿進去了。看看弄妥，回身落到地下，接着便見那面上有刀痕的漢子，口裡咬着一張匕首，從鐵枝的缺口爬進樓裡。

這些人當中，出現一個頭裹黑巾的人，指揮着一人在外把風，然後從腰間拔出一根手槍，也爬進窗口去了。把風的人見留下瘦小的漢子沒有進去，便低聲問道：「玉哥，你怎麼不跟隨老三進去呢？」漢子搖首道：「我答應弄開了鐵枝便算，如今我要走呢。」那人露出詫異之色道：「你眞傻氣，現在得手了，你看，老三亮了火光，他已把屋裡的人制服了，你也看看他們有什麼得到手，不要給抹煞了你的一份兒呢。」漢子又搖首道：「我說過不要你們分賍的，我還是走的好。」他正想舉步，樓上便傳來女子的悽厲叫聲，跟着便再沒見聲响。把風的匪徒自言自語的道：「老三又怕是生鹺貓入了眼，屋裡躺着個美麗的娘兒未定呢。」

靚仔玉耳裡像是嗡的一聲，全身血脈賁張，耳邊又似聽到掌櫃的胡老伯道：「你好好的一個有爲的人，怎麼離開了鐵指陳，便幹起盜匪的勾當來了。」他像一個從夢裡驚醒的人，一躍爬到窗口，躍身進屋，那裡是樓上的一間廳子，燈光從室裡的玻璃門射出，內面透出有人糾纏的聲音，又聽到一個女子似是給人抓着了頸喉，喘息在處掙扎。靚仔玉一脚踢開室門，看到榻上一個年輕女子正給老三按着，拿枕子塞着她的口，衣服正給扯破了，老三正在壓着她有所動作。靚仔玉撲上前去，牽着老三的肩頭向後一摔，把他直跌出門外去，跟着想把女子攙起。

那女子忽地瞪眼望到面前，驚呼一聲，靚仔玉知道有人在後暗算，向側一閃，耳畔聽到砰的一响，原來是老三在門外拔出槍來對靚仔玉施放，幸那女子瞪眼叫出，才給他避過了。靚仔玉轉身，沒待老三再射出第二彈來，已箭一般的飛身上前，一脚踢開他手裡的槍，伸手向他頸項一抓。誰想一時發力，一抓便把五指貫進老三的喉頭，立刻咽氣。

那額上一道刀痕的匪徒叫「鬍鬚全」，是老三的左右手，聽見槍聲趕來，看見靚仔玉握殺了自己的頭目，抓起地下的槍，剛要發射，靚仔玉又是一個轉身，一手攫去，這一下抓着了「鬍鬚全」的臂膀，臂骨當堂折碎。喊了一聲，連槍也跌下來了。

外面把風的匪徒，知道失風，一窩蜂的逃走了。靚仔玉把鬍鬚全綁起。鬍鬚全罵道：「靚仔玉，你這樣反骨，究竟有幾多條命呢，貴人初知道時，定來找你算賬的。」靚仔玉一脚把他踢在一旁，走過隣室，已是翻得衣箱凌亂，保險箱也打開了，散滿地上的都是金圓銀子。最後尋到一間房子，才見屋裡的人都禁在一起，口裡塞上棉絮，屋主是一對中年夫婦，看見靚仔玉進來，大家驚得面如土色。

門外人影一閃，剛才的女子穿回了衣服進來，見靚仔玉正給各人鬆縛，說道：「爸爸媽媽不要驚，這位好漢是來救我們一家的。」她也幫着解開各人手上的繩子，樓下兩個僕人，這時才掌燈上來察看。

這一戶人家，是村裡的殷富，主人叫陳萬青，在省城設了一家綢緞店，交他的兒子打理。他却在本處鎭上分設一家支店，每月店裡銀両，有一部帶回家裡放存，那知給劇盜「貴人初」垂涎了，要向他下手，但經過踏勘之後，知道陳萬青家裡防備得十分嚴密，窗戶俱加上鐵枝，如果明火持械刼取，屋裡的人定會鳴鑼告警，因此便要設法誘使靚仔玉加入行動，利用他的臂力把窗戶的鐵枝弄開。却估不到靚仔玉看見他們刼財刼色，一時怒火塡胸，反把貴人初的先鋒爛頸老三打倒，（下轉第五十四頁）

國技揚威錄

胡就勝大破飛斧黨

伯樂文
丁岡圖

在日本人發動南進之前，印尼這一個國家還是荷蘭人的屬地，稱爲荷屬東印度。荷蘭人是用砲艦打下這塊土地的，荷蘭人的血曾經染過這塊土地，——當然死得更多的是印尼人，是以荷蘭人獲得統治權之後，便把它當爲純粹荷蘭人的殖民地，不讓別人染指。甚至於久居印尼的華僑，也被他們無理迫害。他們嗾使土人出頭毀辱僑胞，荷蘭人則在幕後指揮着，由來已非止一日了。

泗水華僑莊家培，清晨出門，打算回他經營那家商號培德昌去，才出到大門，一柄利斧，不知從什麼地方飛來，「擦」的一聲，在莊家培的耳邊飛過，直插到門上，陷入那扇大門深有數吋。莊家培大驚，馬上返身入屋，教家人從後門出去報警。不久，有個荷蘭警官，帶了七八個印尼警察到來，循例查詢一番，把門上的斧頭拔去存案，並對莊家培說道：「你不要怕，我們自會保護你的。」

莊家培趁警察收隊的時候，跟隨了出來，培德昌離他家不遠，一會兒已經到達。他正想把這一幕驚險鏡頭，告訴店裡的人時，誰知店中也出現一件更可怕的事，年老的賬房陳乙，就在他遇險的同時，被人闖進店來，用利斧殺死。那柄利斧，就和插在他門上那柄，一個樣子。夥伴循例報了警，警察又循例到來驗了屍，把兇器斧頭帶回警署存案。

中午，一家華僑餐店，被四個印尼人湧進去，用利斧殺死了收銀員，刼去抽屜裡的三百盾荷幣。匪黨揚長而去，晚上，一個姓張的華僑又被人用利斧劈死路上，一天之內，連續發生了四宗兇殺案，死了三人，只有莊家培僥倖逃出性命。

第二天，泗水所有華僑店號的門前，都貼着警告，上面除了一些恫嚇詞句之外，還繪寫一柄利斧，並有一大塊紅墨水，化表血漬。華僑領袖們見了

大驚，立卽舉行集會，商議應付之策，一面組織自衛隊，一面向警察方面交涉，要求保護。不料警察方面，表示無能爲力，反勸華僑回國，免給警察以麻煩，又不肯發給自衛槍照，理由是印尼人只用利斧作武器，沒有需用槍械對付的理由。僑胞們明知警察與土人一鼻孔出氣，目的無非不讓中國人在泗水立足，雖然憤怒，但亦無如之何。惟有在華僑中選拔精於武功的人，組織起來，實行以武力對付。

廣州帮中有一個店員，姓胡名就勝，見此情形便挺身而出，担任自衛隊隊長。胡就勝是白鶴派著名拳師王隱林的首徒，年已五十多歲了。外貌相當瘦弱，一向也不以拳勇自炫，他在莊家培的培字號商店服務，日前奉命到山巴去收購土產山貨，最近才回到泗水來。莊家培知道他拳術精妙，馬上請他出任自衛隊長，他也慨然答應了。其餘潮州帮福建帮也各選了些年青力壯的夥計，各人身懷鐵尺匕首，準備與他作戰。

他們的首領蘇阿瑟，體重二百十三磅，身長六呎，兩臂足有千斤氣力，曾在荷蘭人的船行做過起卸工人，一個人能托起三包大米，由棧房走到船上五百碼的距離，副首領昆爺丁也是個壯漢，身軀結實矯捷，出身獵戶，曾經徒手擊斃三百斤的野豹，弓箭更精，其他團員約有五十人，全是苦力。他們中了荷蘭人的宣傳，以爲中國人在泗水攫奪了他們的利益，是以含恨在心，決計把華僑驅逐出去。他們有警察在幕後支持，更加橫行無忌了。

華僑自衛團成立後，曾經好幾次粉碎了他們的侵襲，他們中有些人，並且被胡就勝打個半死，綑了起來，送到警署去。他們的首領蘇阿瑟，勃然大怒，誓要殺死胡就勝，以爲報復。

這是三月下旬一個晚上，南方氣候終年炎熱，胡就勝在培德昌門前，脫了上衣，赤裸着身體乘涼，露出一身骨頭。就在這時候，蘇阿瑟帶了副首領昆爺丁兩人，來到培德昌，要找胡就勝較量。他們看見胡就勝，却不認得，便上前問道：「我們要找胡就勝，快叫他出來。」

胡就勝機警，一看兩人，已知到來意不善，細看他們身上，却沒有懷着利器，估量自已也不怕他，當下便站立起來，夷然而認是胡就勝，並問他們找他幹什麽？

「你這瘦皮猴就是胡就勝麽？」昆爺丁大笑起來，「不要冒充了，冒充他沒有好處，我們正要拗折他的頸。」

胡就勝冷笑道：「你不怕死，就試試看，我行不更名，坐不改姓，就是胡就勝。」

昆爺丁向蘇阿瑟望了一眼，蘇阿瑟道：「不管他是與不是，打了他再說。」昆爺丁聽說，只應了一聲「是」，已經縱步向胡就勝撲來，張開兩手，向他的頸部叉去。

胡就勝喝聲「來得好」，一個「白鶴掠翅」，合起雙掌向上一挿，倏地向左右一分，已把昆爺丁的雙手格開，跟着一個進馬，左膝朝昆爺丁的小腹一頂，疾如閃電，昆爺丁大驚，急向後退，胡就勝趁勢將左脚一撐，這一脚已打在昆爺丁的右邊脅骨上，訇然一聲，向後直跌出去，倒在地上。

昆爺丁也眞矯捷，只見他就地一滾，「鷂子翻身」，乘翻過來的餘勢，向胡就勝直竄過去，一手護胸，一手伸起雙指，便來挖胡就勝的眼。胡就勝見他身段靈敏，不敢輕敵，急把身體一伏，「霸王扛鼎」便來抱昆爺丁的腿，他這一招，疾如閃電，敎昆爺丁沒法躲避，兩腿早給胡就勝抱着，只聽得一聲响亮，昆爺丁已給胡就勝直摔出去，這次可跌得重了，爬在地上喘氣，半晌起不來。

蘇阿瑟大怒，恃着自已學過日本柔術，便邁步上前，要貼胡就勝的身，胡就勝側身閃過，却橫伸出右臂來，試試對方的力量。蘇阿瑟把手一搭，便搭在胡就勝的臂上，五指一發力，想要把對方揑痛，誰知竟如揑在鐵板上，反使自已指骨生痛。

蘇阿瑟知道遇了強敵，剛才輕視胡就勝的心，完全沒有了，小心謹愼，向前跨了一步，疾忙把身體一扭，背向胡就勝，同時，把胡就勝的臂，拉到自已肩背上，用力把胡就勝向前拉，背部一拱，想要把胡就勝摔出去。

胡就勝整個身體，從蘇阿瑟的肩上，凌空由後翻過前面了，可是，胡就勝並沒有被摔跌，一個「鯉魚打挺，」便站在蘇阿瑟的面前，喝聲「照打」一拳在蘇阿瑟的下巴上抽到。蘇阿瑟急忙把頭一偏時，拳已從面頰掠過，耳根上遭了沉重一記，有如給鐵錘撞擊了似的，蘇阿瑟搖搖欲仆，退後不迭。

這時昆爺丁已從地上爬起，不敢再上前，發脚便跑，蘇阿瑟見昆爺丁一走，不免心怯起來。也跟着跑了，一會兒跑得無踪無影，培德昌的夥計看得清楚，便要追上去。胡就勝只怕有失，連忙喝止。

蘇阿瑟和昆爺丁回到他們的總隊部，昆爺丁對蘇阿瑟商議道：「胡就勝這傢伙，眞有兩手。明天用利斧收拾他便了。」蘇阿瑟點頭道：「固然要出利器，還要多出動些人，才可以保必勝。」昆爺丁道：「我們再帶十個人去，諒已够了。」蘇阿瑟道：「也好，你自去召集吧。」

昆爺丁黄夜找到十個歹徒，吩咐他們明天一早到總部一同出發。調度已定，回到家裡，想起胡就勝的厲害，愈想愈怕，自覺就多添十個人，也未必可以戰勝，不如使用毒鏢，出其不意，用暗器擊傷他。

昆爺丁是獵戶出身，除了善使弓箭之外，還善運用袖鏢，他有一套「七星鏢」，全是用純鋼鑄成的，鏢頭鋒利無比，他還用毒藥淬在鏢頭，這種毒藥十分利害，那怕是黄牛般大的老虎，被鏢擊中，毒藥入血，滾兩滾便死了。他把七星鏢放在一個長筒裡面，縛在右腕，筒上有機括，一經觸動，便有一隻鏢褪出長筒，落在掌中，隨手發去，非常便捷，昆爺丁平日練慣了，把鏢練得百發百中。現在，為着要收拾胡就勝，決意使用這種不名譽的暗器。

到了次日，昆爺丁來到總部，會齊了蘇阿瑟和十個歹徒，每人身上都懷着一柄利斧，共是十二把，加上昆爺丁的一套七星鏢，浩浩蕩蕩便殺到培德昌而來。

胡就勝打退了昆爺丁和蘇阿瑟之後，早已料到他們定必不肯干休，早晚會來報仇，便向莊家培報告，要動員所有自衛隊隊員，在附近放哨防守。莊家培道：「一切任你安排好了，可以不必問我。」胡就勝當即命令所有隊員，都把鐵尺懷在身上，外加一柄匕首。他自己也把一條九節鋼鞭，圍在腰間，以防萬一，但却沒想到敵人會用暗器，身上連護心寶鏡也不帶一塊。

自衛隊才佈置好，便見蘇阿瑟昆爺丁帶了十個土人，來到培德昌附近散開埋伏。自衛團的哨兵探得情形，便向胡就勝報告。胡就勝聽說敵人身上懷有利斧，便知道必有一場惡鬥，當即對各人道：「你們都不要上前，只蹔衛着店門，保護店中老弱夥伴，不要讓印尼人衝進來。」又敎人準備水桶沙桶，防範敵人衝進來放火。才調遣完畢，對方的人員，已經到了店前，蘇阿瑟一馬當先，手揮利斧，便要闖來。

胡就勝獨自一人，飛身出了店門，卸下腰間軟鞭，「毒蟒穿林」，矯矯夭夭直奔蘇阿瑟面門，蘇阿瑟忙用手中利斧去撥，不料那條鞭是軟的，一格便給纏上了，胡就勝把鞭一收，蘇阿瑟再握不住斧柄，利斧脫手而去，胡就勝順勢接過斧來，朝他們人叢裡一擲，早有一個團員，應聲便倒。

蘇阿瑟正在錯愕，胡就勝的軟鞭已到面前，蘇阿瑟忙向後退，那裡來得及，胡就勝手腕一抖，一鞭已打在蘇阿瑟的胸前。蘇阿瑟大叫一聲，口中噴出鮮血，踉踉蹌蹌向後便倒。昆爺丁大驚，忙把他扶着，九個排華團團員，見胡就勝英勇，大家齊聲吶喊，一擁上前，把胡就勝團團圍着。

胡就勝長嘯一聲，英雄性起，那條九節鋼鞭，上打「雪花蓋頂」，下打「老樹盤根」，但見一團光影，把身體護着，轉眼之間，已有五六個土人，被鞭子捲掉斧頭，打得頭青面腫，皮破血出，有兩個還倒在地上，傷重了爬不起來。其餘的人，那裡還敢上前，只挺着利斧向空，虛張聲勢地揮舞着。

昆爺丁這時已把蘇阿瑟扶到路旁坐下。並對他說道：「你放心，待我去收拾這小子。」蘇阿瑟有氣無力的答道：「你得當心，不要被他的鞭傷着。」昆爺丁說聲「曉得」，左手持斧，右手按動機括，早已把一枝毒鏢掣在手裡，慢慢挨上前，乘胡就勝不備，右手一揚，一點寒星直奔胡就勝的門面。

胡就勝不提防昆爺丁突施暗襲，幸而他久經大敵，有聞風辨器的本領，聽到風聲，本能地把頭一偏，毒鏢在耳邊掠過。胡就勝這才知道有人發暗器，睜眼向前一望，只見昆爺丁右手揚起，又是一鏢飛來。胡就勝既驚且怒，暗罵道：「這傢伙好狡猾，待我用計收拾他便了。」當即把口一張，恰好把鏢咬着，却仰身便倒，裝作被鏢所傷。

鏢上的毒藥，必需見血才起作用，胡就勝咬着鏢，却沒有出血，是以安然無事。昆爺丁看見他倒下，滿心歡喜，以為已把胡就勝打死了，急忙飛步上前，視察究竟，不料胡就勝在倒地時已暗將鏢拿在手裡，昆爺丁那裡知道，當他走近胡就勝時，胡就勝就在地上一鏢飛出，喝道：「吃你自己的鏢吧。」話還未了，昆爺丁已應聲倒地，見血封喉，只在地上掙扎，一會兒便死了。

昆爺丁一死，走得動的歹徒，嚇得拔步便跑，剩下走不動的，只在那兒高叫饒命。蘇阿瑟見不是路，勉强掙起來，蹣跚而去。胡就勝還不知道昆爺丁已死，提着鋼鞭上前觀看，只見他七竅流血，才知道鏢上有毒，不禁吃驚道：「這傢伙却狠毒，想要我的命，如今却自食其報。」

這時警察已開到了，見鬧出了人命，便把胡就勝抓了去問話，胡就勝把經過一一說出，幸而昆爺丁身上還有五枝毒鏢，驗出鏢上都有毒，這才不能處罰胡就勝。

蘇阿瑟回到總部之後，不勝氣憤，立即召集全體人員商議，大家聽說副首領已死，並且傷了多人，自不免面面相覷，誰也不敢亂提主張，蘇阿瑟看見如此情形，不禁怒道：「難道我們就白白給中國人欺負了不成，我們必需為死者復仇。」

其中一個歹徒却良心發現，對蘇阿瑟道：「這一場禍事，原本是我們起意欺侮他們的，難怪人家要作自衛。」蘇阿瑟怒目而視，喝道：「他們應該滾回中國去的，我們不要他們在此，搶奪我們的利益。」那人也憤然道：「其實他們只是做生意，沒有害於我們，不要聽那些荷蘭人挑撥，我如今悔悟了，不再作打手，勸你也應及早回頭。」說着逕自走了。

蘇阿瑟無可如何，默然看着那個歹徒出去。心裡却在想道：「難道我就忍下這一口氣不成？聞說此間有一派瑜伽拳派，十分了得，我何不去請他們出頭？」主意已定，便出去訪問瑜伽派的首領去。

瑜伽派原來是印度佛教派別之一，最初的瑜伽教士，為着要到深山大澤，尋訪神仙，是以要鍛鍊身體，使自己能够忍耐風霜雨雪，飢餓，以及一切外來的痛苦，又要練習技擊，以便與毒蛇猛獸搏鬥。因此這一派的人，多數是身懷絕技，能忍受一切人所不能忍的痛苦。他們能够關在石匣中，沉到水底裡七日七夜，撈起來依然是活的，又能够睡在碎玻璃或釘床上，任人用大鎚敲擊，不食不飲的最高紀錄，達到四十九天，總之，他們的道力，是不可思議的。

到後來瑜伽分成兩派，一派是苦行派，即修煉身體能忍受痛苦飢餓，另一派是技術派，那便是研究拳術技擊，把身體煉成銅皮鐵骨，刀箭不入，中國的鐵布衫一派，實在是瑜伽派的支流。

在印度本土，瑜伽派的苦行派盛行，但來至印尼的却是技擊派，始祖哈薩拉，是個印度人，來到印尼之後，收了幾個印尼人為徒，哈薩拉死後，印尼人蘇合傳了衣鉢，繼續授徒，蘇合的技藝雖然不及哈薩拉高深，但所有瑜珈派的拳術精髓，他都學會了。

（下轉第五十五頁）

二十餘人。

劍聖下山記

東洋武道／綠汀

話說日本寬永十五年春天，第三代幕府將軍德川家光爲崇尙武事，曾定期舉行一次空前的比武大會，事前經已下令全國諸侯各就其領地內選派能手一人前來江戶城集中了。但對那担任審判的人選，一時却找不出一個老成望重，足以壓服群衆，而又沒有派系成見的人來，後經樞密使松平的獻議，才屬意於一個當時名重武林的宗師。

這人是鶴岡城近郊羽賀井村的有名劍客，幼名平馬。日本人也有以原籍村名作姓氏的，像我國姓氏的起源一般，如姓上官的是由於楚莊王的幼子作上官邑大夫；姓歐陽的是由於越王勾踐的支孫封於烏程的歐陽亭，因以爲姓，故此，這劍客便叫作羽賀井平馬。初時拜在一刀派名手吉岡門下學劍，十七歲傳得了吉岡的衣鉢，當地諸侯聽到了他的名字，便即聘作劍術座師。一次，他的主人給叛黨圍攻，他一口劍殺了幾十人，立下奇功，自是名字响亮，漸爲日本武術中人所知。後來，到了四十歲那年，忽然悟出：刀劍只合用以防身，不宜多所殺戮。從此便棄劍不用，而專心致力於徒手撲擊之術，因自號爲「一心齋」，隱於「飯山」之上，苦練了十年，終於發明了一種不用兵刃，只要發一聲喊，便能顚人於尋丈外，當堂暈厥的氣勁，即以此法施之於山中的豺狼虎豹，亦無不應聲自倒。自是與人較技，便再不用兵器，惟一喝以使人懾服。不久，一心齋之名便遍傳遐邇，常爲武林豪客所稱道，諸侯之聞名辟召者絡繹不絕，但始終都不肯應命成行，依然住在山中過其閒散的歲月。及至幕府將軍派人前往飯山勸駕時，雖已年逾古稀，却還精神矍鑠，健步如飛，及聞將軍要聘他到比武大會去主持審判，却竟興緻勃勃的一口答應下來。待那來使告辭回去覆命後，他便携着一根藜杖，一柄短刀，穿上破衲芒鞋，扮成十足是個鄉愚模樣，獨個兒逕向江戶出發。

不消幾天，他已來至「箱根」邊境。那裡有一座關隘，幕府派有兵勇常川駐守，盤查過往人等，他見關前有一棵大樹，便坐了下來，剛在燃着烟管，還吸不上兩口旱烟，就見着前面大路上正有三個壯年武士施施然行近關來。一到便意氣飛揚地先向關上自報姓名道：

「俺是紀州的關口彌太郎。」

「俺是岡崎的竹內加賀。」

行前的兩個報過姓名後，再由那第三個上前補述道：

「在下叫宮本伊織，現充小倉藩家將。我們三人這次前來江戶，乃是奉召要在將軍駕前比武的。就請你老通融，讓我們過關吧！」

那關吏聞說他們都是應召而來的武師，忙即啟關接入。一心齋看在眼裡，心下兀自想着：

「關口彌太郎這人，聽說是個兼精柔術的劍客，名字還相當響亮；就是竹內加賀，也不失是個柔術的能手；至於宮本伊織，大概就是雙刀名人宮本武藏的養子了吧，這幾個人的武功，我却要試他們一試！」想罷，立刻從一條捷徑繞過他們前面，來

一心齋一

至箱根「權現」大廟之前，選了一條往來必經的小路，坐在路旁的石上等候，他故意把那根藜杖伸出路心去，隨即閉上眼睛，在那裡裝睡。

一會，關口、竹內和宮本三人果然要到這權現大廟來頂禮，冀邀神力以保佑他們的武運亨通。及見這乞丐般的老人在路旁睡着，關口便先向他的同伴喚道：

「咦！前面正坐着一個骯髒的叫化子哩！」

「碰着這樣的東西，眞有點討厭！」竹內氣憤憤的逕自向前，正在跨過那根藜杖。冷不防在剛要提足時就給那藜杖拂了一下，痛得他連退數步。這一記，一心齋只是輕輕一拂，若是眞個發力的話，他的脛骨怕不會給掃斷麼？然而，他還不知利害，一個箭步，搶上前去，待要給叫化子一點教訓，但看那老人時，却又呼呼地睡着了。於是他便狠狠的發出像是破鑼的聲音喝道：

「喂！你這老不死的東西，還在裝睡嗎？」

「噢！眞好睡！幹嗎你要擾人的清夢？」

「你在擾人是正經。可惡的！俺且問你：何故在這往來孔道伸出手杖來阻碍行人？」

「胡說！只是一根小小的手杖，有什麼阻碍不阻碍？我看你，也還像個武士。怎麼連一根手杖也看不見呢？怕你只是個冒充的武士吧！」

「什……什麼？你敢詆譭俺是個假武士？你這該死的老頭兒，俺想你是活的不耐煩了！喂！你見不見俺這柄佩刀？它會殺人的呀！如果你再敢胡說八道時，別怪老子性子不好！」

「我又不是瞎子，怎不知你有刀？可是，像你這種無能之輩，縱然有刀，也是等如一柄生銹的東西罷了！怎能傷人呢？若是你要把我這老人幹掉時，你只管來好了！何須多說廢話？」

「哼！還不住嘴嗎？這可饒你不得！」竹內被氣得面青唇白，一手按着刀柄，正待拔出來；關口忙即搶前一步，扳着他的肩膊喚止道：

「竹內！且住！對着這種無知的鄉愚，怎值得

動手？不怕弄髒了咱們的刀嗎？且饒他一次吧！」說完，再又回顧那老兒道：「喂！老頭兒！你也太不識相了！還是說句好話吧！咱們都是天下聞名的武士，如果眞的要殺你時，眞是不費吹灰之力。不過好漢專扳强中手，咱們是不會胡亂對你動手的。你還是對我的朋友說句好話算了吧！」

「什麼話？我沒有錯。你旣然會說好漢專扳强中手；那末，我只是個老人，那有向你們後生小輩陪話之理？你連這個也不明白，還做什麼和事老呢？」他這番話，直說得關口啞口無言，呆了一會才對他的同伴說：

「竹內！這人是個瘋子，要是你願意時就給他一點教訓好了！」

「好的。俺就把他送上西天去。喂！老不死！看刀！」竹內的刀霍地亮出，向正那老頭兒的額上砍去。

一心齋依然坐在石上，還沒站起，只見他在刀光一閃時畧一彎身，便已把那來勢躱過。到竹內再又掄刀用一式「大展黃旗」，向他橫截過去時，他卻像是「鷂子冲天」般躍高半丈，那藥杖迅即從上而下，不偏不歪的正點在竹內的手腕上，使他連刀也要拋開；跟着，那脇下又中了老兒的一掌，登時便昏倒地上。

關口從旁看見，不覺大吃一驚。心想：這老兒忞是利害。怎麼不消幾下功夫，就可以把一個稱雄一方的竹內打成這個樣子呢？看他那出手的敏捷，眞的神出鬼沒，定然是個無比的高手，不過他也未必能够看到背後有人算他，如果出其不意剁他一刀，諒他也是奈何我不得的。想了卽亮起刀鋒，向他的腦後直劈而下。不料說時遲，那時快，只聽得「喔」的一聲剛從那老兒的口上呼出，他的手腕也着了一杖，那柄刀也像竹內剛才一般拋跌在地上。他身上還有一口短刀，趕忙拔出，誰料在這瞬間又給老兒戳了一掌，倒在一旁了。

這時，三人中行得最後的宮本剛好趕到，一見地上兩人，便已心知不妙，忙卽上前施禮道：

「他兩人有眼不識泰山，居然冒犯了你老人家，眞是萬分的不該。在下是小笠原侯的家臣，叫作宮本伊織。那倒在地上的，一個叫竹內加賀；另一個叫關口彌太郞，都是被召到江戶去比武的。剛才的事情，一定是他們兩人多有開罪，才會弄到如此狼狽。他們這等荒唐，給你老人家教訓一頓，也是活該的。不過，在下還不敢動問，你老人家莫不就是飯山的一心齋老前輩麼？」

「哈，哈，哈，竟然給你猜中了。不錯，我就是一心齋。你的尊翁武藏和我也很有交情哩！」

「那就更覺失敬了。你老人家竟是在下的世伯？眞是最好沒有了。至於他們兩人的不是，就請你老人家體諒一下，讓小姪把他們救醒，好得親向你老人家陪罪吧！」宮本很知趣的自認小姪，更乘機向一心齋請求許他搭救同伴。

「噢！若是這麼說時，反而使我難過。其實，他們都是給我打跌的，照理應該由我向他們道歉才對呀！伊織世兄！你就趕快救醒他們吧！」一心齋也自親切地喚他一聲世兄。於是一塲風暴便頓告平息，而關口和竹內兩人也被救醒過來了。

「噢！是宮本嗎？唉！眞可怕！以俺們的功力來說，也算不弱了！可是碰上那個老頭兒，竟這樣不濟。也不知他是何方神聖才會怎般利害？」關口先自說出他的感想來。

「是呀！如果不是神聖，俺也不致吃這大虧啦！」竹內跟着也接上這一句。宮本隨卽笑着說：

「哈，哈，哈，這神聖還在那邊哩！」

兩人回頭一看，便見着剛才那個老兒正坐在一棵松樹下吸着烟管，面現微笑。到宮本催着兩人上前陪罪時，一心齋忙說：

「噢！是關口和竹內兩位豪傑嗎？剛才太對不起了！嘛！請到這邊來！」同時，宮本也補上一句：「你們怕還不知道，這位神聖就是我們久仰的一心齋老前輩呢！」

「吓！是一心齋老前輩嗎？何不早說？噢！你老人家也太惡作劇了！若早知是你老人家時，我們便只有甘拜下風，那敢冒犯呢？」關口和竹內同時伏在地上叩頭認罪。

× × ×

經過這場風波之後，三個武士便陪着一心齋一同上路，沿途有說有笑的不覺到了他們的目的地，——江戶。但因距離比武大會開賽的日期還有好幾天，所以當下各人便一揖而別。

翌日，一心齋爲着要洽商一些有關比武的細節，特自先到八重洲岸旁的柳生邸去，拜望當時在武林上最負盛名的將軍座師柳生宗矩。恰好這天他邸裡正是高朋滿座，武士如雲，座中除了好些應召而來的各派能手之外，還有一個號稱「旗下恩公」的親兵總制大久保也在其列。他們見着這位武林耆宿進來，無不肅然起敬，只有那高踞上座的大久保却只向他畧一頷首便又滔滔不絕的大放厥詞。末了還縱聲說：

「今回可算是集太平武士於一堂了！」說罷還在哈哈大笑，那語氣和笑聲都不免使人難堪。可是大家一來知他平日專愛說些調侃別人的話；二來也敬他功高望重，老氣橫秋，所以只好一笑置之。於是他又得意忘形地接着說：

「講到武藝這件事，那用於戰場上的功夫比起從練武場上學來的就大不相同啦！我大久保，在十六歲初次上陣時，就曾在鳶巢山攻城一役率先一槍把甲州方面的敵將刺死。後來，單刀匹馬縱橫於千軍萬馬之中，也不知殺過多少名將健卒。從這些經驗中所歷練出來的武藝，我以爲總比你們只從練武場上學來的實用得多。你們覺得我這番話說得過份嗎？那就最好請你們即席表演一些絕技給我開開眼界了！」

剛巧那個昨天才在路上受過一心齋教訓的竹內加賀也在座中，聽了大久保這番大言不慚的話，竟沉不住氣，忙即離席走至他的前面亢聲道：

「請問大久保老先生！……」

「什麼？」

「你老人家生在戰國之世，當然會在戰場上歷練出一些好本領來，我們是極其欽佩的。可是，晚輩却認爲戰場上的打鬥不一定就是一種特殊的武藝，大約也不致和我們在練武場上所學來的相差太遠。既是你老人家也肯賞鑑一下我們的薄技時，就讓晚輩先來獻醜吧！」

「唔！那很有趣。你且耍來看看！」

「好的。」竹內應過一聲，隨即指着庭前的空地上說：「你老人家也許看見那三隻禾雀了！」跟着便掏出一把小刀來扣在手裡，當作飛鏢向前一送，那三隻禾雀便給貫穿胴腹，像一串鑾鈴那樣跌在地上。竹內忙去拾來放在大久保的面前，再又鄭重地說：「你老人家怕已看到了吧！晚輩覺得：就是在戰場上立過無數戰功的人，恐怕也未必能夠懂得這個哩！」

「是這樣的麼？不錯，你這點小術果然使得。你何不索性開一家燒臘店呢？這樣，總不失爲一種無本生利的生涯呀！哈哈哈，這幾隻禾雀，不如就送給我作爲今晚的下酒物吧！」大久保一手攫起那串禾雀揣在懷裡，又在向他調侃；竹內只是楞着，一時啼笑不得。

不料就在這時，却刺激起另一位武士上前向大久保聲諾，這人就是日本有名的仇殺英雄荒木右衛門。當時，他很謙恭的喚了一聲：

「大久保老先生……。」

「噢！是荒木麼？你不是就在前年幹過一件驚天動地的大事，在那『伊賀』的邊境助人報仇，力斬三十六人，因而天下聞名的嗎？諒來你是有過戰鬥經驗的。但不知也能像竹內那樣演些打雀功夫給我過目不？」

「當然可以。請看吧！」荒木因囑柳生邸的僕人取了一些白米來，撒在地上，俟那些禾雀飛來啄食便又放出尖鏢來，雪一聲把兩隻禾雀當堂刺個正着。原來，這一回是刺中那兩雙禾雀的翼尖，成了一串比翼鳥，還是生的。荒木拿在手裡，然後對大久保說：

「請你老人家過目，是些生的呢！」

「噢！是麽！既然沒有把它殺死，足見你的本領更是高强了！那末，在那兒呢？給我看看！」

但到荒木把掌一伸時，那兩隻禾雀竟已飛去了

「眞可惜！挺好的下酒物却給逃掉了！」大久保無限失望地在惋惜，惹得座上羣英縱笑不已。

至是，一心齋才徐徐站起，對着那總制說：

「大久保翁，剛才得聆高論，使人茅塞頓開，實在獲益不淺。只是，你老說的：如非從戰場歷練得來的武藝就不切實用。在下却不敢苟同。除非你老也能夠抵敵得住在下的『一喝功』，在下才會佩服你老的高論。」

「然則，什麼叫作一喝功呢？」

「很簡單，在下也無須用什麼兵器，只消一喝，就算你老站在二丈開外，也必然會應聲倒下。」

「請住嘴吧！」那有這個道理？就算你有的是過人的本領，也斷斷不會把我這從千軍萬馬中歷練出來的彥左喝倒的。須知，我彥左並不像你們一班太平武士那麼無能呀！」

「那可有事實證明。你老不信時，還是請試試看吧！」

「既是這麼說時，我就站到庭前去，看你能夠把我怎樣？」大久保有點動氣，跟着也站了起來。

這可急煞那邸裡的主人柳生宗矩了。他眼見這多年的軍中老搭當要冒險去試一心齋的絕技，不免替他揑着一把汗，但因深知大久保的倔强脾氣，却又不好攔阻，只得從旁低聲勸說道：

「大久保翁，這回可別大意！還是穿上盔甲的好呀！」

於是，大久保便全身披掛起來，手執長槍，昂然挺立在庭前的草地上大聲說：（下轉第四十四頁）

虎俠擒龍

金鋒 文
黃鳳簫 圖

第一回：一劍西來黃鶴樓頭聚雙俠

「昔人已乘黃鶴去，此地空餘黃鶴樓，
黃鶴一去不復返，白雲千載空悠悠，
晴川歷歷漢陽樹，芳草萋萋鸚鵡洲，
日暮鄉關何處是，烟波江上使人愁！」

這是唐人崔灝吟詠黃鶴樓的詩句，黃鶴樓是湖北武昌府的名勝，樓高三層，建在長江磯石之上，面臨江渚，遊人登樓遠眺，百里江流，一覽入目，相傳古時有仙人在這裡駕乘黃鶴仙去，白日飛昇，所以有「黃鶴樓」這個名字，至於是不是眞的有人在這裡成仙呢？因爲年代湮久，無從考証，那不過是齊東野語之談罷了！

話說明朝武宗年間，正德皇帝登位第八年，黃鶴樓最頂一層的樓欄上，突然出現了一個黃衫朱履的少年，頭上戴了儒巾，腰間佩了長劍，這黃衫少年的年紀不過二十七八歲左右，丰神俊朗，英姿颯爽，他憑倚着樓欄，低聲曼哦，他吟詠的就是本文開卷那一首黃鶴樓詩，兩眼望着滔滔的長江水，若有所思，他剛才念到最後一句「烟波江上使人愁」，背後突然起了一陣哈哈大笑，一個响如洪鐘的口音說道：「愁什麼？春花秋月，無非鏡花水月，大千世界，無非一枕黃粱，如果看開一點，什麼愁也沒有了！」

少年出其不意，嚇了一跳，立即回頭後望，自已背後不知那個時候，站着一個道人，這道人年約四旬，儀容清俊，五綹長鬚飄洒胸前，頭戴九梁木冠，身穿杏黃道袍，芒鞋白袜，修飾得非常光潔，手上拿了一柄拂塵帚，黃衣少年大喜叫道：「師叔，我等了你半天，望你不來，還以爲你老人家失約呢！」道人笑道：「那有失約之理，我在沿路上聽見寧王逆謀甚急，連鄱陽湖的水師也出動了！十萬火急，事不宜遲，你跟我一起到南昌去吧！」黃衫少年點頭應諾，一道一俗匆匆下了黃鶴樓，直向江邊走去。

你道這一道一俗是什麼人呢？這裡先得表明，原來黃衣道人名叫做金鷗子，是武當派一代名宿，那少年名叫管金城，是金鷗子師姪，他是武當派掌門雲陽眞人的高足，管金城是江西玉山縣人，家世歷代仕宦，由祖上起，就在朝廷做官，他的父親名叫做管長纓，以前做過贛州太守，爲官淸廉，很有政聲，後來當了寧王府的長史，寧王名叫宸濠，是正德皇帝朱厚照的叔父，封藩江西，藩地廣及湖南浙江的一部份，適値那時候正德皇帝是個少年天子，終日微服出遊，不理朝政，說到正德皇帝，相信一般讀小說的人不會陌生，京戲中的「梅龍鎭」，越劇裡的「游龍戲鳳」，都有說及這位風流天子邂逅酒家女李鳳姐的逸事！原來正德皇帝朱厚照這個人，是明朝歷史上有名怪誕的皇帝，十五歲便登上大位，登位那年大婚，納了皇后，可是他跟皇后不合得來，連三妃六嬪也不御幸，一個人躲在一所題名「豹房」的屋子裡，豹房裡却養了一批奇怪客人，有虎豹、有和尙、有回教的祭師、有蒙古的喇嘛、還有天竺國的印度僧人，正德皇帝終日躲在豹房裡面，學蒙古回部天竺的經典和文字，還自稱爲「大慶法王」，有一次，他聽一位印度和尙講解佛經，說及菩薩降龍伏虎的事，正德皇帝硬說自己是佛，要試試自己的本事，他穿上了袈裟，走入虎籠伏虎，可是那頭虎並不認得他是皇帝，怒吼一聲，把

正德皇帝撲倒在地，好在籠外兩個天竺和尚立即衝進籠裡搶救，方才把皇帝由虎爪下面救出來，但是也弄得遍體鱗傷了！經過這次驚險之後，正德皇帝對「豹房」又興緻索然了，終日微服到各處去巡遊，南到江南，北達塞外，不理朝政，寧王宸濠便生出謀朝篡位的惡念來，招兵買馬，訓練水師，要想效法燕王棣的故事，奪姪子的帝位，管長纓服官江西，對寧王的野心，當然洞若觀火，他爲人個性忠耿，便向寧王犯顏力諫，寧王宸濠勃然大怒，把他囚禁起來，關在王府裡面，因爲管長纓曾經向寧王面前直諫：「王爺如有不臣之心，逆天行事，塗炭生靈，不出三五個月，必然一敗塗地，大好的寧王府也變成荒坵，麋鹿見於台下哩！」寧王非常憤怒，他把管長纓關起來，說自己事成之後，登位做了天子，方才把管長纓牽出斬首，管長纓有一個兒子，就是本文開首的管金城，他雖然生長在官宦之家，却是少慕游俠，十八歲那一年，便到武當山去，拜在雲陽眞人門下，練了一身武藝，管長纓被囚那天，他恰好到鄱陽湖康郎山遊玩，聽見噩耗，不敢返回南昌自投羅網，一溜烟逃入湖北，打算到武當山拜求自己師傅雲陽眞人，指示一切，因爲自己父親和眞人也是方外至交，自己是武當派弟子，在情在理，也要請示師傅才對，他走到武當山下面的昌宜鎭，恰好和自己二師叔金鷗子遇個正着，在同門師叔中，金鷗子算是生性最脫畧的一個，沒有什麼架子，玩世不恭，武當派第二代弟子，很喜歡和他親近，管金城當然也不例外，他遇了二師叔，方才知道自己師傅在三個月以前，離山北上，雲遊幽燕，看情形至少在一年之後，方才能够回來，管金城不禁大爲失望，金鷗子便問管金城到武當山的原因，管金城便把自己父親被囚寧王府的經過說了，金鷗子大笑道：「我以爲有什麼大不了的事？你爹爹被寧王關起來嗎？這個容易，我和你一同到南昌去，先把你父親由寧王府裡面救出來，安置到九江兵馬指揮使王大人那裡，王大人與我有舊，跟你爹爹也是同寅，由他上疏朝廷，請朝廷派兵阻遏寧王的亂事，這是一石二鳥的方法，你意下以為如何？」管金城不禁大喜，他就要和金鷗子一同起程，金鷗子忽然說道：「且慢！我還要到湖南岳州找一個朋友，不能够跟你馬上起程，不如就這樣吧！半個月後，是七月十五中元節，那天早晨，你到武昌城外的黃鶴樓找我，大家在樓頭見面便了！」管金城點頭答應，便和師叔分手，他先到武昌住了七八天，又到附近名勝遊覽了幾日，直到中元節那天早上，依約到黃鶴樓，金鷗子果然依約到來，師叔姪會在一起，動程向江西進發。

由湖北到江西，最便捷的路程，莫如走長江水路，管金城救父心切，他和金鷗子到了田家鎭，便僱一隻江船，順流東下，三天之後，江船已經駛入鄱陽湖口，鄱陽古名彭蠡，是長江沿岸第二個大淡水湖，雖然及不上洞庭湖汪洋浩瀚，水天相接，也是湖光千頃，烟波浩渺，金鷗子站在船頭，披襟當風，仰天而嘯，船隻駛過了石鐘山，迎面突然來了一簇漁舟小船，約莫有四五十隻，船上人一眼望見了金鷗子的江船，異口同聲叫道：「喂！你們還這樣胆大向前走！一過了小姑山，寧王的水師在那裡封用民船，不管什麼船隻，一律抓去運軍糧呢！」那江船的船老大不禁着慌起來，向管金城說道：「相公，前面官兵封船，小的不敢再向前走了，船錢我情願不要，請你們上岸走旱路吧！」金鷗子不等他說下去，立即截住船老大的話頭，向對面的漁船問道：「你們不要亂吵，我來問你一句，前面封船的官兵有多少人？他們封了多少船隻？」那些漁夫異口同聲說道：「前面有一隻水師戰船，船上官兵可有四十多人，由一個水師統帶率領着，已經封了廿多條船啦！」金鷗子哂然一笑，回頭向管金城道：「四十幾名飯桶官兵，居然作威作福，任意封用民間船隻，師姪，我們學的功夫到那裡去了？憑俺們兩個人，便可以把他完全宰掉！」管金城猶豫道：「殺官兵嗎？怎可以呢？」金鷗子道：「你眞是食古而不化，官兵濫捕民船，破壞了漁民的衣飯，跟强盜有什麼分別，我們爲了趕路，不行也要做一次，你打算救你爹爹不救？」管金城毅然點了點頭，他向船家說道：「你用不着害怕！我並不是普通百姓，是京師派出來的官員，寧王的水師瞧在我們面份，決不敢封你的船，你放心向前駛吧！」那船家看見管金城器宇軒昂，說話鎮定，信以爲眞，便放心揚帆前進，其他的漁船小艇却沒有這個勇氣，一聲欵乃，紛紛掉頭駛向彭澤縣水界去了。

再說金鷗子管金城師叔姪兩人，繼續督促船伕開船，駛行了十多里水路，前面水平線上現出一座石磯來，這就是雄峙鄱陽湖中心的小姑山了，石磯下黑壓壓的，泊了二十多隻漁船，距離磯岸不到一里的水面上，駛着一隻頭號官兵水師戰船，正在那裡兜圈游弋，一見了金鷗子乘坐的江船，立即扯起風帆，疾駛過來，船頭上的官兵連連揮動紅旗，示意停航，船家見了這個情形，嚇得面青唇白，篩糠似的亂抖道：「相公……他們來封船了！如何是好？你老上前跟他說吧！」管金城笑了一笑，金鷗子探手入懷裡，摸出三個洪武通寶的青銅大制錢，合在手裡，腕把一揚，嗤嗤，青錢賽似流星飛出，兩船相距還在十丈以外，金鷗子這三個錢鏢，竟把對船風帆引繩打斷，嘩啦啦的一响，整張帆篷卸了下來，官兵水師船行駛正急，被這出其不意的引力一牽，船身來了個大傾側，幾乎沉沒，船上官兵出其不意，在船艙甲板上紛紛跌倒，個個嘩然大叫！

金鷗子打斷了帆繩，在船上抄起一塊木板來，向着湖心一擲，那木板飛出四五丈以外，撲通一聲，掉落湖面，金鷗子兩脚一登，身如脫弦之箭，跳離江船，也飛出四五丈，單脚向漂浮水面的木板一點，借力使力，居然用一葦渡江，登萍渡水的功夫，颯聲風响，上了官兵的水師船，那些官兵剛才掙扎起來，看見金鷗子淩空飛落，不禁大駭，七八個人挺起兵刃，過來截殺，金鷗子喝了一聲：「酒囊飯袋的東西！」左手拂塵一揮一掃，官兵的兵刃和拂塵一撞，好比遇了金剛巨杵一般，個個虎口震裂，兵刃脫手飛起，有的掉落艙板，有的跌入水裡，個個爲之愕然，金鷗子把拂塵帶向官兵一指，冷笑說道：「你們也配跟我動手？那一個是水師統帶，道爺要跟他見面！」

這船上的水師統帶名叫施德彪，正在中艙裡面聽說有人上船搗亂，連忙抽了腰刀出來，他看見一個黃衣道人氣昂昂的站在船頭上，自已手下二三十名水師弁勇，個個畏縮不前，不禁勃然大怒，喝道：「那裡來的雜毛野道，本官奉了寧王鈞旨，封用民船，你是何人？敢來撒野？」金鷗子呵呵大笑道：「你奉了寧王的命令封用民船，我却奉了祖師爺的命令來封用官船，廢話少說，你叫你的戰船送我們到九江去，如果有半個不字，道爺叫你人船俱毀，個個掉到湖裡喂忘八，半個也別想活命！」施德彪自從做了官之後，還是第一次聽見這些橫蠻話，不禁心頭火起，叫道：「反了！」腰刀一晃，就要攔腰向道人砍去，那知道他的刀鋒才一展，猛覺眼前黃影晃處，金鷗子已經閃電般撲到面前，拂塵柄向刀背一敲，叮噹兩聲，施統帶的刀已經脫手掉落甲板，跟住胸口一麻，左乳下「氣愈穴」被金鷗子左手中食指點中，全身酸軟無力，金鷗子一手將他衣領抓住，向上一拋，高舉起來，大喝一聲：「道爺要封用你的船，你答應不答應？」

施德彪吃他五指一抓，痛澈心脾，高聲大叫：「答應答應，小將有眼不識泰山，道爺饒命！」旁邊的官兵看見金鷗子有這樣驚人的本領，個個嚇得呆了，金鷗子把施統帶的身子輕輕放在甲板上，喝道：「貧道如果殺你，比起宰一條狗還要容易，姑念初犯，你快叫手下開船，一直送我們到九江去，如果三心兩意，改變航線，或者是見了別的船隻，出聲喊救，道爺便不客氣，取你的狗命了，知道沒有！」這是金鷗子見機行事，聰明過人的地方，他知道江西全省，都是寧王宸濠的藩地，也即是各處都有寧王的爪牙，只有九江鎮上王指揮使一支軍隊，在建制上，不屬寧王指揮調度，所以强迫施統帶把戰船送到九江去，施德彪爲了顧全自已性命，一連答應了幾十個得字，金鷗子方才招呼管金城過來，叫道：「師姪上來，這位施大人答應用他的船送我們到九江哩！」施統帶和船上的水師弁勇，眞是啼笑皆非，管金城看見師叔妙計成功，便向船家說道：「我現在搭水師戰船到九江去，不用你的船了！你回去吧！」說罷賞了一錠銀子，算是賞錢，飛身一聳，跳上水師戰船去了，那船家好比遇了皇恩大赦，連多謝兩個字也來不及說，便自掉舵圈轉，棹向來路駛走不提。

再說金鷗子師叔姪兩人，坐在船頭甲板上監視着施統帶，弁勇扯帆放槳，船舵指向東面，不到一個時辰，果然到了九江，施統帶苦着面道：「道爺，地頭到了，我們的水師戰船沒有關防公文，不能夠擅自闖入王大人的汎營防地，兩位還是僱一隻小艇到鎭上去吧！」金鷗子道：「很好，你不用把我一直送到九江鎭泊岸，就在這裡找一個地方泊船，讓我們上岸便是！」施統帶方才放下一塊心頭大石，半晌功夫，水師船已經泊了江灘，金鷗子把管金城的衣袂一牽，兩個人同時展開「燕子飛雲縱」的功夫，颯颯兩聲，像兩頭燕子，飛上灘岸，揚長而去，施統帶眼巴巴的望着他們上了岸，雖然忿怒已極，也是無可奈何，只好下令開船直駛南昌，返回寧王水師汎地去了！

再說金鷗子到了岸上，直趨九江，管金城道：「師叔，你老人家改弦易轍，不先到南昌嗎？」金鷗子道：「我們在江上大鬧了一場，寧王的水師汎營，各地關隘，必有了戒備，我們冒失失的到南昌去，豈不是自投羅網？還是先到九江鎭上，見了指揮使王大人，再作道理！」管金城救父的心本來十分急切，可是到了這個地步，也是無可如何，他向金鷗子問道：「師叔，你說那位九江兵馬指揮使王大人，可是王守仁嗎？」金鷗子笑道：「不錯，你只知道王大人是個飽學宿儒，居官廉明，可知道他身懷絕技，文武兼姿，胸藏十萬甲兵，是當今的岳武穆呢？」管金城十分詫異，金鷗子便把王守仁的

師姪兩人遇上了兩個標緻的女俠。

一切說了。

原來這位九江兵馬指揮使王守仁，不但是明朝的一代大儒，（後世稱爲「陽明先生」，創「知行合一」說，後世稱爲「王學」。）還是一位允文允武的名將，後來削平寧王宸濠的亂事，還以王守仁居首功，這裡要把他介紹出來，原來王守仁出身是浙江餘姚人，少負奇氣，卓犖不凡，他出身家世不俗，和管金城一樣，簪纓累代，父親做過南京知府，王守仁由五歲起，誦書過目不忘，已有神童之號，弱冠之後，還聘請了名師在家，練習武功，有人問他爲什麼讀書之外，還要練武，王守仁不假思索答道：「治世用文臣，亂世用武將，天下並非一成不變，怎可以偃武修文呢？」正德初年，太監劉瑾擅權，殺戮忠臣，橫行不法，王守仁恰好在京師裡任兵部主事，義憤塡膺，上了一道奏疏，彈劾劉瑾，試想那時候劉瑾權傾天下，正德皇帝對他倚若股肱，朝中所有大臣，個個爭趨劉瑾門下，炙手可熱，王守仁以一個小小京官的身份，去參奏一個權監，何異以卵敵石呢？這道奏章還未到皇帝的跟前，已經到了劉瑾私人手裡，看了一遍，立即下令刑部杖責五十，革去本職，遣謫貴州修文縣龍場驛，王守仁被這幾十杖打得血肉模糊，差幸平日練武，身子强壯，不然的話，已經送了性命！他在京裡養傷月餘，方才痊愈，離京就道的那一天，方才知道連自己父親的官也給劉瑾免掉！王守仁是個絕頂聰明的人，他明白劉瑾心黑手辣，一定不肯放過自己，在路上小心翼翼，由燕京到了金陵，可幸平安無事，王守仁方才放下一塊心頭大石，那知道再由金陵向南走，到錢塘江附近，忽然發覺幾個北方大漢，臉肉橫生，騎馬緊躡而來，跟自己保持相當距離，不遠不近，王守仁機警異常，一望之下，便知道這幾個大漢是劉瑾由京師裡派下來的錦衣衛士，尾隨自己，只要一到僻靜地方，便下毒手，他把眉峯一皺，計上心頭，沿着江邊漫行，到黃昏薄暮的時候，突然脫了官履，撲通一聲，跳入江中，這幾個大漢果然是劉瑾派來刺殺王守仁的，看見他忽然投江，不禁嚇一大跳，連忙上前看時，只見江風浩浩，寒濤滾滾，王守仁蹤跡不見，諒來屍沉江底了！他拋在岸上的冠履，遺詩兩句：「百年臣子悲何極，夜夜江潮泣子胥」，把自己比做春秋時諫吳王夫差不成而死的忠臣伍子胥，那幾個衛士以爲王守仁眞個投江自殺，拿了冠履遺詩，返京復命，其實王守仁那裡是眞正死去呢？他是餘姚縣人，生長浙江水鄉，自小練習泅泳，精通水性，看見錦衣衛士追躡得緊，故意賣弄了這一手金蟬脫殼的計策，可笑當時不但騙過錦衣衛士，連老奸巨猾的劉瑾，也中了計，以爲王守仁眞正自盡，其實王守仁跳下水裡之後，立即破浪疾泳，泅過了錢塘江，直入福建，遁入武夷山中，躲避風頭，過了旬日，估量劉瑾派來的衛士，中計北返，方才繼續就道到貴州去，貴州在古時候稱爲「鬼方」之地，漢時置夜郎郡，全省盡是崇山峻嶺，蠻烟瘴雨，草萊未闢，貴州人有幾句俗諺：「天無三日晴，地無三里平，人無三分銀。」窮苦閉塞情形，可想而知，從前的官員得罪了皇帝被流戍到貴州的，往往水土不服，中了瘴氣，死在異鄉，簡直是九死無一生，王守仁到了龍場驛，做了驛丞，刻苦自勵，教化蠻人，當地苗人黎人，一體歸化悅服，他還在陽明洞講學，掃滅文盲，使荒僻邊陲的貴州，開始有文物教化，他在龍場驛一連過了三年，不久劉瑾密謀作反，被太監張永向正德皇帝面前告發，問罪斬首，冰山崩倒，所有朝上奸黨，一網打盡，王守仁方才再次出頭，調任安徽廬陵知府，當時江西地面盜風很盛，正德皇帝派他做僉都御史，巡撫贛南各郡，王守仁一上任，親自征剿大帽山賊，連破賊寨四十多座，擒賊首詹師富，接着再攻

破大庾、橫水、左溪各賊巢，三年間破賊巢八十四座，擒斬劇盜首領一十五人，俘斬賊黨六千有餘，數十年的匪患，肅清無餘，正德皇帝對王守仁勗勉有加，便詔令他出任九江兵馬都指揮使，寧王三番四次要收羅他，王守仁絕不為動，這時候正德皇帝也隱約知道寧王的野心，特令九江一鎮兵馬，交他指揮，不受寧王節制，所以寧王宸濠對王守仁這支軍隊，十分忌憚，金鷗子把王守仁的出身經歷向管金城說了，管金城嗟訝不已！

一路上且說且走，金鷗子師叔侄兩人，不經不覺，到了九江鎮上，金鷗子引着管金城一直來到兵馬指揮使衙門面前，向衙門衛弁道：「貧道是武當金鷗子，跟王大人有舊，這位管相公是寧王府長史管長纓的公子，由南昌來，有機密向王大人禀告！」衛弁聽見他這樣的一說，不敢怠慢，立即進去禀告，王守仁降階出迎，管金城看見這位王指揮使大人儀容清俊，長眉細目，恂恂然像個儒者，但是兩太陽穴飽滿之極，眼睛炯炯有光，一望而知，是個內家高手，心裡暗暗詫異，最奇怪的還是他一望見了金鷗子，立即搶前幾步長揖道：「王某不知道老前輩鶴駕光臨，有失遠迎，萬望恕罪！」金鷗子哈哈大笑道：「武夷一別，倏忽五年，王大人丰采比往昔猶勝，看來功夫一定大有進境呢？」王守仁掀髯大笑，拉住了金鷗子的手，和管金城直入內衙，原來王守仁當日在錢塘江投水假死，瞞過劉瑾爪牙耳目之後，遁入武夷山內，恰好遇着了金鷗子，一見投緣，大家盤桓了十多日，金鷗子傳了他內功吐納口訣，還給了王守仁一些辟除瘴毒的丹藥，方才依依惜別，後來王守仁到達貴州，做了三年龍塲驛丞，在蠻烟瘴雨交征下，安然無事，還是全靠學了內功口訣，袪除瘴毒，所以金鷗子可以算是王守仁的半個恩人哩！

管金城發現兩個黑衣人，立即打出兩枚青銅錢鏢。

第二回：三賊夜襲內衙院中鬥師徒

王守仁把金鷗子師叔侄兩人請入內衙，到花廳裡坐下，寒暄幾句，王守仁道：「下官剛才聽見門卒禀告，這位管公子由南昌到來，有機密要賜示，不知是何機密？可以奉告一二嗎？」管金城便把寧王密謀不軌，自己父親直諫被囚，師叔打算和自己一同到南昌拯救和在鄱陽湖口遇寧王水師船的經過，說了一遍，王守仁道：「寧藩有不臣之心，本官早有耳聞，不過宸濠本人叛跡還未昭著，他又和朝裡的太后互相串通勾結，蒙蔽聖聰，本官一時之間，也不能夠把他怎樣，老前輩這次到南昌去，最好把管長纓由王府裡面救出來，並且搜羅寧王多少不臣謀叛的証據，下官便可以奏聞皇上，不容他狡辯了！」金鷗子點頭說是，王守仁吩咐跟隨擺上酒宴來，給金鷗子接風，大家入席飲酒，對寧王陰謀造反的事，交換了一番意見，直到二更過後，酒闌席散，金鷗子師叔侄兩人，就在兵馬使衙門歇宿。

這天晚上，管金城多喝了兩杯酒，心情煩燥，睡不着覺，便把客房的窗扇推開，仰望天空萬里無雲，月華如練，想起囚在寧王府的老父，不知吉凶如何，禁不住微微喟歎，他忽然霍一聲拔出身邊佩劍來，這柄劍名叫「蒼冥」，是自己在武當山學藝滿師那一年，師傅雲陽眞人賜給自己的，雖然不是莫邪干將一類斷金切玉的神物，也是九煉純鋼所鑄，青鋒霍霍，寒氣森森，管金城自言自語道：「南宋詞人辛棄疾先生有詞說：『醉裡挑燈看劍，夢廻吹角連營。』我管金城今天晚上雖然不是醉裡看劍，也是望月看劍，想念慈親老父了！我今天望月發誓，要把這柄寶劍斬下奸王頭顱，澄清四海，安定天下！」他正在喃喃自語時，忽然看見對面屋頂上簌簌兩响，蝙蝠也似的飛起兩個人來，全身黑衣，踏瓦無聲，橫過客房院子上空，直向內衙奔去！

管金城吃了一驚，他發覺夜行人進了兵馬指揮使衙門，俗語說得好，善者不來，來者不善，這兩個不速之客，難道是寧王派來的爪牙，要對王大人有所不利嗎？自己在南昌時，曾經聽見父親管長纓說過，寧王密謀不軌，這幾年來，王府裡收羅了不少劇盜頭領，豢養了不少劍客異士，自己今天間上親眼看見刺客人衙，那裡能够坐視，管金城不假思索，一個飛身跳出窗外，把身一聳，捷如貍貓似的上了屋瓦，果然不出所料，只見那兩個黑衣人疾如脫弦之箭，直向內衙奔去。

管金城心裡一急，不假思索，伸手向兜囊裡一抓，取出兩個青銅制錢來，反腕一甩，嗤嗤兩聲，兩個青錢連翩飛出，照準奔得較後的一個夜行人後腦勺直飛過去，這種金錢鏢本來是武林絕技，金鷗子在鄱陽湖上，便用錢鏢取遠，打斷了水船上的風帆引繩，管金城打錢鏢的手法雖然及不上師叔，可是，眼力手勁也有相當造詣，五丈以內飛擲鵠的，百發百中，這兩個錢鏢的去勢，有如流星，眼看打中那夜行人的腦後，這夜行人馬上覺察出來，止身凝步，寒光閃處，一柄鋸齒刀向後一翻，「橫江截浪」，叮噹兩聲，把管金城兩個錢鏢崩得飛向空中，骨碌碌的滾落院子裡去了！

他回刀格鏢的刹那，另外一個夜行人回轉身子，管金城兩鏢不中，更不怠慢，喝了一聲：「好賊！」連人帶劍，一個飛身直掠過來，管金城一出手，便用武當連環奪命劍絕招，「金鷄啄粟」，劍花一繞，直奔那使用鋸齒刀黑衣人胸口刺到。

這黑衣人看見管金城是個白面書生型的人物，意存輕視，看見寶劍當胸刺來，喊了聲：「來得好！」鋸齒刀向上翻起，橫裡一封，硬用刀背來截劍身，要知道劍是輕兵刃，他這柄純鋼鋸齒刀，連刀帶把，重量在三十斤以上，只要一下崩中，管金城的寶劍就要脫手，可是他自小練的是武當派內家要訣，這派工夫如果練得到家，「犯即立仆」，「沾衣便跌」，管金城看見敵人橫刀來截，立即把長劍一撤，劍尖似蛇信般一縮一放，避過刀背，「星橫斗轉」，劍式原封不動，刺各敵人咽喉，這夜行人吃了一驚，連忙矮身下挫，正要使用「鳳凰單展翅」的刀法，掃向管公子的下盤，那知管金城的劍法，完全是走連環招式，一招不中，二招又來，有如抽絲剝繭般，綿綿不盡，夜行人剛才矮身，管公子劍鋒外展，「力劃鴻溝」，嗤的一劍刺在那夜行人的左膀上，正要發力吐劍，把他刺下屋簷，冷不防側面陡的一聲暴喝，一條毒蛇也似的鞭影，向中腰橫掃過來，管金城知道是另外一個夜行人橫鞭向自己猛襲，他立即把雙脚一墊瓦背，「燕子鑽雲」，刷的拔起一丈多高來，掠過兩個夜行人的頭頂，掠出七八尺外，眞個沒有估錯，另外一個夜行人看見同伴危殆，抖出十三節練子鞭來，使了個「橫掃千軍」的招數，猝然襲向管金城，這一鞭雖然沒有把管公子掃着，却救了同伴的性命，可是那使鋸齒刀的夜行人，也覺得腰眼火辣辣刺痛，低頭一看，原來剛才中劍之處，連衣服帶皮肉劃破了好幾寸，鮮血涔涔向外直冒，疼得面上變色！那使練子鞭的夜行人勃然大怒，正要飛身撲前，忽然聽見背後一聲斷喝：「沒用飯桶，連一個初出道的小子也降伏不了，還替寧王做甚麼大事！」管金城回頭一看，瓦背上不知那個時候，現出一個身材矮胖，禿頂壽眉的老頭子來，這老頭子年逾六旬，鬚髮微白，可是精神矍爍，兩眼精光炯炯，十分怕人，也不知道他是那個時候混進兵馬指揮使衙門的，自己懵然不覺，管金城出其不意，不由嚇了一跳！

那受傷的夜行人叫道：「師傅留心，這小子是武當派的，劍法上很有兩手！」禿頂老頭冷冷的望了管金城一眼，說道：「小子，在江西省地面，你要跟寧王做對頭，想是活得不耐煩啦，是與不是？」管金城勃然大怒，正要回答，禿頂老兒颯的一响，突然欺身踏步，眨眼間到了自己面前，肩頭晃處，蒲扇般的大手，已經向管金城天靈蓋抓了下來，管公子見他掌心硃砂也似的火紅，心裡一驚非小，知道這老頭子練的是毒砂掌法，那裡還敢怠慢？身子向後一退，手中劍用「風捲殘雲」，截斬他的手臂，右脚跟住飛起，疾踢那老頭子腿彎的「白海穴」，禿頭老人桀桀怪笑，騰身一閃，欺身再進，右手五指一鈎，硬生生地的扣住了管金城的劍身，左掌疾如掣電，拍向管公子的足踝，連消帶打，異常猛辣！管金城臨危不亂，身子向左一轉，手腕向下一翻，使出武當連環奪命劍「三環套月」的絕招來，劍鋒宛如蛇信，一伸一縮，掙脫了禿頂老頭的五指，脚跟向瓦攏一墊，倒竄出八九步，禿頂老人估不到管金城居然躲開自己這一招，猙笑說道：「好個小子！」雙掌一錯，正要使個「推山塞海」，吐出內勁，把他震下屋瓦，冷不防背後嗤的一笑道：「好呀！紅沙老怪，不見幾年，今天晚上又來欺凌晚生下輩了！」話隨聲到，嗤的一响，一股勁風向禿頂老頭背後襲到！

突然出現的是金鷗子，他看見管金池處境危險，一陣風般撲了過來，把手中拂塵帚一甩，拂塵帚馬尾毛抖得筆也似直，拂向禿頂老頭背心的「志堂穴」，本來武家裡面，用手指或拳頭敲打敵人穴道的，叫做「點穴」，用兵刃器械撞擊穴道的，叫做「打穴」，管金城的師傅雲陽眞人，却是匠心獨運，創出一種「拂穴」的絕技來，和「點穴」「打穴」鼎足而三，所謂「拂穴」就是把內家一口眞勁運到柔軟的東西上，像布帶和繩索之類，拂中敵人穴道，同樣可以收到封閉穴道的功效，金鷗子這一拂塵尾，掃向禿頭老人背後，勁風凌厲，禿頭老人一聽見金鷗子的聲音，知道對頭來了，連忙把掌力一收，步踏七星，一個「巧女摘蓮」的身法，向旁邊閃開去，回頭喝道：「金鷗老道！老夫跟你們武當派井水不犯河水，已有多年，你怎的今天來干涉老夫的事，你別以爲武當派人多勢盛，可以橫行，我邵維揚決不怕你！」

原來那禿頂老頭子名叫邵維揚，他的外號叫紅沙叟，是嵩陽派有名的前輩人物，嵩陽派武術百多年來，流行中原幾省，代有能人，尤其是在明朝中

兩派掌門人展開殊死戰。

葉，勢力之廣，人才之衆，並不在武當派之下，邵維揚是嵩陽派有數的傳人，一向以大刀鷹爪功和毒砂掌法馳譽武林，八年以前，他曾經到武當山上，拜訪過武當派掌門雲陽眞人一次，那時他剛好學會了一套龍虎四家拳法，沾沾自喜，見着雲陽眞人的時候，竟然要跟眞人比武切磋，雲陽眞人以一派掌門的身份，那裡肯跟他動手，便吩咐自已第三個師弟冷雲子用武當長拳跟他比試，爲了不傷和氣，雲陽眞人，在地上劃了個一丈方圓的圈子，請邵維揚和冷雲子在圈子裡動手過招，那一個退出圓圈，便算比輸，冷雲子跟邵維揚一連拆了七八十合，被他用「卞莊擒虎」一着壓住手掌，運力一推，冷雲子不由自主，退出圓圈兩步，這一場比武算是邵維揚佔勝，得意洋洋，不住口說自己這套龍虎四家拳法怎樣精奧，尤其是「卞莊擒虎」那一着，怎樣厲害，雲陽眞人微笑不答，談了半天，邵維揚興高采烈的告辭，雲陽眞人送客出門，將到門檻，眞人突然使出武當擒拿手來，向他背心衣服一抓，邵維揚武功到了爐火純靑之候，一聽風聲，本能地使出防護手法來，他一出手就是「卞莊擒虎」要鎖壓雲陽眞人的手掌，那知道雲陽眞人吸胸一凹，右手一圈，用個「龍躍深淵」，便把邵維揚招式拆開，還用拂穴手法按了他肩井穴一下，笑道：「閣下這招眞正高明，佩服佩服！」邵維揚面孔紫脹得像個茄子，掉頭不顧而去，幾個師弟縱聲大笑，原來雲陽眞人剛才這一下正是破他「卞莊擒虎」的絕招，拆式之後，還按了他肩井一掌，如果眞人不是存心厚道，一沾即收，邵維揚眞個要出醜當場呢！不過邵維揚還不失爲一個識得大體的人，他事後知道雲陽眞人的拳法遠在自己之上，吩咐師弟和自已過招，分明是給自已得些面子，最後又手下留情，使自己心知肚明，不敢輕視本派，邵維揚十分嘆服，這次比武金鷗子也在場，所以今天晚上，紅沙叟邵維揚一見了金鷗子的面，立即意存顧忌，說出這幾句話，滿心想拿面子壓倒對方，叫金鷗子知難而退！

金鷗子哈哈大笑道：「邵老怪！你弄錯了，你跟我們武當派沒有侵犯，剛才和你動手的後生小子，是我的師姪呀！」邵維揚勃然道：「混帳！我奉了寧王爺的鈞旨，到九江來，要取兵馬指揮使王守仁的人頭，你師姪居然不知天高地厚，從中破壞，還用劍刺傷了我的記名徒弟鐵頭鰲李成，哼哼，我如果不給他一點顏色，咱們嵩陽派還有立足餘地嗎！金鷗老道，你們武當派一向不管朝廷的事，你不要破了例……」邵維揚還要說下去，院子裡響起了一個清朗口音來，說道：「那一個要取我王守仁的頂上人頭，我王某人服官清廉，並不受贓枉法，寧王何人？爲甚麽要殺我！你這老頭子是不是胡說亂道？」原來王守仁已經由內衙聽到聲息，帶了幾名護衛兵弁出來，一直走到院子裡。

站在瓦面上兩個黑衣人，一看見王守仁出來，更不打話，刷刷兩聲，由瓦面疾掠而下，鋸齒刀和鍊子鞭兩般兵器，雙雙向王守仁攻去，管金城不禁大驚，他要想跳下去救援，經已無及，可是就在這一剎那之間，院子裡面已經出了異事！

原來王守仁在那兩個黑衣人飛撲下來的時候，不慌不忙，那使鍊子鞭的刺客名叫金頭虎孟剛，和受了劍傷的鐵頭鰲李成，同是江西九連山的大盜，有一年邵維揚經過山下，孟李二人下山截劫，被邵維揚降伏，做了他的記名徒弟，寧王宸濠存心作反，結納綠林寇盜，孟李兩人也一古腦兒被寧王收羅到王府來，這一次行刺王守仁，還是他們拍胸担保必定成功的，邵維揚恰好在這時也被禮聘到寧王府，這老頭子並不放心自己這兩個記名徒弟，跟同前去，那知道和金鷗子撞個正着，孟剛李成看見王守仁走出庭院，滿心以爲用迅雷不及掩耳的手段，把王守仁解決，孟剛首先着地，鍊子鞭才一抖出，王守仁陡的踏進兩步，右掌翻處，五指一扣，居然用「海心撈月」的絕着，抓住鞭身，手肘微抬，疾如電閃，使了一着「漁夫晒網」，砰的一响，左手穿搥擊中孟剛胸膛，金頭虎哎喲半聲，翻身跌倒，鐵頭鰲李成跟踪撲到，鋸齒刀一着「秋水橫舟」，正要朝着王守仁攔腰猛砍，那知他一用力，左胯傷口劇痛起來，刀鋒不由自主一頓，王守仁右脚直飛起來，「魁星踢斗」，一脚踢中李成持刀手腕，李成的鋸齒刀叮噹落地，王守仁横腿一掃，李成當堂跌出丈餘，金鷗子呵呵大笑道：「王大人原來也是武當派高手，邵老頭子，你今回看走了眼哩！」

管金城初到兵馬指揮使衙門的時候，雖然知道王守仁是個身懷絕技的人，却估不到他的武功，也是武當一派，剛才他打倒兩名刺客的手法，一連四下都是武當長拳的絕着，眞稱得起靜如處女，動若脫兎，單是這份造詣，已經高出自己之上，管金城不禁佩服得五體投地！王守仁打倒兩個刺客，神色從容，向孟李二人道：「二位還要取王某的腦袋嗎？王某的人頭就在這裡，來呀，不用客氣！」

金頭虎孟剛跌了一交，胸口吃了一拳，他雖然受了傷，還不很重，可以掙扎起來，鐵頭鰲李成便不同了！他先前中了管金城一劍，傷口的血還未凝固，再被王守仁掃了一腿，跌了一交，創口當堂震裂，血湧如泉，把院子的地面染紅了一大片！他兩個那裡還有胆量跟王守仁撲鬥呢？

王守仁身邊幾個衞弁，看見刺客受傷倒地，不能够掙扎起來，就要過去捉拿，王守仁突然喝了一聲：「住手！」衞弁不禁愕然，王守仁叱喝道：「我並沒有命令吩咐你拿人，你們動手做甚麼？這兩位好漢是寧王爺派來的人，不是尋常寇盜，你們豈可以對他無禮？本官索性給他一個大方，打開衙門正門，送他出去，如果他身上沒有盤川，吩咐典史送他幾両銀子，叫這兩位好漢返回南昌，向寧王覆命吧！」王守仁這番話一說出來，衆衞弁不禁面面相視，管金城暗裡點頭，想道：「這位兵馬指揮大人，不但武藝超羣，而且工於心計！」

最難堪還是邵維揚和孟剛李成三個刺客，邵維揚城府深沉，還不怎樣現於顏色，孟剛李成二人的面孔不禁火辣辣地。金鷗子看見這個情形，向郡維揚笑道：「郡老怪，你看清楚沒有？我們武當派雖然不管朝廷的事，可是也要管管民間疾苦，寧王只有野心，沒有才幹，那裡能够成事？造起反來，不過塗炭生靈罷了！王大人汪涵海量，大仁大義，這樣的官兒才是民之父母，你把他兩個帶走吧！」邵維揚忿怒已極，但是，如果動起手來，自己未必佔得便宜，何況首先還要吃虧呢！邵維揚想到這裡，只好勉强按住怒氣，由鼻孔裡哼了一聲道：「很好！我先把他兩個帶回南昌去，改日再會！」孟剛掙扎起來，就在地上扶起李成，兜在背後，拔身一聳，已經上了屋瓦，邵維揚和孟剛兩人展開夜行功夫，刹那之間，已經消失在夜影裡，沒影無踪！

金鷗子和管金城看見邵維揚的背影不見，方才飛身跳落平地，金鷗子向王守仁笑說道：「經過今天晚上的教訓，寧王諒來不敢再派人來，對王大人存心不軌了，明天我們還要趕路，請早些安歇吧！」王守仁笑了一笑，和衞弁返入內衙，管金城吐了一吐舌頭，說道：「師叔，王大人眞是了不起，他的武功……」金鷗子道：「師姪，王大人武功還是咱們武當北派一位長老傳授的，他的本領還不止這樣呢！自古大勇若怯，虛懷若谷，你以後行走江湖，切要小心在意，不要輕易炫弄武技，知道沒有？言止於此，去睡覺吧！」管金城回到房裡，一枕入夢，當天晚上一宿無話，第二天的清晨，金鷗子和管金城師叔姪兩人，又出現在九江鎭以南的官驛大路上，直向南昌進發。

管金城經過昨晚九江兵馬指揮使衙門鬧事後，心裡明白寧王宸濠眞個是爪牙遍地，無孔不入，所以他走在路上，小心翼翼，留意每一個過路的人，九江距離南昌不遠，不過一百二十里路程左右，金鷗子師徒走到响午時候，差不多已經走了路程的大半，這時候是七月中旬，金風雖起，驕陽未殺，是以江南一帶還是「秋老虎」的季節，炎熱異常，管金城忽然看見前面現出一座市鎭來，他知道這是距離南昌不遠的星子鎭，向金鷗子說道：「師叔，就快到南昌了！咱們到星子鎭上吃點東西再說！」

金鷗子點了點頭，二人趨向鎭口，來路上突然响起一陣得得馬蹄聲來，管金城扭頭向後一望，禁不住噫了一聲，金鷗子覺得奇怪，連忙回身去看，原來官道上烟塵滾滾，跑來兩匹駿馬，兩匹馬並不足爲奇，最奇的還是馬上坐的並不是鬚眉男子，竟是兩個艷光照人的少女，這兩個少女年紀不過二十歲左右，並馬疾馳而來，左邊的少女豐容盛貌，圓姿替月，頭上用一幅紅綢帕捲住青絲烏雲，身上却穿了一件玫瑰紫的夾襖，腰束大紅布帶，脚下穿着鹿皮蠻靴，右邊的一個少女呢！蓮臉凝酥，長眉入鬢，另有一番丰采美貌，頭上裹着鵝黃色的絹帕，身穿淡綠色的衣裳，兩個少女身上四種顏色的頭帕和衣服，配合得非常調和，她們騎的馬是一紅一黑，蘭筋竹耳，十分神駿，刹那之間，已經把金鷗子二人追上，管金城慌忙向路邊一閃，那紅帕紫衣的少女一縱轡頭，潑剌剌的由管金城身邊不到三尺的地方，一掠而過，她有意無意的廻轉星眸，向管金城嫣然一笑，管金城目光恰好和她接個正着，宛如觸電，立即低下了頭，可是就這刹那之間，兩匹馬已經像飛龍般跑出十丈以外，帶着滾滾烟塵，消逝在星子鎭附近的曠野地平綫之上了！

金鷗子回過頭來，向管金城笑道：「師姪，這兩個娘兒標緻極了，是與不是？」管金城不禁面上一紅，說道：「師叔，你老人家又跟我說笑了，她標緻不標緻，跟我有甚麼相干呢！」金鷗子把面色一正道：「美人骷髏，紅顏禍水，剛才那兩個女子我雖然是走馬看花，一時間看不出她的來路，不過我瞧她兩個的行徑，透着一股說不出的邪味，那紫色衣裳的少女，她身上還帶着迷魂香帕呢！」管金城不由嚇一大跳！這正是：

春雲初展　變幻無窮

陳錦泉勇挫莽教頭

丁冲

提起黃飛鴻，眞是兩廣婦孺老幼皆知的武林英雄人物。在黃飛鴻的門下，有一個名叫陳錦泉的弟子，因得乃師眞傳，所以也武藝高强。

陳錦泉原名殿標，在飛鴻門下，可稱爲數一數二人物，而其得飛鴻之技，且在林世榮之前。錦泉對於飛鴻武技，學得最精者，有無影脚與蝴蝶掌兩種功夫，以其排行第七之故，乃有鬼脚七混號。當黃飛鴻在劉永福軍充當教練時，以其所訓士兵，有特殊成績，所以蘇元春軍閥遠在廣西，亦慕其名，知洪家功夫可用，且知黃飛鴻門下弟子至衆，可以利用，因此函求劉永福介紹，劉永福遂與飛鴻商量，欲其於門下弟子中，選其能幹者到桂，爲蘇元春負教練部屬之責，飛鴻遂以陳錦泉爲介，錦泉亦以此爲良好出路，欣然應命，逕赴廣西。庯知抵達肇慶時，越南烽烟已起，蘇元春奉馮子材之調，率衆開往安南，錦泉遂留落肇慶。幸得到友人之助，開設武館，發揚洪家拳術，以是遂爲當地教頭程牛所忌。程牛在肇慶府本亦有名教頭，向來自傲，以陳錦泉設館以洪家正宗為號召，但程牛平日所教，亦是洪家拳術，今錦泉既以正宗二字爲標榜，顯然是說自己所教者非正宗，不禁大怒，遂思一挫錦泉以顯己能，抑以錦泉祇廿許少年，更不把他看在眼裡，因此在錦泉開館之日，親到與見，而錦泉此次開設武館，固得其友胡某資助而成。胡某在肇慶爲有名殷商，當錦泉設館之時，彼爲求與當地武術界聯絡起見，特出資設筵，柬請當地武術界中人到會，程牛亦接到請柬。在理，倘彼此互相尊重，則須以禮物致送，方往赴讌，所謂禮尙往來，方爲合理。但程牛既有心排除陳錦泉，思向其踼盤，空手前往，當到錦泉武館之時，看見當地拳師，皆已雲集，認爲此係唯一機會，當卽先向錦泉道賀，同時謂之曰：「陳師父，汝之招牌，既以正宗洪拳爲號召，是則我所教之洪拳，必非正宗矣，不過孰是正宗，則須經過較量始能斷定，吾現在到來，目的在與陳師父一較，看看究竟誰是正宗。」陳錦泉聽說，知其有意向自己挑釁，錦泉年少氣盛，且爲初生之犢，以程牛既如是說，亦不甘示弱，毅然曰：「程師父之意甚善，既肯賜教，惟有奉陪可矣，今程師父爲客，我爲主，請先賜招。」程牛以其如是說，遂縱步掄拳，直取錦泉，錦泉先以臂搭其來勢，用問橋方法，探其橋手之力如何？兩臂相接，覺其手堅如鐵，力亦甚大，遂以「橋來橋上過」一訣，奮力挺拳，沿其臂椽衝進，程牛急化漏手脫上，舉兩指疾奔錦泉雙目，錦泉以彼竟用「二龍搶珠」毒手，挖己之目，乃將首一仰，以排手先護上中門戶，但程牛之脚已起，飛蹴其下陰，錦泉以其甫行出手，卽踼陰挖眼毒着齊出，不禁微怒，遂以鞭拳向下鞭落，程牛亦回足不踼，引掌掩襲其脇。錦泉知其所用拳式爲「小鬼推門」，立刻移馬偏身，一式「鬼王撥扇」，以掌力摑其顱。程牛蹲身讓避，順勢以手奪其前鋒馬。錦泉一見其蹲下，先退馬避過，隨用「牛角搥」以兩拳力撞其左右太陽穴。程牛坐馬提臂橫護上方，以單肩進掌，猛推其胸。錦泉以來勢甚疾，急偷步反攻以「掃堂腿」法，從下門橫掃其前鋒馬。程牛突遭其從下門反攻，幾爲所乘，乃退前馬爲後馬，屈半膝於地，以「千字手」臂其踝，先解其勢，同時以「鐵門閂」拳反攻，但錦泉立刻運臂自上而下，轉爲「金鶯撲蝶」一法，合五指如鳥咀，偏身飛啄程牛之目，此一手法，用得快捷異常，一到其目，隨伸二指以挖之，指觸眼蓋。程牛知難倖免，以爲眼睛必爲其挖去，頓時一聲狂叫，但錦泉不忍傷其性命，乃留手不挖，且謂之曰：「程師父之拳術眞高，令吾佩服。」程牛亦知其宅心慈善，故不敢鬥，抱拳說聲領教，狼狽而逃。事後，錦泉語人謂頃間用以創程牛者，爲蝴蝶掌法，固師祖陸阿采得自少林助教獅吼頭陀所教。全法分蝶現花間，穿林見月，煞手撩陰，蝶舞花前，沉脝脫掌，進馬千字，左右雙飛，狂流決壩，脫袍讓位，撥草尋蛇，毒蟒跟蹤，腰間掛劍，旋風落葉，暴雨折枝，左右水浪抛球，金龍纏柱，通天砲搥，蝶擾殘花，吊脚分金，削竹連枝，分漏手脚，小鬼獻寶，疾雷壓頂，突出奇峯，退馬穿橋，醉倒騎驢，提壺進酒，鳩佔鵲巢，蝴蝶分飛，潛避狂蜂，搶步撩陰，斧砍垂楊，猛虎破欄，狂蛟轉尾，懶虎伸腰，蝴蝶穿花，禹門躍鯉，臥虎彈膝，青蛇撲面，截手沉睜，黃鶯鎖喉，玉扣連環，蝶還花樹等四十三式，此套蝴蝶掌，雖以掌名，實在是側重於拳脚並用。此次與程牛較技，原非出於心願，但彼之手法，咄咄迫人，動手便以「二龍爭珠」法欲挖對方雙目，同時說明較拳彼先起脚，以是之故，遂不能不以牙還牙，用此法以制之。不過繼念自己初來是間，不願意留惡劣印象於人前，所以指到其目，迅卽留手，現彼亦知吾手下留情，料其必不敢復與吾爲難。衆人於彼等相鬥之時，因目覩一切，所以深知錦泉，不特武技高超，而且更具武德，對彼益爲崇佩。當時一班來賓皆是武術界中人，既對彼有良好印象，故於其武館成立後，聯絡異常緊密，不敢幺年少而輕視之。錦泉門下弟子甚衆，故黃飛鴻亦時於人前稱贊之，認係一不易多得之門徒。

劍聖下山記

·以上承自第三十四頁·

「喂！一心齋！只管使出你的一喝功來！」

這畢竟是一種前所未聞的武功，已經使人爭以一覩爲快了，何況當前對峙的又是一對年過七旬來頭很大的老翁，正是勢均力敵，那得不瞪大眼睛在全神貫注呢？

於是，一心齋便在大久保前面約有二丈多遠的地方站定，先說：

「你老預備了嗎？」跟着便又「吔——」的一聲喝了出來。只見那向來倔强的大久保登時就不由自主的踉踉蹌蹌倒退了兩步，待欲借槍作杖，以使樁馬站穩，竟也支持不住，終於蓬一聲仰面而倒，跌得不省人事。

當時，在場觀看的，雖然都是些有名的高手，可是却沒有一個能够看出一心齋用的是什麽奇術。只有那個將軍的劍術座師柳生宗矩才在事後悟出他用的乃是一種掌勁。因爲，當他在大聲叱喝時，他的兩手曾經一度一上一下的向前伸出，不過別人只是留心看他的面部動作，而他的出手又是那麽的迅捷，簡直要比閃電還快，所以看不出來罷了！

然而事實擺在面前，大久保固然是輸給一心齋了。可是，做主人的柳生宗矩却不能不急要設法把他救轉回來，假如萬一大久保竟因年老氣衰而致一命嗚呼，那就担當不起了！由是不免慌張地走前向一心齋道：

「你老的功力，眞是了不起！我們後輩只有佩服。可是這大久保翁，不知還可以救回來嗎？」

「這個容易，不妨事的。看呀！」只見他一個箭步竄到大久保跟前，伸指向他的氣門一按，大久保便「唉！」的一聲悠悠甦醒了。

那些武士見着，更其佩服得五體投地；甚至大久保在恢復了神志之後，也不禁對着衆人說道：

「噢！」一心齋的一喝功果然厲害，我大久保今回得要寫個服字了！的確來得，來得！」

後來，他在謁見將軍時，偶然給將軍問起，他也是毫不隱諱的直認自己是給一心齋一聲喝倒；並說：「像一心齋這樣本領的人，眞可稱得『劍聖』哩！」

由是，「劍聖」的這句話，不久便傳了開來，以後，那些武林中便只叫他作「聖劍」而不再以一心齋相稱了。

至於，一心齋本人則在比武大會告完後，也算飄然回到飯山歸隱。

相傳：他這種一喝功，後來只傳了他的弟子「由井正雪」一人。只可惜以後十年，這由井因爲曾經參與慶安四年的倒幕行動，事敗被執，受了切腹的處分，由是一喝功便失了傳。但是，這個「劍聖」的故事，至今還會從一些武林名宿的口中述說來的。

（完）

獵頭族奇遇

·文風·

人們有着這麽說法：在巴西的莽林裏正有着獵頭族的族人集居，他們過着石器時代的生活，野蠻得像一羣野獸；他們不容任何外人帶着頭顱離開他們的領域。總之，在傳說下，他們是非常可怕的東西。

我懷着一個發大財的希望冒險深入亞馬遜流域的莽林，如所週知，在這古樹參天，濃陰蔽日，毒蛇充斥，猛獸縱橫的區域正是一個天然的寶庫；在這莽叢林的地下正蘊藏着一個資源甚豐的綠玉鑛，祇要能遇上好運氣是不難成爲富可敵國的富豪的。我受了這綠玉的引誘，終於決定不顧一切單身深入這危機四伏的森林去碰碰運氣。

深入莽林的第四天，我正在帳幕前煑好湯，剛嚐了一口，突然我發現兩個赤裸着身體，彎弓搭箭的人向我走過來，他們的面孔相當純善，並不猙獰可怖，他們小心奕奕地一步一步的迫近，我向他們笑了笑，禮貌地把那湯碴遞給他們，他們猶豫了一陣，終於接過來嚐了一口，面露歡容地對談了一會，一人上前做個手勢要我隨他們走去，我欣然地束裝就道，在那莽林中走了幾點鐘來到一塊廿來間圓形的茅舍排成一個圓形建於空地的正中。

他們大聲的喊了一陣，在那些圓形的茅舍裏分別趲出一羣赤裸裸的男女，他們的頭髮都剪得很齊整而且男人還持有鐵造的戰刀和長矛，有些則拿了竹弓和箭，顯然地他們都沒有敵意，那看來似是酋長的傢伙命人把我帶進一家相當整潔的茅舍。我才坐下，四個少女便笑吟吟的趲進來。她們一下子便把我身上的衣服褫下，我跟他們一般地變得赤條條。

原來他們有着一個習俗，對外來的客人祇要他們不懷敵意，是不去加害的，並且還視乎客人的身份而撥給若干少女服侍他和給他薦枕。

我在那四個熱情如火少女的包圍下，眞有點樂不思蜀了。六個月過去了，我發現他們的主要食糧是魚和在村中獵來的動物。完全是漁獵的生活。

至於獵頭之謎，到後來我才在一個偶然的機會中打破。事情是這樣的：一天酋長差人找我到他的茅舍去，我一眼瞥見屋子的四周都擺了一顆顆像小皮球般的東西，眉髮畢露，耳目俱全，不是人頭是什麽？我不禁嚇了一跳。

經過六個月的共同生活，我們已能彼此會意了。我曉得原來他要找我的目的是要送客，爲的是他們的規矩是留客不逾半年。當辭行之夕，我向那些少女們垂問人頭的秘密，原來那都是在交戰時割取下來的敵人的首級，由巫師用藥縮製成比原來小三倍的人頭，他們相信這些敵人的首級是能爲他們的村子驅走邪魔的。後來，我在亞馬遜河流域裏亂闖了幾個月，但是，那綠玉鑛却始終沒有找得，祇不過我却獲得了一件意想不到的珍貴收獲。

玩弄小刀的人

江帆譯

「一千二百元？這代價實在太低了。」當盧翼跑到旅館來找我時，我對他這樣說。

「這不過是一個幾分鐘的工作，你還嫌代價太低麼？你難道要想大大地敲一下？」盧翼睜大着眼睛問道。

「不，我那敢這樣大胆！」我連忙搖頭道，「不過，我對於你們不是向來沒有說過一句閒話麼？我想這也應該是提高代價的時候了。」

「那麼讓我代你試試看。不過，葛，請你不要認爲這是一件有把握的事。反正我們總不是白做的！」盧翼咳嗽一聲，然後又接下去：「你今晚能够就去麼？」

「當然能够，我永遠是等着你的吩咐的。」我說。

盧翼把聲音壓低下去：「這是一樁極重要的買賣，你可知道麼？他也許是一個相當難於應付的傢伙。」

「你難道不知道我向來是個十分能幹的推銷員麼？請你不必担心。」我笑了起來，「不過，我已經說過，我要多沾一點光。」

「這個我是會替你說的，你放心好了。」他說完了，拔脚便走。

平心而論，我也不能怪他。他壓根兒就祇是一個小人，他把命令傳給我，也恰如另外一個人把消息傳給他一樣。不過，我也幹得膩了。幾百元的代價，在盧翼頭子的眼裡，並不算什麼，而且我又不是常常有買賣。有時候，我一直要白等三四個月，然後才會收到一張條子，叫我到廟城去等盧翼。在平常的時候，我就祇好做一家五金鋪的推銷員。憑着一個推銷員的身份，你想我能够賺到多少錢。

我祇花幾分鐘的時間，把那一隻經常帶出去的樣品箱檢查了一下，便向廟城出發。這一天晚上雖然相當寒冷，但廟城的街市裡，仍舊熙熙攘攘地擠着不少的人。所有酒店都客滿。霓虹燈的光芒，照在行人的臉上，使他們一個個都變成了那些排架在層上褪了色的泥娃娃。上街雖然比較好一些，但我仍舊聞着那自馬車的窗縫裡鑽進來的煤油的氣味。我真運氣我能够不住在這個充滿着污濁空氣的城市裡。

我的第一個目的地是美麗華夜總會。我猜想這一定也是由盧翼的頭子在幕後操縱的一個機關，雖然盧翼並不曾這樣地告訴我。其實盧翼不會告訴我的話也太多了。例如他不說，我也知道他的頭子是在廟城裡發佈命令的。而且他的命令還相當有力，有時連市長都要受他的指揮。

× × ×

那時雖然時間還早，但夜總會裡已亂哄哄地擠滿了人；聲音相當嘈雜。我一走進去，那個坐在衣帽間裡面的女郎，便投我以一個淘金的媚笑。我決意等我見到盧翼的時候，再向他探聽關於她的一切。因為她實在生得太迷人了。

這時樓上的後廳裡，已開始玩牌。那個派牌的頭家本來是認識我的。他瞧見我進來，立即微笑招呼，並派一份牌給我。我讓那份牌覆在枱面，不去碰它，逕自枱子旁邊走過去。他對枱子上的人點點頭，他們便各自鈎心鬥角地繼續去玩手裡的牌，好像沒有看見我似的。我走出背後那扇小門，奔下樓梯，穿過一條小巷，踏上美麗華背後那條大街。幸喜一路上都不會碰到任何人影。

那傢伙所住的，是座落在攸格立街十六號的一所小洋房，前面有塊草地，看過去倒也相當精緻。當我到達那裡的時候，樓上早已漆黑如墨，祇樓下亮着電燈，一切環境似乎對我都十分有利；而且恰如盧翼所說，他還是單獨一個人獃在家裡。我眞不明白，為什麼盧翼或他的頭子竟然能够把這些一切都安排得那麼妥貼。不過，那時我也沒有閒情去研究這些問題，反正吃這碗飯的人所必須注意的就是自己的眼前問題，其他一切是都可以置之不理的。

我回頭向街上張望一下，知道那時附近確沒有一個行人。便打開樣品箱，自裡面掏出一副舊手套和一把尖銳的麵包刀，然後伸手去按門鈴。

出來開門的果然是那傢伙自己，因為他的相貌恰和盧翼所給我的照片完全相符。我看他身材矮小，手脚遲鈍，知道他決不是我的對手，便挨近一步，開口問道：「是甘伯棠先生麼？」

「是的，你來到這裡有什麼貴幹？」他點點頭，臉上顯着狐疑的神色。

我平常幹掉一個人的時候，總要先讓對方有幾秒鐘的時間去瞧清那話兒，然後下手，因為我最愛看他們的突出的眼睛，恐怖的狀貌和最後絕望的神情。你想當他們見到了我手裡的利刃，喉頭血管突然漲大，想迸出喊救的聲音時，這是何等一個美妙的鏡頭呢。

可是你却不能讓他們有喊救的機會。你必須在恰當的時間下手，使他們無法掙扎，因為每一個人的反應時間各各不同，有的快，有的慢，而你的下手速度也便要跟着它而有差異，至於怎樣能够達到這個目的，那便完全是一個技術上的問題了。

例如那天晚上我所幹掉的甘伯棠就是反應得最為遲緩的一個。

在二十分鐘的時間，我又已溜進美麗華的後門，攀上樓梯，回到後廳，在玩紙牌的枱子旁邊坐下來。那時我派到的那份紙牌旁邊，已多了一個信封，我應得的酬勞一千二百元就都放在裡面。

「你今晚的手氣眞好！」那莊家扮着笑臉對我說。

我掏出二百元去買籌碼，不料在不及一小時的時間裡我便已把它們全都輸掉。我不由自主地又自信封裡抽出三百元，想碰碰運氣。結果，我終於証實：我生平在賭馬和賭紙牌上面是永遠不會贏錢的；我應該一心一意地在女人身上用功夫。

× × ×

在九時半左右，我無精打采地把賸下來的七百元現款藏入懷裡，走出美麗華，回到我所住的旅館，踱進酒吧要了一瓶酒，一盤明蝦生菜和一杯咖啡，痛痛快快地吃了一頓，然後回到自己的房間。後來我又跑到盧翼那裡。他對於我所幹的工作表示滿意，可是我却對他表示不滿。

「葛，你不是已經乾乾脆脆地得到了一千二百元的代價麼？買一張火車票以外，可沒有別的開支，在我看起來，你也應該意足了！」盧翼說。

「可是我從不會在別的地方收到這種代價。」

「你的確比我能幹得多。但是，朋友，我們的頭子已經覺得這是很够的了。」

「可是你要知道，他叫我幹的並不是五金生意，」我說，「而且我還知道，他同時也幹些輪盤、紙牌和女人的買賣，難道還在乎這一點點的錢？」

盧翼聳了一下肩，也不說什麼。

那天晚上，我終於不曾在盧翼身上得到任何諾言，我祇好挾着沮喪的情緒，踱回旅館，走進浴室，洗了一個淋水浴，心裡才覺得畧為舒服一些。於是我突然記起美麗華夜總會裡那個衣帽間的女郎了。我深有懊悔，我忘記向盧翼探望關於這個女郎的秘密。

驀地房門上起了一陣輕微的剝啄聲。

× × ×

我跳了起來。我感到意外的緊張，不由地深深吸進一口氣的然後說道：「請進來好了。」

進來的是一個體格魁梧的傢伙，身材和我一樣高，身上穿着一襲十分名貴的夜禮服，剪裁和式樣都極其入時，自外表看起來，他無疑地是一個典型的上流社會的人物。

「你是葛先生麼？」他微笑地問道，「你是來這裡推銷五金器材的葛佐治先生麼？」

「是的。」

他回身把房門鎖上。「我能够和你談幾句話麼？」他說。

「請教大名，你想和我談些什麼？」

那傢伙臉上掛着微笑。「我想介紹姓名是沒有什麼作用的，而且你也無需要急於知道我的姓名，告訴你，無非使我們中間的關係變得更複雜罷了。」他笑着說。

他媽的，他爲什麼不肯把姓名告訴我，難道他就是盧翼的頭子麼？我心裡暗忖。

「不，你決猜不出我是什麼人，」他搖頭道，「假使是的話，我一定還要照平常一樣，差盧翼來和你接洽，你說是麼？現在我所能告訴你的就是我和那傢伙有類似的，但却不是相同的興趣。」無疑地他是已經知道我心裡所想的是什麼了。

「隨便你怎麼說都行。我壓根兒就不知道你在說些什麼。假使你要買五金材料的話，那就請你爽爽快快地說出來好了。」

「葛先生，在某些時間或地點，我們固然要裝傻，可是現在却不是裝傻的時候。」

我不喜歡他所說的話，我更不喜歡他的體格和態度。因此我便決意對他下逐客令：「現在我要睡了，有話留到明天再說好麼？」

「我想還是現在說的好，例如：今晚甘伯棠的被刺，以及以前你所經手的幾樁命案，就都是很好的談話資料。」

「我簡直不知道你在說些什麼。我想你大概是找錯人了。」我心裡不由地有些驚慌，但却故意裝出鎭靜的神情。

「葛先生，請你不要再裝傻了。打開天窗說亮話，我所羡慕的，就是你的胆大心細的態度和手乾脚凈的作風。」

「可是我所羡慕的却是睡眠，」我跑過去把門打開，「現在請你出去好麼？」

他冷笑一聲，把門踢上：「葛，請你少說廢話好麼？」這時他說話的神情已經完全失掉幽默感。「你今晚由盧翼手裡受到一個傢伙的委託，把甘伯棠幹掉。三個月以前，在同一情形之下，你殺死毛仲祺。你手脚幹得十分乾凈，官方雖然懷疑到你，但却奈何你不得，因爲一則你有推銷員的身份可以掩護自己，二則美麗華的紙牌場面可以作爲你的不在場証據，三則警局裡面，並沒有任何關於你的指紋、案底，以及其他記錄可資參攷。所以你在這裡便成爲一個最可靠的職業兇手了。」

「你簡直是在含血噴人！」

「放輕鬆一點好麼？」他的臉上又掛着笑容了，「我不是來找你的痛脚，我是來和你談生意。」

他探手入懷，掏出一隻厚厚的信封，自裡面抽出一束五十元面額的鈔票，把它們展成扇形，握在手裡。

「葛，這裡有二百張五十元的鈔票，一共是一萬元。」他把那一疊鈔票，遞到我的面前，「你大概已經聽到麥士德的名字了。假使你肯替我把他幹掉的話，這一萬元的現鈔便是你的。」

我默然不語，他又繼續下去：

「這傢伙是一個最具有服務精神的市民。他立志要掃除廟城的一切罪惡。同時金錢又不能打動他，因爲他太有錢了。現在他又開始和我作對，所以我決意要把他幹掉。」

他用那隻信封輕輕地拍着自己的手掌：「本來呢，我自己也能够把他幹掉，不過，這也許不很方便。我喜歡你所做的工作，同時我又認爲雇用一個職業家，到底是一樁最容易的勾當，所以我才想起你。假使你願意接受我的委託的話，我便將這一萬元的現鈔，作爲你的勞力的代價。葛，請你仔細攷慮一下，一小時以後；我將在樓下裡的酒吧等你的回信。」

× × ×

那傢伙走了以後，我靜靜地默想兩分鐘，便脫下衣服，關掉電燈，上麼睡覺。我決定不要去理睬他，我認為我和盧翼以及盧翼頭子中間的關係，已經攪得相當不錯，我又何必三心兩意去接受這來歷不明的外快。

可是我上床以後，却始終不能闔眼。我躺在床上翻來覆去，似乎沒有一個地方可以使我睡得舒舒服服。有一次，在無意之間，我的手偶然碰到掛在床邊椅背上的那件上衣袋裡的錢包，我便不由自主地想起那賸下來的七百元的鈔票。「哼，七百元！它能够維持你多少時候？」我心裡似乎感到無限地的惆悵和酸辛。

我又想立即起床，去找盧翼，問他是否認識麥士德，和那體格魁梧的漢子。可是，我畧一轉念，又覺得這是一個多餘的舉措。也許盧翼會說：「葛，我又不是偵探或警察，我怎麼會認識一個不知姓名的男子和什麼麥士德？反正廟城是我們頭子的地界，他已經雇定了你，同時還替你安排工作，你爲什麼還要三心兩意，去做別人的爪牙？」

可是，仔細一想，他所給我的到底是怎樣的一種代價呢？

我不由起身下床，扭亮電燈，燃起一支紙烟，掛在嘴裡，向桌上檢起那份晚報，隨意翻閱。於是我便在本市新聞那一版上瞧見了麥士德的照片。他禿着前頂，胖耳肥頭，倒也相當有福相。那條新聞所載的是他在婦女協會餐會裡所發表的一篇演詞。他說：「此後我將盡所有的力量，和本市其他的公正市民合作，把那些黑社會人物以及一切的不法組織澈底鏟除，俾使你們的家庭，子女以及前途都得到一種安全的保障。」

我一連吸盡了兩枝紙烟，把紙上所刊載關於麥士德的一切材料全都看完。無疑地，據他所發表的談話，他也是我，盧翼以及盧翼的頭子的敵對人物，那麼至少爲保障我自己的安全起見，我也得把他幹掉，何況同時還有一萬元的收入呢！

於是我終於提起電話聽筒，到樓下酒吧裡去找那個等待葛先生的怪客。

× × ×

麥士德在廟城的花園道，一個最華貴的住宅區，置有一座別墅。那個怪客把它的地址告訴了我以後，同時還給我一把汽車鑰匙，一百張五十元面額的鈔票，以及那座別墅裡面的詳細圖解。他着我坐他的汽車去，而他則坐在我的房間裡等我回來。

「麥士德有一個怪癖，」那傢伙對我說，「當他晚間住在這座別墅裡時，他一定吩咐所有的僕人全都回去，俾使他可以獨享那寧靜的環境。他爲什麼要這樣做，我們當然無法猜詳。所能知道的，就是假如他是在裡面睡覺，那別墅裡就一定沒有別人。不過，今晚他恰在那裡開會，非到十一時左右，客人們決不會走光。所以你到了那裡以後，必須確實知道裡面已經沒有別人，然後才可以進去。不然的話，你便有相當危險了。」

我看他一下子就給我五千元，而且還讓我借用他的汽車，顯然是對我十分信賴，而沒有什麼異圖的。所以到了十一時缺五分，我便駕着那輛汽車到花園道去，在離開別墅兩個路口的地方停了下車。我走到那裡，四面已經靜悄悄地沒有半個人影。那別墅裡的燈光，除書房外，也已全部熄滅。我再走到書房外面，翹起足尖，向窗隙裡望進去，果然瞧見麥士德獨自一個人坐在寫字間前面，好像在翻閱什麼文件的樣子。

我知道這時已經可以下手了，便打開我的樣品箱，從裡面檢出一雙手套和一把尖刀，然後伸手去按門鈴。

這時在我頭上的門燈和甬道裡的電燈都已突然亮起來。甬道裡發出一陣脚步的聲音。接着那扇門便呀然打開了。

「是忘了什麼東西麼？」麥士德還以爲是他的一個客人回來，後來瞧見了我，便呆呆怔住。我乘機擠了進去，回身把門關上。

「這是什麼意思？」他開口問道。

「我是特地來找你的。」我說。

他的聲音突然低下去，但不是害怕，而是憤怒：「葛，你到這裡做甚麼？盧翼又不曾叫你到這裡……」他說到這裡却已瞧見我手裡所握着的小刀，便突然停止，倒退到客廳裡去。

「葛，請你聽我說！假使你為的是錢，這是可以商量的。也許你認爲我所給你暗殺甘伯棠的代價太低一些，可是，你爲什麼不動腦筋，你總不應該來殺死我呀！難道你不記得我所給你那麼多的工作麼？關於以後的事，我當然再提高你的代價。」

我萬萬想不到：我所要殺死的人，却原來就是那叫我殺人的人！

他看我的愕然驚悟的神色，便不由地臉上掛着笑容：「葛，現在總應該知道我是誰了！」

「你原來就……就是盧翼的頭子！」

他點點頭，臉上的笑容越堆越多。無疑地，他認爲這是太可笑了，因爲我居然會被人愚弄。

於是我也笑了：「我眞想不到我會碰到你，可是，現在我却還不能不讓你嘗嘗這口刀的滋味！」

他臉上又顯出發慌的臉色，把身體靠着背後的牆：「葛，且慢，有話好說！」

事實上，我這時已經沒有別的路可走。我必須保護自己，我決不能自騙自地認爲他仍舊可以讓一個知道他身份的人活着，其實，就是盧翼也未必知道他的頭子就是麥士德呀！

我必須毫不遲疑地把他殺死。

「葛，請你高抬貴手！我以後一定要提高你的酬勞，兩倍也行！三倍也行！」

我不住地搖頭，握着刀，向他的面前直衝過去：「我決不那麼傻，會相信你的話！」

「廟城的一切都在我的夾袋裡，」他上氣不接下氣地說，「我擁有不少的酒吧、賭窟和夜總會，我可以讓你做一個單位的首領。」

「不要再說廢話了！」

我疾如脫兎地衝過去，用左手抓住他的手臂，舉起手裡的刀，向他的胸口刺下去。他大聲狂喊。

「住手，把手裡的刀扔下！」一個熟悉的聲音自後面傳過來。我覺得一陣劇痛，不由地手裡一鬆，把麥士德放掉，踉踉蹌蹌地回身，退到牆邊，讓自己支持在牆壁上。原來我的手臂上已經中着一槍了。

× × ×

這時和我面對面站着的是四個警探和幾個着便衣的人，由那個委託我殺死麥士德的高大漢子率領着。但他這時已穿着警長的制服，握着手槍，笑嘻嘻地對着我。

「你這奸猾、無恥、不要臉的警察！」我不由地怒火中焚，對他申申辱罵。

他提起拳頭向我的臉上猛擊，我似乎覺得天旋地轉，險些躺下地去。

「讓我們走吧！」他對麥士德說。

「我眞不知道要怎樣地感謝你，警長，」麥士德說，「剛才這個瘋漢不知怎的會突然衝過來，想把我殺死。幸虧你們及時趕到，才僥倖救了我的一條老命。」

「不要說廢話，麥士德，」那個警長說，「現在我們已經不容你再僞裝着一個社會聞人的身份了。你和他一樣地是我們拘捕的對象！」

「可是……可是這完全是一塲誤會呀！」麥士德期期艾艾地說。

「並沒有誤會！」警長說，「當你想說服葛佐治，希望他不要下手殺你的時候，你不是已經承認你是他的頭子麼？你是許多兇案的幕後主持人麼？老實告訴你，自從我上任以後，我就一直地在疑心你。可是我却老找不到你的證據，因此也就無法拘捕你，但是現在你和他所說的話都已被我用錄音機錄下來了，而且還有這許多人作証，你還有什麼話可說！」

他說到這裡，便掏出手銬，把麥士德和我全部銬上。「我担保我可以親手把你們送交我們自己的職業殺人者，那就是絞刑官！」他微笑地說。

西洋拳王爭霸戰

·長人譯·

隨便你說拳賽是一種健身運動也好，是一種男性自衛的技術也好，畢竟它是一種殘忍的，不道德的玩意。

羅馬拳賽者站在鋪滿木糠的鬥場中，手上戴着一條嵌了鐵角或銅角的皮帶。如果被擊中一拳，皮肉馬上被扯去一大塊。

現在拳賽家所用的四安士重的皮製拳套，在大力抽擊時，它們可以震撼人體的器官，造成內部的傷害。這種拳套，在人道主義的名義之下，於一八八零年，由昆士巴利侯爵介紹使用，在這以前，拳賽者都是赤手空拳的；互相糾纏，也被認爲是一種合法的舉動，每一個回合，並沒有時間上的限制，直至一方面將對方打倒或把他摔在地板上或草皮上，才告一段落。

在美國，拳賽雖認爲是一種合法的運動，但它比任何其他的運動，更爲不法之徒所利用來生財。

在拳賽的時候，儘管有醫生在場監視，但還有許多拳賽者被擊斃的事件發生。美國西岸一個很有前途的重量級拳師法蘭琪·金比爾給麥士·卑亞打死了；另外一個有躍登拳王寶座希望的重量級拳擊家安尼·沙夫，也在柏拉模·卡尼拉的拳下斷送了性命。安尼·沙夫在和麥士·卑亞比賽時，曾被擊昏了，用帆布床扛出去，經過五十分鐘，才淸醒過來。

拳賽在十八世紀的後期才開始在英國盛行。當時的詹·弗，譚·克獵和其他出身寒微的拳師，開設健身學院，教授年青的公爵和伯爵。

一世紀以前，約翰·毛里斯是美國第一個赤手拳王，他原是一個大力士，拳術很高明，所向無敵。後來，他從事政治活動，成爲一個頗有權威的政客。

不過，當時世界拳王這個榮銜，並沒有橫渡大西洋，直至約翰·沙里文將英國拳王差利·米曹擊敗，這個榮銜才伸展到歐陸去，沙里文並不是一個巨人，他有五尺十寸的高度和一百八十五磅的體重

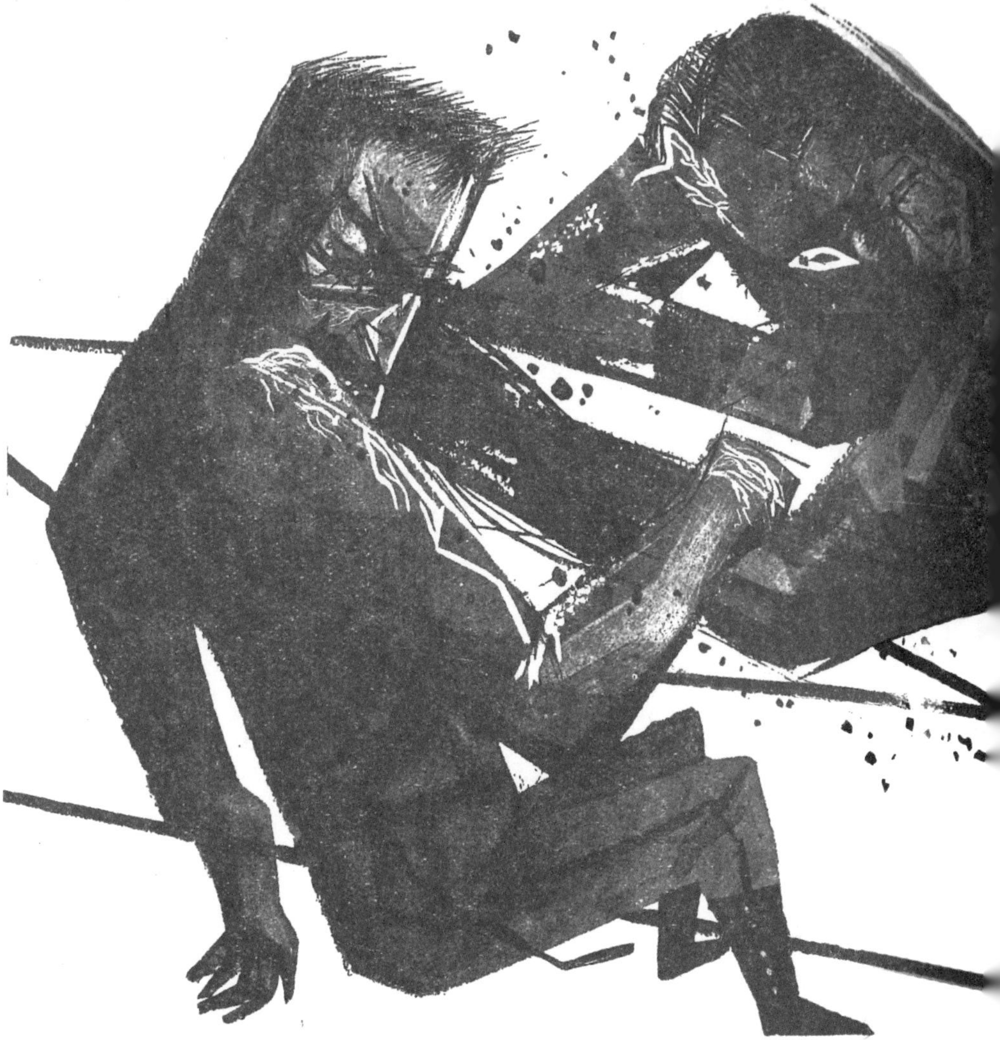

，可是却有着一雙鐵拳。

在雄據世界拳王寶座的十年中，沙里文曾經打過許多次硬仗，但都把對手擊敗了。一八九二年，他到紐、柯連斯去，和占士・哥拔比賽。哥拔是一**個來自舊金山的銀行職員**，個子很高，身體雖然並不粗壯，肌肉却很結實。他曾和無敵拳王積・淡西，彼得・積臣，差利・米曹和祖・蔡斯基等各拳壇硬漢比賽過，來頭也不小。

沙里文跟他比賽的時候，還有着濃厚的酒意；他在擂台中向哥拔追趕，很少機會向對方襲擊，後來，他忽然停下來，對哥拔說：「來吧，進來跟我搏鬥呀！」這是沙里文的最大錯誤，給哥拔看出了弱點，知他還在醉酒的狀態中，並未完全清醒，於是，他像閃電一般，一轉身就向沙里文反擊，一記勾拳，把他打倒，爬不起來，拳王寶座，便垂手讓給哥拔。

哥拔一直保持着世界拳王的榮銜，直至一八九七年，才給澳洲的中量級拳賽冠軍・卜忽斯門所擊敗。

沒有多久，哥拔從前的夥伴占、遮扶利便從忽斯門的手上將拳王的榮銜奪過來。此後，拳王寶座便由第二流的好手馬雲・亨脫和譚美・賓士相繼保持着至一九零八年，積克・約翰將賓士擊敗成為拳壇的霸主，同時也是美國第一個黑人重量級的拳賽冠軍。在這個世紀的最初二十年，黑人中產生了幾個在拳賽歷史中最顯赫的人物。積克當然是其中的一個，其次是三姆・蘭福和祖・珍湼；自從哥拔之後，珍湼被認為是一個最佳的重量級拳師。在中量級方面，最著名的就是祖・華爾葛，正如卜・忽斯門一樣，他常常把重量級的拳師打下來。說到輕量級，那就非祖・根士莫屬了。

由於種族的歧視，這些黑人拳師便祇好向海外發展。

第一次，蘭福和他的經理人到倫敦去，和一個英籍的重量級拳師作一次公開比賽，代價二千磅（

約値當時的美金一萬元），優勝者可以不折不扣地把這筆欵拿走。

蘭福太高興了。出賽之前，他在更衣室中暗暗的忖着，他們的旅費已所餘無幾，祇要這一塲比賽獲得勝利，他們的經濟困難馬上就可以解決。同時，他更神往花都的風流艷事，有了錢，就可以到那裡暢遊一次。他回頭對經理人說：「你到外面去，儘量跟人打賭，說我將佔優勝！」

一會兒，經理人回來了，神色非常緊張。

「我已經跟人打賭一萬磅了。」他告訴蘭福。

蘭福暗暗的吃了一驚，因爲這個數字實在太大了，不是他們的能力可以負担得來。眼看他缺乏信心，經理人心裡一怕，馬上昏倒了。蘭福祇好獨自出台，由一個英國人替他當助手。

在最初的兩個回合，他像一個傻子一般，站在台上，讓那英國人爲所欲爲地向他毆擊，把他打得皮破血流，到了第二個回合快要終結的時候，對方更使盡了力氣，照他的眼角一擊，這一下，却把他從迷惘中打醒了，他瘋狂地向敵人還擊，不過幾秒鐘，就把對手打昏了。

後來，他對那個英籍助手說：「我一想到打敗以後所發生的情形，四肢馬上就痲木了，連手也提不起來；當時我想着的就是五萬塊和英國監獄。」

回到更衣室之後，經理人剛剛醒過來，他看見蘭福渾身是血，以爲他打敗了，頓時又昏了過去。

第一次世界大戰以前，最出色的拳師就是士丹利•吉曹，他是一個中量級的冠軍。

後來，澤西•威勒繼承了他的王位，至一九一九年七月四日，才在俄亥俄州被積•淡西擊敗。

在一九二零年以後的幾年中，淡西和他的兩個經理中積克•堅士和達士•李察使拳賽成爲一種最有出息的經營。他們在澤西城替淡西安排了一塲衞冕戰，對手是一個超齡的輕量級拳師，他的名字叫喬治•卡本蓮。開賽之後，祇有四個回合，淡西就把他打倒了。

第二年，淡西又在馬球塲和阿根廷的路易士•科甫對抗。淡西捱了對方一記橫拳，昏了，不知過了多少秒鐘，才淸醒過來，不過，結果他還是勝利了。

五年之後，他和一個綽號「野牛」的拳師比賽，經過短期的接觸，他將對方打低了，可是，他却站在對方的身旁，對方要爬起來，他一下子又把他打下去，一連五次，終於把野牛打傷了，用帆布床扛出去。就因爲他這種動作有點近於兇殘，第二年便通過了一條規定，當一個拳師被擊倒時，另外一個拳師必須退到另一邊去，讓對方有機會爬起來。

這時，新澤西州一個年青拳師崛興起來，他的名字叫米琪•獲嘉，是一個脾氣很壞的傢伙，不高興的時候，他常常用脚踢，用牙咬或用指甲將對方抓傷，有時甚而緊握着對方的咽喉；但是，如果他對代價感到滿意的時候，他便打得非常精彩，而且兇得像魔鬼一般，勇不可當。一九二二年至一九二六年，他是輕量級的冠軍；一九二六年至一九三一年，中量級冠軍的榮銜，却落在他的手上。

一天晚上，不知爲了什麼事情，他和中量級冠軍「獨眼龍」哈利•格獵發生磨擦，在停車塲大打出手，誰勝誰負，始終沒有人能夠証明。

格獵是一個怪人，粗野得像一頭野獸，隨時隨地都願意跟人打鬥。打鬥就是他生命中兩樣最重要東西之一；另外一樣是性慾。有一次，有人在咖啡室裡介紹柯里芙•譚馬士給他認識，她是一個特別艷麗的歌舞女郎。格獵非常不客氣地提議要跟她去開房間，柯里芙受不了這種恥辱，禁不住哭起來，憤然地走了。一個要好的朋友向他指責，他冷然地說：「女人是要來幹嗎的？」

在床上或在擂台中，他的動作很快、很兇，而且貪求無厭。不過，他死得很早，但他的享受，却比許多人好得多。

淡西面臨着像其他大多數拳王所遭遇的困難，他需要錢。但所有的好手都給他擊敗了，再沒有人跟他比賽，足以吸引觀衆。一九二三年，蒙丹拿的沙爾比城，願意預先給他一筆優厚的保證金，請他和著名拳師譚•吉本士比賽，淡西答應了。

不料，比賽的時候，觀衆寥寥無幾，兩個出賽的拳師，都感到沒有意思，他們在台上互相追逐了一會，便跑出塲外，觀衆瘋狂地追趕着他們，說他們欺台，後來他們跳上了一部卡車頭，匆匆開走，才脫離危險。

另一次有趣的事件也是在沙爾比城發生的。當時一個名叫畢杜靈•納爾遜的輕量級冠軍被邀到當地作賽。他坐了三天汽車才到達那裡，僕僕長途，身車滿染塵垢，走進會塲之後，他瞥見一大盆淸水，又沒有人在塲，毫不遲疑便將衣裳脫下，浸進水裡。就在這個當兒，一個朋友看見他，驚惶地喊着：「畢，你眞糊塗，這是我們剛才弄好的檸檬水，是讓觀衆喝的，你怎麼好拿它洗澡？」

納里遜連忙爬起來，一邊穿衣一邊說：「不要緊，他們不知道，一樣會喝的。」

果然，檸檬水被喝光了，而且並沒有不良的反應。

不過，他死得很早，但他的享受，却比許多人好得多。

另外一個名叫畢杜靈•納爾遜的輕量級冠軍被邀到當地作賽。淡西第一次和端尼碰頭的時候，他已經沒有作賽三年了，技術難免有點荒疏。另一方面，端尼却是一個年富力强，朝氣勃勃的小夥子，而且拳術很高明，結果，在第十個回合中，就把淡西擊倒了。第二年，這兩個人又在芝加哥比賽，觀衆的擁擠，是拳賽史上未之前見的。淡西自從那次失敗之後，卽不斷地苦練，而且常常跟第一流的好手作拳賽，連未來的冠軍積克•沙琪也給他擊敗了。這回他雖然大了一歲，可是却在巔峰狀態中。到了第七個回合，他將端尼打昏了，十四秒鐘之後才清醒過來；淡西的拳迷非常鼓譟，認為超過了時間，應判淡西獲勝。但他們忘記了淡西給利甫打昏的時候，歇息的時間更長。

端尼爬了起來，繼續比賽，他奮勇向淡西還擊，不到三個回合，就把淡西打敗，拳王的寶座，也給他奪了過來。

端尼也在一九二八年擊敗了譚・軒尼，有了一筆很可觀的收入而宣佈退休。

一九三五年，拳壇中忽然出現了一頭雄獅，他就是被譽為褐色轟炸機的祖・路易士。當時的拳王徐墨林雖然給沙琪擊敗，但仍然雄心萬丈。人們於是讓他和路易士一見高下。

一九三六年，當他們在一個擠滿了觀眾的花國廣場中比賽的時候，到了第四個回合，徐墨林的一記勾拳，把路易士打得頭昏腦脹，在以後的幾個回合中，他也處於捱打的地位。到最後一個回合，他甚而給打昏了。

原來徐墨林看出這個黑人拳師要開始向對方襲擊的時候，他的左手一定先垂下去，然後用右拳出擊。徐墨林看出了他的弱點，便專門利用他左邊的漏洞向他進攻，果然獲得了一次重大的勝利。

那時，拳王寶座，正由占士・畢列鐸佔據着。徐墨林曾公開表示，要跟占士作戰，但拳壇的大亨，却不願意王冠落在德國人的手上，結果，他們安排了一場比賽，由占士和路易士對抗。經過一次熱烈的肉搏戰之後，路易士便一躍成為世界拳王。

一九三八年，徐墨林再度和路易士碰頭。這時，路易士的年紀較長，經驗也較前豐富，而且正在巔峰狀態，因此，他在兩分零四秒的時間內，便使這個德籍的拳師，向他稱臣。

從此，路易士便稱雄拳壇，所向無敵；一九四九年，他將拳套高掛起來，宣佈退休。這時，他已上了年紀，身體發胖，而且動作緩慢，已經失去了一個拳師所應具有的條件。可是，他因為欠了政府一筆龐大的所得稅，無法清付，祇好再作馮婦。

然後，他的黃金時代已成過去，在擂台上，他簡直有點力不從心，所以，他和伊撒・査路士，洛琪。格拉斯安奴和澤西・祖・華爾葛諸人比賽，也一一敗下陣來。

眼看拳壇已沒有他容足的地方，祇好悄然回去。有一個時期，他雖然經營過娛樂事業，但並不成功，一化拳王，贏過數以百萬計的金錢，到頭來却仍舊兩袖清風，實在太出乎意料之外了。

不容否認，直至現在，路易士還是世界上最偉大的拳王，他雖然年華老去，退出了拳壇，他的名字，將永遠深印在人們的腦海中。

說到中量級的拳王，我們馬上就想到蘇嘉・雷・羅賓遜。他被認為是一個罕有的拳師，在第二次世界大戰以前，他已贏得「金手套」的榮銜。一九三九年，他正式成為一個職業拳賽家，可是，要等到一九四六年，佛列特・哥柱蘭從海軍解職之後，把他擊敗了，才正式坐上了中量級拳王的寶座。

幾年前，他在倫敦被一個名叫蘭地・拖平的西印度黑人拳師所擊敗，但不久之後，他在美國楊基運動場，再和拖平比賽，結果，他在第十三個回合中，將拖平擊敗了。

後來，他參加輕中量級拳賽。在八月的一個晚上，他和祖威・麥森對抗；天氣是那麼酷熱，公証人魯比・威士汀竟然被熱昏了，由雷・美拉替他繼續執法。羅賓遜最初還支持得住，但後來也因為熱得太厲害而昏倒了。

羅賓遜當年的雄風雖然已經逐漸消失，但和他的重量相等的拳師，也不容易把他折服。一九五二年，他和洛琪・格拉斯安奴比賽，在第四個回合中，他的下頷吃了洛琪最厲害的一拳。從電視幕中，人們看到他的雙手和膝部按在地上，頭伸出繩外，呆然地對着觀眾出神。

他及時爬起來，像狂風暴雨一般，向洛琪毆擊，這就是拉慕連所說的連環拳，洛琪不知道它的厲害，無怪他要吃敗仗了。

直至現在，輕、中和重量級的拳王寶座正虛懸着，誰有本領，就可以膺上拳王的榮銜。

三傑屠龍傳

·本文承自第八頁·

詎正當王在心間暗暗盤算，估計怪面狼武功造詣之際，陡聞演武場內，有人一聲大喝，恍似暗天裡響起一個巨大的焦雷，乃急抬首而觀，將視線再度集中於比武場上，則見怪面狼黃杰此時似感與諸人久戰不耐，因而一聲斷喝，隨着即把閒雲玄姥向他所悉心傳授之畢生絕藝閒雲拳法施展開來，初則疾似驟風，繼則神閒氣靜，拳法疏中帶密，有若閒雲一片，隨風蕩漾，出岫無心。而怪面狼之整個身軀則東倒西歪，跌跌蹌蹌，如同醉步，可是當彼之拳風所至，使場內與之比賽之南派諸拳豪無不葦相辟易，仆倒場內，掙扎不起，發出呻吟，轉眼之間，十一名南派男女武林高手，已通通受傷，遭怪面狼一齊解決。

王唯一看至此處，以黃之技藝如斯卓絕，不禁大爲讚嘆。

怪面狼施展「閒雲」拳法一舉擊敗十一名南派高手後，面現得色，繼將右手一揚，指名要宋宗武下場待死。宋宗武因已知其厲害，不禁踟躕不前。半晌怪面狼以未得要領，不禁勃然怒作，把心一横，決定先行取去賽尉遲性命，及將宋家莊搗毀，然後始强擄其女英娥而去，乃即開莊坐馬，運起全身神力於兩條臂膀之上，雙手抱住演武場內支撐正樑巨大無比之石柱，祇輕輕一搖，早已聽到發出一陣「力勒」奇響巨聲，此柱即隨之微微動搖，樑上塵灰飛揚，沙石簌簌亂墜，使到諸人無不暗咋舌徬徨。

正當此時，祇聽有人一聲長笑，飛身躍進場中，連呼怪面狼何得輕視天下英雄，驕傲無禮至此，俟小爺前來把你收拾，使你莫謂此地無人。衆驚視之，則此一躍進場內代諸人出此一口不平烏氣之俊偉青年，正是與天南怪叟同來之王唯一，與諸南派武師及主人父女原屬素昧生平，絕無過節，除天南怪叟領過其渡水輕功之外，多不知其武技造詣奚若，能否與怪面狼爲敵，以解主人之厄，兼爲南派武林各家爭回一點面子，實不可知，故多暗裡懷疑，但以彼旣仗義出頭拔刀相助，無不對其寄予一種非常希望，尤其宋英娥一縷芳心，陡感驚喜萬狀，有如小鹿亂撞，卜卜跳個不停，以個兒郎忘是英武可人，翩翩有如玉樹臨風，懸想在於安平鎮前白石門樓之下與之初晤時，就彼對己顯露之一手千斤墜磁石吸鐵功觀之，則其內勁武功，相信亦迥非尋常之輩，倘能藉其力，倖而將此仇家趕走，由此獲交，實屬畢生幸事。

是時，怪面狼黃杰，正在場中耀武揚威，突然見殺出一個文弱書生模樣，美如冠玉之少年人，看他脆骨柔根，根本不把他看在眼內，俟王行近，即亢聲對之而言曰：「少年人，汝究有何本領，系屬何家師承，胆敢下場來捋虎鬚，諒汝之雙目非盲，豈不見南派各家武術拳師，頃者雖一擁聯合而前，亦敗於我怪面狼之手，尙何不自量力，莫非活得不耐煩？汝如知機的，快快退出場中，否則在汝祖師爺拳脚無情之下，枉送性命，悔之巳晚。」怪面狼措詞荒謬，傲態凌人，王以從未受過他人如此冲撞，今遽受到怪面狼語言輕侮，當堂氣到哇哇大叫，雙目盡赤，怒火如焚，於是更不打話，即刻一個箭步直標而前，左掌向空一揮，乃爲虛着影打之法，跟住右足踏步而上，猝擧右掌，以少林寺三十六路長拳中「冲天鶴唳」一式，逕向怪面狼額際太陽穴打來，拳挾勁風，來勢甚疾，出手便自不同凡響，怪面狼此際睹其拳風凌厲，認其系少林宗派，因之提高警覺，不敢對其輕視大意，乃亦展開閒雲派絕招，兩掌一揚，帶有一股內勁，將王打來拳勢消去，王因剛才憤怒過甚，亟欲在三兩下手勢之下，取去彼之性命，故就順勢一變招式，使出少林絕技連環拳法，勢若狂風驟雨，招招狠辣，着着逼緊，向其猛力急攻，此一馳譽天下之少林六十四路八卦連環拳，一經施展出來，祇見四方八面皆是勁風呼呼，難辨敵人身形，拳像雨點般下，令人難於抵擋，可是怪面狼亦神閒氣靜，運起獨門武技閒雲拳法以靜制動，見招拆招，見式拆式，應付裕如，王唯一對他的拳法看來，好像慢吞吞的迂廻緩徐，似出岫之閒雲，隨微風蕩漾，但其動作雖然緩慢，惟一自開展，四週緊密，此懈可擊，迅疾處則又像奔雷閃電，變化無窮，與少林絕藝之連環拳，一經相遇，各有千秋，實屬使人難分軒輊，有半斤八両，銖錙悉稱之感。兩人在比武場中，展開龍爭虎鬥，你來我往，你緊我緩，各出平生絕技，如是轉瞬便拆了百餘招，彼此尙不分勝負，直看得全比武場外諸人眼花撩亂，齊聲叫好，認爲有此眼福，曠世難逢，而在諸人中，尤以宋英娥對於此場鬥爭，更表關切，蓋王屬巳心愛之人，雖具有過人武功，而怪面狼則爲長白派嫡傳，又得閒雲玄姥授以畢生絕技，在力敗南派各家各派諸武師之後，猶復餘勇可賈，氣勢逼人，倘王稍有一着疏虞，不特喪命在其手中，而巳身亦將爲所擄去。繫此一戰勝負之鬥塲上，眞是千鈞一髮，嚴重非常。因此，無窮焦灼，雙目注視場內。

這時，怪面狼與王唯一拆到二百餘招以後，盡將閒雲拳法施展出來，猶未能將王戰敗，也覺暗暗心驚，念已憑此一套獨門拳術，不知打垮幾許湖海英雄，簡直未逢敵手，今與王遇，竟莫奈伊何，暗念倘與之相持下去，既無決勝把握，徒然靡費時光，又以王之少林連環拳法，緊密非常，自始至終，無懈可擊，因之心中一急，隨將閒雲拳法煞住，一躥跳出圈外，運起全身氣勁，俯伏地上，將閒雲玄姥所授之獨門絕技「絮棉功」施展開來，料王必緊躡其後，追踪而上，繼續對之攢擊，然後把他雙拳吸住，加以制裁，對方縱有天大本領，亦難逃過掌握，但王既認識怪面狼之看家本領，係屬名震關外之閒雲派高手，今以彼拳法未亂，尚未戰敗，何竟退出圈外，俯伏地中，定必有詐，且在少林寺內習技時候，嘗聞恩師曇宗長老一度說過關外閒雲派具有一種驚人絕技「絮棉功」，能把整個身軀鬆弛起來，將全體氣勁散佈以俟敵人之攻擊，無論拳脚器械，一經碰着彼之身上，不特無法損其毫末，更遭緊緊吸住，欲脫不能，完全失去自由，任人宰割，此種獨門氣功，厲害無比，舉關內外各派武技，集其所長，亦不能破此氣功，獨少林寺之鎖山秘技羅漢十八掌中第一手之「降龍拳」，練至精時，足可將之尅制，蓋以古代之恐龍原屬龐然大物，其性剛烈無比，鱗甲堅韌，慢說是人之拳脚向其攢擊，絕無知覺，卽用寶刀利劍，也難損其分毫，倘猝與相遇之時，必須運內家拳術，上乘柔功，以柔制剛，始能將之尅服。

可是此種恐龍生殖不繁，絕少發現，幾將絕種，而嵩山絕頂，林菁深密，蔓草滋生。到處發現蛇踪，出而爲患，向日絕鮮人跡，及少林鼻祖達摩禪師南來東土，愛嵩山絕頂環境幽靜，遠隔塵囂，乃就停駐于山巖洞穴之中，潛修佛理，爲着有此許多蛇患，因而創出羅漢拳十八手法，第一手卽爲「降龍」掌，純以內勁眞力，對待蛇羣，以蛇身油滑，性本純良，倘人們不侵犯到牠，牠亦沒有傷人之意，倘爾把牠踐着，或將牠戲弄，然後向爾狂噬，輕輕撫之，亦不發惡，故降龍手法，完全注重柔勁，任是百年巨蟒，一經碰着柔勁，立變馴良，如用以對關外閒雲派之「絮棉功」，則以柔制柔，自能收到非常大效。

王唯一眼看怪面狼突然露出此種怪動作，知其又欲如剛才般運用「絮棉功」獨門絕技，佈下陷阱，誘己追前，但已對此技既有尅制之方，則亦毫不稍畏，乃一聲狂笑，就地一滾，身形突變，立卽展開少林鎖山秘技，羅漢十八掌法，雙掌張開，漫步而到，及至怪面狼俯伏之處，遽伸左掌，輕撫其顱，跟着猿臂舒開，以右掌把怪面狼高高舉起，而怪面狼此際仍俯伏于王之掌上，拳其手足，有若一頭黑羊般，畧不抵抗，祇是微微顫抖，神態異常，尋且王竟托之繞場而行，狀極兒戲，旁觀之南派武師諸人，睹此情形，實不知彼人究弄何種戲法，其實王與怪面狼此際，正各運內家眞力，尋瑕抵隙，互決雌雄，如是久之，像舞猴子及捉迷藏，約有炊許時光，唯見二人臉色，由白而紅，額際斗大汗珠，涔涔下滴，均顯極度不安，緊張情狀，及在場中繞行多匝，突聽王一聲叱喝，恍似平空響起一個焦雷，隨着此一喝聲，已將怪面狼拋離掌中，高逾尋丈，有若斷線風箏，隆然墮于場外石階之上，怪面狼一個「鯉魚打挺」，隨之全身躍起，祇見其面色慘白，似受重傷之狀，頻頻以手抹其額際汗珠，繼而恨恨一聲，向賽尉遲悻悻而言曰：「好，宋老頭，今日被爾請到少林能手，爲爾幫拳助陣，我雖身受重傷，師仇難報，再過三年五載，當必再度找爾算賬，看爾還能逃出我之掌握否？」言罷，轉對王曰：「頃者爾之羅漢掌亦經領教，五年後，當再登門造訪，一較短長。」言已，祇見怪面狼身形一幌，已縱身數丈以外，足不點地，有如箭之出弦，轉眼卽沒入林中。宋宗武及南天怪叟欲待起步追趕，已告不及；而王唯一終爲賽尉遲父女解決一場難關，尋且揚名於江浙道上。

——完——

鐵掌雄風

·本文承自第二十六頁·

救了陳萬青一家，這是他生就愛打不平的本性所使然。

陳萬青一家人給他釋開綑縛之後，連忙倒頭便拜，靚仔玉把陳萬青扶起，請他召來鄉勇，報告官府前來驗屍要緊。當晚鄉勇便把「豁鬚全」押走，擾攘已是天明。陳老頭籲留着靚仔玉在處，畧問來歷，靚仔玉說過一遍，陳萬青知他一時受了貴人初的威迫利誘，不禁皺着眉兒道：「閣下這番仗義相援，如果說你是隨强盜一夥來的，將來官府也要把你扣留，這種案子又不能够保釋出外的，那時豈不累了好漢嗎？」滿清官吏辦案向來就是糊塗，像靚仔玉這次的行爲，可能當作匪徒裡面的火併，地方官便可以把殺匪的功勞算在自己身上。靚仔玉還沒回答，少女走到他爹的身前道：「爹，你不可以認這位好漢是請回來保護家裡的嗎？」一句話把陳萬青提醒，苦苦留靚仔玉在家裡住下。第二天，縣府派人到來驗了屍，陳萬青早已教好了家人，認靚仔玉是從隣村聘回來守夜的，差吏果然相信。

靚仔玉防貴人初尋仇報復，暫時也不想離開陳家，住了幾天，陳萬青便道：「玉哥，爛頸三是貴人初的先鋒，這次劫掠失手，定會對閣下含恨的，我想你從今不要再幹走江湖賣技的生涯了，本處雖然隣近匪巢，但有官兵駐守，賊黨不敢公然行動，不若暫時在敝店裡學些生意，未知閣下的意思如何？」靚仔玉遲遲未答，他是怕貴人初會來報復，連累了陳萬青。誰知陳萬青的女兒陳玉梨小姐，百般在旁替父親央求，媚眼含波，似若有情，靚仔玉心旌搖蕩，卒答應了陳萬青暫時留下來。

他每天出到鎭上，夜裡才回到陳家，担任保護，來回不過數里，玉梨有時也出到店裡，等他收了工才一起回家。兩人相處日久，不免種下了情苗，玉梨對他的衣服衾枕，給他料理得井井有條，陳老先生也看在心裡。正是：

女兒心事　難道不曉

胡就勝大破飛斧黨

本文承自第三十頁

蘇阿瑟經人輾轉介紹，得識蘇合的住處，便卑詞厚禮，來到蘇合的住處，請他出山相助。蘇合住在山巴裡，結了一間茅屋居住，他所住的地方，是深山大澤，但在他茅屋附近一里地之內，虎豹不敢窺伺，蛇蝎不敢潛踪。

蘇阿瑟見了蘇合，道達來意，蘇合笑道：「我已不聞世事，何苦要替人出頭打架。」蘇阿瑟見蘇合過的是隱士生活，金銀珠寶，對他是一無用處，諒不能以厚禮相動，當下便用激將之法，對蘇合說道：「這一件事，並非我個人的事，乃關乎我們整個蘇門答臘的人士面子問題，那胡就勝目中無人，說我們土人都是膿包，只要他用手指一揑，便成虀粉，你看，他如此荒唐，如不加以制裁，將來我等那裡還有立足之地？」

蘇合聽了，果然勃然變色道：「他怎敢欺負我們，也罷，待我去會會他，看他是個什麼三頭六臂的傢伙。」

蘇阿瑟大喜，立即帶領蘇合回到泗水，命人向胡就勝下戰書，請他到來會瑜伽派的首領蘇合，如果不敢來，便得離開泗水，否則無怪手下無情。」

胡就勝接到挑戰信，便來與莊家培商量道：「如果我不去會他，他便會展開滋擾，不如趁他初來，給他一個下馬威，如果一戰而勝，蘇合自然不敢橫行。」莊家培道：「久聞得這兒有這一派技擊，十分厲害，恐怕你不是他的敵手，爲之奈何？」胡就勝道：「天下的技擊，一到了上乘，彼此的氣力都是相同的。瑜伽派雖然厲害，究竟不是神仙，不過是內功運用得必較常人好便了，對於內功，我們白鶴派也自有一套。且待我去會他一面，彼此講過手再說。如果我敗了給他，我便離開泗水，或者回國去請師父到來收拾他便了。」莊家培見事已至此，只得讓他去。

到了約定之日，胡就勝在衣服裡暗藏護心寶鏡，帶了一個隨從，竟往他們的巢穴而來，首先見到蘇阿瑟，蘇阿瑟見了胡就勝，正是仇人見面，分外眼紅，當卽冷笑道：「好，算你有胆量，敢來送死。」胡就勝道：「蘇合在那裡，快請出來相見。」

不一會蘇合出來了，胡就勝舉目一看，見他骨瘦如柴，雙目却烱烱有光，一望便知爲內功卓絕之士，自小心在意，蘇合見了胡就勝，便向他一揖，口裡說道：「這位便是胡先生麽？」胡就勝早已防範對方用內功暗襲，一見了蘇合時，卽已把精氣神三寶，聚在一起，暗運內勁籠罩全身，是以當對方一揖時，便覺得有兩股暗勁相抵，胡就勝身體向後搖了一搖，幸而沒有跌倒。只覺得胸前有破裂之聲。心裡暗叫不妙。

蘇合在一揖之後，轉身便入內，不理會胡就勝。蘇阿瑟莫明其妙，進來問道：「你爲什麽不打胡就勝呢？」蘇合笑道：「我已經向他打了重重的一記，你叫他回去吧，他不會活過三天的了。」蘇阿瑟沒法，只得出來向胡就勝道：「蘇合師傅說第一次見面，不便就動手，叫你三日後再來。」

胡就勝只得走了，回到家中，解開衣服一瞧，那塊護胸鏡已經碎爲幾片，不禁大驚失色道：「這人的內勁好生了得，我已經運了內勁抗拒，還變成這樣子，若不是我早有預防，怕不要傷及內臟，還有命麽？」莊家培聽了，也自駭然，對胡就勝道：「蘇合如此利害，我們還是派人向他疏通，他是方外之人，也不一定要理俗世之事的。」胡就勝道：「如此最好。」

過了三天之後，胡就勝沒敢再去會蘇合，蘇阿瑟以為胡就勝已死，不禁大喜。但派人一打聽，胡就勝依然活着如常，只是不敢到來而已，當即對蘇合說道：「你說胡就勝活不了三天，為什麼他還活着呢？」

蘇合聽了也莫明其妙，以爲胡就勝的內功也有相當造詣，所以才能抵得自己的一揖，不禁存了惺惺相惜之心，同時，莊家培也派人疏通蘇合，請他不爲已甚。蘇合也就決定不再理會蘇阿瑟的事，飄然回山去了。

蘇合一走，蘇阿瑟也就無能爲力，他們的非法組織從此解散了，泗水的華僑，才能够安居樂業。

都市老鼠的伎倆

·文雀·

世界各地沒有一處沒有都市老鼠——扒手。一般來說，扒手約分兩類：一是帶備割荷包的工具，一是赤手空拳，施其空空妙手。兩者都一定要在一個人擠的環境才能進行。至於割荷包的工具，廿多年前，扒手的前輩們使用的主要工具是半邊銅錢，將銅錢的一邊磨到鋒利，夾在中指與食指之間，在人們的口袋外面一拖，口袋自然應手多開一口，鈔票、皮夾便能在這一瞬間落在扒手的手上。

後來，半邊鋒利的銅錢如果爲警員搜查到的話，也作爲扒竊的罪証，於是扒手們改用鋒利的剃鬚刀片了。不久，藏有鋒利的刀片，也同樣可作爲扒竊的罪証之後，扒手又開始有新的詭計。

據熟悉內情的人說，目前扒手們所用的刀片，祇是一張刀片的一小角，這一小角在刀片弄出來時，已是一個小三角形，體積約爲三分大小。扒手們往往將它與香口膠一起含在口裏，進行摸竊的時候，將香膠與三角形刀片一起吐出，放在手指間，然後將利用的刀片往對象的口袋一拖，目的物當然應手而得。如果萬一被對方發覺了，他們祇要將香口膠和刀片往口裏一送，怎樣搜法也無法在他們身上搜出可以割荷包的東西來。不曉得個中詭計的人，還以為冤枉了好人呢！